IL DUCA BUGIARDO

(IL CLUB DEL 1797 LIBRO 8)

JESS MICHAELS

Traduzione di
ISABELLA NANNI

Il duca bugiardo
(titolo originale: The Duke Who Lied)
Il club del 1797 libro 8

Per ulteriori informazioni, contattate Jess Michaels

www.AuthorJessMichaels.com

A Michael, che mi aiuta offrendomi tutte le soluzioni, ma che è stato particolarmente paziente quando ha dovuto sopportare le mie urla mentre scrivevo questo libro.
Grazie tesoro.

PROLOGO

Primavera 1811

Hugh Margolis, Duca di Brighthollow, affondò più forte i talloni nei fianchi del suo stallone, incitando l'animale a volare più veloce nella notte quasi senza luna. Era da incoscienti spingere ai limiti se stesso e la bestia, specialmente nel suo attuale stato emotivo. Era in preda alla rabbia più pura. Ira furente e cruenta che lui sapeva limitare la sua capacità di pensare in modo razionale, cosa di cui era sempre stato orgoglioso.

Quella sera non era razionale, e con ottime ragioni. Stava cavalcando disperato nella notte per una e una sola ragione: sua sorella minore Lizzie.

Era una bambina di appena otto anni quando i loro genitori erano morti. Lui all'epoca ne aveva ventuno e aveva ereditato il dovere di farle da tutore insieme al ducato e a tutte le responsabilità che questo comportava. Era diventato suo padre in tutti i sensi.

E per molto tempo erano andati avanti volendosi bene e diventando sempre più uniti. Lui era molto orgoglioso di lei, perché era una giovane donna ben educata. Ed era sempre obbediente e dolce.

Fino a qualche mese prima. A sedici anni era diventata un po' riservata, un po' furtiva. Lui non ci aveva dato molto peso. Dopo tutto, la maggior parte dei ragazzini attraversava una fase difficile, o almeno così gli avevano detto i suoi amici.

Avrebbe dovuto essere più coinvolto. Si sarebbe odiato per sempre per non averlo fatto. Soprattutto se non fosse riuscito a raggiungerla in tempo. Hugh era quasi al confine ora, la Scozia era a meno di una lega su questa strada tortuosa e selvaggia. La Scozia *era* la meta dove *lui* la stava portando.

Aaron Walters... l'uomo che Hugh voleva uccidere in quel momento.

Il suo cuore sussultò quando davanti a lui vide profilarsi un cottage. Stava inseguendo sia Lizzie che *lui* da tre giorni, sempre un passo dietro di loro, ricevendo le informazioni sempre troppo tardi. Ma la sua ultima fonte aveva detto che avevano intenzione di fermarsi in questo cottage prima di proseguire per Gretna Green al mattino.

A Hugh si rivoltò lo stomaco al solo pensiero.

Fece fermare il cavallo poco prima della casa e smontò di sella. Era un posto minuscolo, fatiscente, di certo non adatto a sua sorella. Ma in fondo l'uomo che l'aveva presa non pensava al suo benessere o al suo cuore o al suo futuro.

Pensava al suo enorme patrimonio.

Hugh non bussò. Colpì la porta con la spalla e la serratura si ruppe, permettendogli di scapicollarsi dentro la stanza senza preamboli. Una volta entrato sentì un gridolino e quando alzò lo sguardo trovò Lizzie, proprio come aveva detto la sua fonte.

Era in piedi davanti a un camino, davanti a un letto, tra le braccia dell'uomo che l'aveva presa. La camicia di Walters era mezza sbottonata, i capelli color miele chiaro di Lizzie erano sciolti e le ricadevano intorno alle spalle. Guardò Hugh piena di vergogna e dolore, poi distolse in fretta quei suoi occhi azzurri.

Walters, d'altra parte, lo fissò dritto in faccia. Sorrise. Il bastardo *sorrise* e disse: «Brighthollow, non vi aspettavamo. Siete venuto ad assistere al nostro matrimonio, vero?»

L'unica cosa che Hugh voleva fare in quel momento era attraversare la stanza, mettere le mani intorno alla gola di Walters e stringere finché non si fosse accasciato a terra inerte. Voleva piantargli una pallottola in fronte. Ma c'era Lizzie, Lizzie li stava guardando, e ora aveva gli occhi pieni di lacrime.

«Hugh» sussurrò, un suono quasi impercettibile in quella stanzina.

Scacciò la rabbia irrazionale e incontrollabile e riprese il profondo controllo che aveva esercitato su se stesso da quando era diventato duca otto anni prima. Con grande sforzo, allungò la mano e disse: «Lizzie, vieni.»

La sua voce era gentile, e ne fu felice. Non era arrabbiato con lei. No, aveva scelto di riversare tutta la sua rabbia sul bastardo che la stava ancora trattenendo. Per un attimo Walters strinse le dita sulle braccia della giovane, ma quando Lizzie emise un sospiro tremolante e fece per andare da suo fratello, la lasciò andare. Hugh quasi cedette per il sollievo e la tirò delicatamente dietro di sé. Le tremavano le mani quando gli prese le sue.

«Ha sedici anni» riuscì a ringhiare a denti stretti.

Walters inarcò un sopracciglio e scrollò una spalla. «Non ha molta importanza ora.»

Hugh sbuffò dal naso. «Lizzie, vai fuori. Ti raggiungo tra un attimo.»

«No!» gli strinse ancora di più la mano. «Per favore, per favore, no Hugh. Ti prego, non farlo. Noi... noi ci amiamo.»

Hugh si voltò di scatto verso di lei. Percepiva una certa esitazione nella sua voce. Come se avesse capito la verità prima del suo arrivo, ma sentisse di non avere scampo. Le si riempirono gli occhi di lacrime, e una le scivolò lungo la guancia.

Gliela asciugò con delicatezza scuotendo la testa. «Non gli importa niente di te» sussurrò, e detestò il modo in cui sua sorella trasalì.

«In un modo o nell'altro, ho ottenuto quello che volevo, no?» disse Walters, e il suo tono compiaciuto richiamò l'attenzione di

Hugh. Li osservava con uno sguardo luminoso e un sorriso stampato in faccia. Bello, sì. Giovane, sì. Gentile? Oh, no. Non c'era nulla di gentile in quell'uomo. Era un imbroglione che aveva adescato Lizzie approfittando della sua innocenza di spirito e del suo corpo.

E ora se ne accorgeva anche lei, forse più chiaramente che mai. Schiuse le labbra e fece una smorfia di dolore. «Cosa... cosa vuol dire, Aaron?»

La guardò da dietro la spalla di Hugh. «Mia cara, ti avrei sposato e mi sarei dedicato a tutti quei piaceri che tu ed io avevamo appena iniziato ad esplorare.»

Hugh non riuscì più a sopportarlo. Si lanciò contro Walters, ma Lizzie si aggrappò al suo braccio e gli impedì di esigere il tipo di vendetta che quel bastardo meritava.

«Ma come puoi vedere, Brighthollow non lo permetterà mai» continuò Walters, apparentemente indifferente alla rabbia di Hugh o al dolore di Lizzie.

«No infatti» riuscì a bofonchiare Hugh a denti stretti.

«Quindi ricordatelo quando lo guarderai. *Lui* ti ha portato via il tuo futuro, non io.»

«Non osate comportarvi come un gentiluomo osteggiato dalla mia crudeltà. Vi interessa solo l'eredità di mia sorella» sbottò Hugh.

Walters non negò l'accusa, e Hugh sentì Lizzie rattrappirsi in se stessa ad ogni battuta che si scambiavano. Quanto avrebbe voluto poterla proteggere dalla verità, dal dolore.

Ma non poteva.

«È una gran bella eredità in effetti» disse Walters con un cenno del capo. «Ma non ne avrò bisogno adesso.»

«Aaron» sussurrò Lizzie con voce così incrinata che a Hugh sembravano schegge di vetro che gli fendevano la pelle.

Hugh fissò Walters, la sua espressione compiaciuta e serena, e un brutto presentimento cominciò a premergli sulla bocca dello stomaco. «Cosa vuol dire che non vi servirà?»

«Il mio cocchiere, la proprietaria di questa casa, i miei amici...

tutti sanno che vi siamo sgattaiolati via sotto il naso. E che siamo stati soli per diverse notti.»

«Ma...» cominciò Lizzie con voce tremante.

«Silenzio ora, Elizabeth, tuo fratello e io stiamo negoziando» disse Walters, senza guardarla, senza vedere come i suoi modi aspri e sprezzanti la ferissero nel profondo. «Non vorrete che tutto questo si sappia in società, vero? Questo scandalo che rovinerà tutte le sue possibilità di avere un futuro?»

Hugh lasciò andare la mano di sua sorella. Non fece un passo avanti, non si mosse affatto. In qualche modo rimase al suo posto mentre diceva: «Vi ucciderò.»

Per un momento, sul volto di Walters guizzò un lampo di paura, ma poi lo dissimulò. Sorrise ancora una volta. «Fatelo, avanti. Se lo fate, lo scandalo sarà ancora più grande e trascinerà nel fango tutto il vostro casato... compresa lei.»

Le narici di Hugh si allargarono, perché il bastardo aveva ragione, ovviamente. Se avesse detto una parola contro quell'uomo, se gli avesse messo una mano addosso con la rabbia che gli ribolliva dentro così profondamente, avrebbe rivelato il gesto sconsiderato di Lizzie. Sarebbe stata umiliata ed emarginata se fosse stato imprudente.

«Cosa volete?» chiese.

«Che facciate quello che qualsiasi fratello amorevole farebbe in questa situazione. Mi pagherete profumatamente per tenere segreto lo sciocco errore giovanile di vostra sorella.»

Hugh era troppo stordito per parlare, ma Lizzie si fece avanti barcollando e con mani tremanti fissò Walters. Hugh le lesse in volto tutta la sua disperazione. Lo aveva amato davvero, l'aveva convinta che quello era il loro unico futuro, la loro unica strada. E ora... ora vedere tutte le sue speranze e i suoi sogni infranti, sentire usare la sua umiliazione come merce di scambio...

Un pezzo della sua innocenza stava morendo proprio davanti ai suoi occhi, e non aveva niente a che fare con qualsiasi cosa avesse permesso a Walters di prendere dal suo corpo.

Era una cosa straziante da vedere, sapendo che non poteva fare altro che consegnare tutto ciò che quel bastardo gli chiedeva.

«Come hai potuto?» sussurrò lei. «Come?»

Walters la squadrò con uno sguardo lascivo. Poi scrollò le spalle. «Non capiresti. Hai sempre avuto tutto quello che volevi.»

«Fuori» disse Hugh indicando la porta dietro di loro con mano tremante.

Walters sorrise. «Verrò dal vostro avvocato a Londra tra... diciamo due giorni? Suppongo che il mio generoso compenso sarà là ad aspettarmi. Buonasera, Vostra Grazia» salutò passandogli davanti. Sulla porta, si fermò e si voltò indietro. «Oh, e Lizzie?»

La giovane aveva gli occhi fissi a terra, con le lacrime che le scorrevano sulle guance. Alzò lo sguardo verso l'uomo di cui si era apparentemente tanto innamorata. «Sì?»

«È stato un piacere» disse, e uscì ridendo di gusto.

Appena se ne fu andato chiudendosi la porta alle spalle, Lizzie si piegò in avanti, cadendo in ginocchio accanto al letto. Nascose la testa tra le mani e cominciò a piangere tra i singhiozzi che le dilaniavano il corpo.

Hugh si precipitò da lei con il cuore in gola. Cadde in ginocchio accanto a lei, la prese tra le braccia e la cullò come aveva fatto tante volte da bambina quando si svegliava per gli incubi. Solo che questa volta il terrore era reale, e lui non poteva metterlo a tacere con parole dolci.

Lo avrebbe patito, perché non era stato abbastanza attento da proteggerla.

«Mi dispiace» si scusò sua sorella singhiozzando contro la sua camicia. «Non avrei dovuto credere che potesse amarmi veramente. Sono stata una vera stupida!»

Lui le fece scivolare un dito sotto il mento e le inclinò il viso rigato di lacrime perché lo guardasse. «No. Dolcissima Lizzie, se hai creduto che ti amasse e se ne è approfittato, è lui lo stupido, non tu.» Si schiarì la gola. «Ma mi chiedo perché hai pensato di non potermi parlare di lui.»

Sua sorella chiuse gli occhi. «Mi ha incoraggiato lui a scappare di nascosto. Mi ha detto che aveva provato a parlarti e che tu eri dubbioso perché non aveva un titolo.»

Hugh strinse le labbra. Bugie. Ma sua sorella ci aveva in qualche modo creduto. «Pensavi che sarei stato tanto crudele da separarti da qualcuno che amavi veramente, anche se credevo che avesse a cuore i tuoi interessi?»

Lizzie si mordicchiò il labbro, e Hugh ebbe la sua risposta. «Sei protettivo. So che desideri che io sia al sicuro. Che sia sistemata bene.»

Sospirò. A quanto pareva aveva avuto la sua parte in tutto questo. Non l'aveva sorvegliata con sufficiente attenzione. Quando Lizzie si era ritirata in se stessa, non aveva indagato sul suo turbamento. Non si era comportato in modo da farle capire che poteva parlargli di qualsiasi cosa.

«Oh, e ora ho rovinato tutto» disse lei, rimettendosi la testa tra le mani e ricominciando a singhiozzare. «E dopo che ti sei preso cura di me per così tanto tempo.»

La abbracciò ancora più stret

ta e le passò una mano sui capelli. «Non hai rovinato niente. Ti adoro. Essere tuo fratello maggiore e tuo tutore è stata una delle più grandi gioie della mia vita. Anche se sono stato un disastro, a quanto pare.»

I suoi singhiozzi rallentarono e poi cessarono. Gli appoggiò la testa sul petto e lasciò uscire il fiato in un lungo sospiro. «Non sei stato un disastro. Pensavo che mi amasse. Ma non era vero. E ora cosa succederà?»

Hugh fece un lungo sospiro. Era stato messo all'angolo, una posizione che non si permetteva. Mai. Ma per la prima volta dalla morte dei suoi genitori, il suo potere non poteva salvare né lui né sua sorella. In effetti, il suo potere sarebbe stato un elemento della loro rovina, se lo avesse esercitato troppo rapidamente o con troppa forza o troppa severità.

«Gli pagherò una bella somma» disse, cercando di sembrare allegro davanti a quella prospettiva.

«Prendila dalla mia eredità» suggerì lei liberandosi dal suo abbraccio e usando il bordo del letto per rimettersi in piedi.

«Non farò niente del genere.» La seguì e scosse la testa. «Ho denaro più che a sufficienza. Dopo che lo avrò pagato, noi... andremo avanti. Se pensi di riuscirci.»

Lei sollevò leggermente il mento, e lui sorrise, perché vedeva in lei la forza della loro madre, da tempo sepolta in una fredda tomba accanto al marito. Quando intravedeva le sue fattezze sul volto di Lizzie, gli sollevava sempre il morale.

«Sì» rispose sua sorella.

La osservò mentre si affrettava a risistemarsi i capelli, prendendo le forcine dal comodino e infilandole qua e là finché non ottenne uno chignon disordinato. Purtroppo gli ricordava quello che stava succedendo quando era entrato. Non sapeva se Lizzie avesse veramente ceduto la sua innocenza a quell'uomo. Alla fine, non avrebbe avuto importanza per i pettegolezzi. Una donna rovinata era una donna rovinata in questi casi. I particolari servivano solo ad alimentare le fiamme della distruzione.

Lizzie si voltò verso di lui e deglutì a fatica. «Farò del mio meglio, Hugh. E ti prometto che non farò mai più nulla che possa metterti in una situazione del genere. Cercherò rispettabilità. Non cercherò mai più l'amore. Te lo prometto.»

Detto questo, si girò verso la porta e si diresse verso il suo cavallo. Lui la guardò andare via, ma la sua dichiarazione non gli fece piacere. Durante l'ultimo anno, aveva visto molti dei suoi migliori amici trovare un amore profondo. L'idea che Lizzie non l'avrebbe mai nemmeno cercato a causa di questo sfortunato episodio gli spezzava il cuore.

E lo rendeva più determinato che mai a risolvere il problema. Doveva rimediare. Per il bene di sua sorella. Per il suo. E per qualsiasi futuro entrambi avessero davanti.

CAPITOLO UNO

Tarda estate 1812

Hugh scese da cavallo, facendo un cenno al domestico che si precipitò a prendere l'animale. Fece un lungo sospiro e guardò la bella proprietà davanti a lui. La sua tenuta di Londra, anche se non l'aveva mai sentita completamente sua. Nessuna delle tenute gli sembrava sua, non importava da quanto tempo fosse duca. Gli sembrava ancora di vivere una vita rubata. Di essere un impostore sul punto di essere scoperto da un momento all'altro, quando suo padre fosse tornato dalla morte.

Quanto sarebbe stato deluso da suo figlio. Hugh lo sapeva più di qualsiasi altra cosa al mondo.

Il portone d'ingresso si aprì e ne uscì il suo maggiordomo di lunga data, Murphy. Hugh si sforzò di scacciare la malinconia che caratterizzava ogni sua mossa da oltre un anno e salì i gradini due alla volta per raggiungere il suo servitore.

«Benvenuto a casa, Vostra Grazia» intonò Murphy mentre gli prendeva il cappello e i guanti. «Spero che il vostro viaggio a Brighthollow sia stato eccellente.»

Hugh si trattenne a malapena dal fare una smorfia a quelle

parole benevoli. Era andato alla sua tenuta di campagna a Brighthollow negli ultimi quindici giorni, a occuparsi di alcuni affari e a vedere come stava Lizzie. L'aveva supplicata di venire a Londra con lui. Lei aveva rifiutato.

Dopo il calvario della primavera precedente, non era più stata la stessa. Sembrava che si stesse ripiegando su se stessa e apparentemente lui non poteva farci proprio niente.

«Un viaggio tranquillo» disse a denti stretti, dato che Murphy stava aspettando la minima cortesia di una risposta. «C'è qualcosa da segnalare qui?»

Cominciò ad avviarsi verso il suo studio e il maggiordomo lo seguì a ruota. «Avete diversi inviti da parte dei membri del vostro club, Vostra Grazia.»

Hugh annuì. C'era da aspettarselo. Fin da ragazzo era stato molto legato a un piccolo gruppo di uomini tutti destinati a diventare duchi. Il Club del 1797, si chiamavano tra loro. Li adorava tutti, ma vedeva la loro preoccupazione quando li andava a trovare. Sapevano che qualcosa non andava, ma lui non aveva ancora il coraggio di dire la verità a nessuno di loro.

Come poteva? Come poteva rivelare la profonda vergogna di sua sorella, come poteva dire a questi uomini d'onore che non aveva fatto nulla all'uomo che le aveva fatto del male? Avrebbero detto che capivano, naturalmente. Avrebbero compreso, in qualche modo. Eppure lui avrebbe sentito il suo fallimento ancora più acutamente se avesse osato dirlo ad alta voce.

Così se lo teneva per sé e ignorava le loro domande quando gli chiedevano perché era così musone, perché si era lasciato crescere i capelli e si radeva solo quando la società lo richiedeva. Perché si nascondeva come una bestia ferita nel suo castello a Brighthollow o nelle sue stanze qui a Londra.

«Ci darò un'occhiata. Suppongo che li abbiate lasciati sulla mia scrivania» chiese mentre entravano insieme nello studio.

«Certo.» Murphy indicò il vassoietto d'argento nell'angolo della sua scrivania, quello che ora traboccava di corrispondenza scritta in diverse grafie che conosceva molto bene.

Ignorò i biglietti e si avvicinò alla sedia. Mentre si accomodava, lanciò un'occhiata a Murphy. «Se non c'è altro...»

Murphy si schiarì la gola. «Solo due questioni urgenti, Vostra Grazia.»

Hugh inarcò un sopracciglio. «Sarebbero?»

«Mi avete detto di considerare urgente qualsiasi messaggio del signor Kendall. Uno è arrivato ieri, indirizzato a voi.»

Hugh si spinse indietro, la sedia stridette sul pavimento di legno al punto che il maggiordomo fece una smorfia di disappunto. «Kendall?» ripeté. «Dov'è?»

Afferrò il vassoio e cominciò a scorrere le lettere, mettendo da parte quelle dei suoi amici mentre cercava quella che gli interessava.

«Ecco, Vostra Grazia» disse Murphy con tono improvvisamente sommesso, preoccupato, mentre infilava la mano nella tasca interna della divisa e tirava fuori un pezzo di pergamena piegato, sigillato con ceralacca rossa. «L'ho tenuto da parte in vostra attesa.»

Hugh lo prese e lo girò. Il suo nome era scritto male. Ma non aveva assunto quell'uomo per la sua abilità nello scrivere lettere. «È tutto» disse con voce incrinata mentre la rigirava e afferrava il tagliacarte per rompere il sigillo.

«Vostra Grazia, c'è un'altra cosa...»

«No!» Hugh gli fece cenno di andarsene con impazienza. «Può aspettare. Grazie, Murphy.»

Il maggiordomo annuì e si accomodò fuori, chiudendo saldamente la porta alle sue spalle. Quando se ne fu andato, Hugh si precipitò verso il camino e si sedette sulla poltrona. Era un messaggio breve, grazie a Dio, perché Kendall faceva davvero fatica a scrivere. La sua grafia era a malapena leggibile e la sua ortografia scadente costringeva Hugh a rileggere ogni frase per coglierne il significato.

Ma eccolo lì, alla fine, nero su bianco. L'incubo che Hugh stava aspettando da quando aveva assunto Kendall più di un anno prima.

Aaron Walters a trovata un altra. Chiesto signora sposare lui. Non ancora publico. Vedi Vycunt Quinton. Sua fighia. -Kendall

Cominciarono a tremargli le mani. Si mise la lettera in grembo e si coprì gli occhi con la mano. «Maledizione» mormorò senza rivolgersi a nessuno in particolare.

«Non è un gran benvenuto, amico.»

Alzò di scatto la testa e vide uno di quei duchi cui aveva pensato prima, Lucas Vincent, Duca di Willowby, entrare nel suo studio con Murphy alle calcagna.

«Mi spiace, Vostra Grazia, ho cercato di dirvi che Sua Grazia era venuto a farvi visita» balbettò Murphy.

Hugh annuì. «Va… va bene, Murphy. Grazie, è tutto.»

Mentre il servo se ne andava, Hugh si mise la lettera in tasca e si alzò in piedi. «Lucas» disse, andandogli incontro con la mano tesa.

Lucas alzò gli occhi al cielo e lo attirò a sé per un breve abbraccio. Mentre gli dava una pacca sulla schiena, gli disse: «Non far finta che io non sia il tuo migliore amico.»

«Come potresti non esserlo?» disse Hugh, cercando di riprendere le vecchie abitudini. Andò alla credenza e versò uno scotch per ciascuno. «Il più giovane membro del club e il più giovane a diventare duca. Eravamo destinati a diventare grandi amici, anche se *tu* non mi hai scritto per tutti quegli anni in cui sei andato in giro a fare la spia.»

Lucas fece un sorrisino. «Me lo rinfacci ancora, vedo. Sai che avresti indovinato cosa stavo facendo. Temevo che avresti capito il perché.»

Hugh chinò la testa. Lucas era sparito dai loro circoli per anni, senza dire una parola, senza dare notizie. Si era preoccupato molto per il suo amico. Dal ritorno di Lucas, un anno prima, i due uomini avevano rinnovato la loro amicizia. E i segreti di Lucas, quelli che lo avevano fatto scappare dal suo mondo, erano venuti fuori. Non avevano cambiato nulla, naturalmente, tranne il fatto che Hugh avrebbe voluto essere in grado di aiutare il suo amico nel suo dolore.

«Perché sei qui?» chiese Hugh mentre gli porgeva il bicchiere.

Lucas si spaparanzò su una delle poltrone e lo fissò fin troppo intensamente. «Sapevo che saresti tornato oggi e volevo vederti.»

«Ah sì?« disse Hugh prendendo posto accanto al suo amico. «Perché?»

«Perché non sei più te stesso da molto tempo. Lo dicono tutti, in continuazione. Ne sussurrano alle riunioni del club, sai.»

«Non facciamo riunioni» disse Hugh con un sorriso asciutto.

Lucas scrollò le spalle. «Forse non vieni invitato.»

«Sarebbe imbarazzante se effettivamente parlaste di me.» Scosse la testa.

Il sorriso di Lucas svanì. «Sono stanco dei tuoi sotterfugi e di come ci eviti. Sono venuto qui perché penso che sia il momento di affrontare la questione.»

Hugh corrugò la fronte. Lucas non era il primo che lo avvicinava per parlarne. Di solito riusciva a eludere gli altri. Ma Lucas sembrava determinato.

«Non è molto da spia» tentò Hugh cercando di distrarlo. «Uscire allo scoperto e mettermi sotto torchio.»

«Non sono più una spia» ribatté Lucas.

Hugh annuì. Era vero. Il suo amico era stato gravemente ferito diciotto mesi prima, era quasi morto ed era stato riportato in vita da sua moglie, Diana. Non lavorava più per il Dipartimento della Guerra, almeno non in veste ufficiale, anche se Hugh sospettava che lui e Diana fornissero qualche tipo di consulenza in quel mondo di quando in quando.

«Ah no?» chiese.

Lucas strinse le labbra e si appoggiò allo schienale. «Molto bene, se è così che vuoi giocare, mi comporterò in un modo più consono a qualsiasi posizione tu pensi che io ricopra. Un interrogatorio è più che altro un esame, quindi consentimi di condividere con te quello che ho osservato.»

«Siamo passati a un interrogatorio adesso?» disse Hugh con una risata amara.

Lucas non si unì a lui. «Tu non mi concedi una conversazione amichevole e io non me ne andrò da qui senza la verità, quindi ecco come stanno le cose.» Cominciò a contare con le dita. «Per prima cosa, so che sei stato a Brighthollow da tua sorella di recente. La adori, sei più un padre che un fratello, in verità. Eppure hai delle ombre sotto gli occhi, il che significa che non hai dormito bene nelle ultime due settimane.»

Hugh sbatté le palpebre di quegli stessi occhi annebbiati che il suo amico aveva appena osservato e disse: «Forse mi sono divertito in campagna.»

«No, non è vero» disse Lucas, e questa volta rise. «C'è una bella differenza tra l'espressione di un uomo stanco perché si è abbandonato al piacere e un uomo che non riesce a dormire per i demoni che lo tormentano. Se vuoi osservare questa differenza, guardati allo specchio poi guarda uno dei tuoi amici sposati. Tu fai parte della seconda categoria.»

«Non possiamo tutti abbandonare i nostri ducati come hai fatto tu» scattò Hugh, rimpiangendo quelle parole subito dopo averle pronunciate, perché erano aspre e ignoravano il dolore che il suo amico aveva sopportato in un passato non così lontano.

Ma Lucas sembrò tutt'altro che offeso. «No, suppongo di no. Eppure non sono nemmeno i tuoi doveri a preoccuparti. Non ti sei mai tirato indietro dal confidare agli altri e persino a me i problemi che avevi con il tuo patrimonio e con il tuo titolo. Ma adesso ti rifiuti, il che significa che hai problemi di natura più personale.»

Hugh si alzò in piedi e sentì scricchiolare la lettera che aveva in tasca. Ci mise la mano sopra e mormorò: «Sei ridicolo.»

«Davvero?» Lucas alzò un secondo dito. «La mia prossima osservazione è che Lizzie ora ha diciassette anni, giusto?»

«Sì» biascicò Hugh a denti stretti. «Li ha compiuti lo scorso febbraio.»

«Questo significa che ha l'età giusta per presentarla a corte, farla debuttare in società qui a Londra, anche se non hai alcun desiderio di spingerla a sposarsi così giovane. Eppure non è qui. È nascosta a

Brighthollow. Le mie fonti dicono che non viene in città, per nessun motivo, da oltre un anno.»

Hugh si irrigidì. Lucas era troppo vicino alla verità ora. E il suo stesso dolore aumentava a ogni parola che diceva. «Non hai niente di meglio da fare, Willowby?» scattò. «Una moglie con cui passare il tempo, per esempio?»

Lucas sorrise. «Se pensi che non sia stata Diana ad aiutarmi a preparare questo interrogatorio, non capisci niente di mia moglie.»

Hugh si girò di scatto. «Così hai completamente corrotto quella donna adorabile.»

Il sorriso di Lucas si allargò. «*Completamente*» disse con un'altra risata. «E non mi farò distrarre, quindi smettila di provarci.»

«Lizzie debutterà l'anno prossimo» grugnì Hugh, incrociando le braccia sul petto.

«Non sembri sicuro.»

Hugh alzò le mani al cielo e si allontanò. Ovvio che non era sicuro. Lizzie era del tutto contraria a debuttare. Si rifiutava persino di discuterne. E mentre nessuno avrebbe detto niente se avesse fatto il suo debutto a diciotto anni anziché a diciassette, se il tempo si fosse protratto a diciannove, a venti e oltre? I pettegolezzi che la terrorizzavano tanto sarebbero comunque cominciati anche senza di lei.

A quanto pareva erano già iniziati, almeno tra i suoi amici.

Lucas gli andò incontro, e ora la sua espressione era più gentile. Come se stesse cominciando a capire il tipo di dolore contro cui Hugh stava combattendo. «Passerò alla mia terza osservazione» disse piano.

«Prego. Sono tutto orecchi.»

«Ti ho visto infilarti una lettera in tasca quando sono arrivato, e dato che continui a toccare quella stessa tasca ogni volta che nomino Lizzie, devo supporre che tu abbia ricevuto una qualche notizia da quando sei tornato. Vuoi leggerla?»

«L'ho già fatto.»

«Ma vuoi farlo di nuovo.» Lucas lo disse come un fatto, non

come un'ipotesi. E naturalmente il bastardo aveva ragione. Hugh voleva disperatamente rileggere la lettera. Iniziare a fare piani su come affrontare quello che era descritto in quelle poche righe.

«Posso aspettare» replicò a denti stretti.

Lucas incrociò le braccia. «Anch'io.»

Si guardarono, e per un momento Hugh venne riportato a tanti anni prima. Quando aveva corso nei campi con quest'uomo e tutti gli altri, quando aveva creduto che tutto fosse possibile. Quando avevano pianto e riso insieme e lui sapeva di poter fare affidamento su di loro per qualsiasi cosa. Specialmente su Lucas.

Si ritrovò la mano in tasca e prese fuori la lettera ormai sgualcita. La fissò un momento. Voleva l'aiuto che il suo amico gli offriva. Non solo quello emotivo, ma le conoscenze di Lucas potevano forse fare ancora di più per lui. Poteva scoprire di più su Walters. Su questa donna che a quanto pare aveva corteggiato e conquistato, molto probabilmente con l'inganno.

«Hugh, sei il mio migliore amico» sussurrò Lucas. «Sei stato spinto ad assumerti le responsabilità del ducato a un'età troppo giovane. E, a differenza di quanto ho fatto io, non sei scappato. Circa un anno fa, accennasti a Baldwin, almeno, di problemi con Lizzie, e da allora non sei più stato lo stesso. Ti guardo e ti vedo cedere sotto il peso di questo segreto, qualunque esso sia. Lascia che te ne tolga un po' dalle spalle.»

Hugh fece un sospiro, consegnò il biglietto al suo amico e lo osservò mentre lo leggeva. Il viso di Lucas rimase impassibile quando lesse le righe un paio di volte, poi glielo restituì.

«Non ha senso per me. È scritto dalla mano di qualcuno che evidentemente non è del tuo rango, fa riferimento a nomi di persone con cui non ho rapporti, anche se credo di aver incontrato questo... presumo voglia dire visconte... a qualche ricevimento a cui sono stato trascinato. Ma è chiaro che significa molto per te. Quindi spiegami. E lascia che ti aiuti.»

Hugh lo fissò, e gli sembrò che passasse un'eternità prima di riuscire a trovare la voce. «Se lo dico a uno di voi, so che è come dirlo a tutti. È una faccenda troppo... delicata per mettervene a parte.»

Lucas aggrottò la fronte. «Non dirò una sola parola a nessuno. Forse a Diana, ma non andrà oltre noi due. Ho un'enorme capacità di mantenere i segreti. Mi ha tenuto in vita, ricordi?»

Hugh piegò la testa. Il fardello che Lucas gli aveva visto sulle spalle era maledettamente pesante in quel momento. L'ancora di salvezza che il suo più caro amico gli offriva era oltremodo allettante.

«Più di un anno fa, poco prima che Baldwin incontrasse Helena, Lizzie fu... *sedotta*.» Disse quella parola e gli si rivoltò lo stomaco. «Fu sedotta da un uomo.»

Lucas spalancò gli occhi. «No.»

«Sì purtroppo. Ero... distratto. Avevo notato segni di turbamento in mia sorella, ma non agii con sufficiente rapidità. Lui la convinse a scappare in Scozia per sposarsi. Quando lo scoprii, gli corsi dietro. Il tipo era un cacciatore di dote, una canaglia della peggior specie. Ma arrivai troppo... fu troppo...»

Lucas gli prese il braccio e lo strinse. «Ho capito. Non l'ha sposato, vero?»

«No. Almeno questo sono riuscito a impedirlo» disse Hugh con un sospiro. «Non che avesse importanza. La sua reputazione sarebbe andata in pezzi se la storia fosse venuta fuori. Erano stati soli più di una notte durante il viaggio. Pagai quel bastardo perché tenesse la bocca chiusa, nella speranza di poterle offrire ancora un futuro.»

Lucas si irrigidì. «Ti sta ricattando?»

«No.» Hugh fece una risata amara. «Gli ho dato così tanti soldi che non avrebbe dovuto tornare a cercarmi per molto tempo. L'ho fatto nella speranza che nel frattempo Lizzie trovasse la felicità e allora qualsiasi cosa avesse detto avrebbe avuto poca importanza. Non è il ricatto che mi ha turbato.»

Lucas si acciglò e guardò la lettera che aveva in mano. «Quest'uomo, è il Walters a cui si riferisce questa persona, vero?»

Hugh annuì, e fu certo che gli si leggesse in faccia il suo tormento. «Sì. E come puoi vedere, ha trovato un'altra donna da raggirare. Questa volta presumo sia stato più convenzionale nei suoi piani di fidanzamento, ma non ho dubbi che abbia usato il denaro che mi ha strappato in quel momento di disperazione per convincere questa donna che non è un cacciatore di dote. Eppure lo è.»

«Non lo hai fermato per proteggere tua sorella da un atto sconsiderato» commentò Lucas. «E così hai vissuto questo ultimo anno rimpiangendo di non averlo contrastato come meritava.»

«E temendo che facesse esattamente quello che sembra abbia fatto e trovasse un'altra vittima» finì Hugh. «La mia fonte dice che il loro fidanzamento non è ancora pubblico, ma quanto tempo potrà passare prima che lo annuncino? Una settimana o due per organizzare un qualche sballo spumeggiante? E poi sarà troppo tardi per sfuggirgli senza danneggiare la reputazione di quest'altra donna proprio come avrebbe distrutto Lizzie.»

«Sono certo che sia questo il suo intento. Per essere sicuro che, se le sue vere motivazioni vengono scoperte, sarà troppo tardi per rompere il fidanzamento» mormorò Lucas allontanandosi di qualche passo. «E se era disposto ad approfittare del carattere dolce di Lizzie, non posso concedergli il beneficio del dubbio che sia cambiato da allora o che ami veramente quest'altra donna.»

Hugh riusciva a malapena a controllare la rabbia che ancora gli bruciava in petto. «Si è fatto beffe di mia sorella dopo aver fatto a pezzi il suo mondo. Non c'è nulla di decente o buono nel suo cuore.»

Lucas lo guardò. «Come sta tua sorella?»

Hugh guardò fuori dalla finestra. «Ha ancora il cuore spezzato. All'inizio era perché teneva davvero a quell'uomo e rimpiangeva il futuro che aveva sperato di avere. Ma col passare del tempo, l'ho vista volgere su se stessa il disprezzo che provava per quel bastardo. Si considera una sciocca incapace di distinguere cosa è vero e cosa non lo è. Vuole solo rimanere in campagna, lontana da tutti. A malapena riceve visite, e solo su mia insistenza. Quell'uomo ha spezzato il suo spirito. Vorrei averlo ucciso quando ne ebbi la possibilità.»

«Ammazzarlo le avrebbe fatto solo più male» gli ricordò Lucas. «Come sai bene, altrimenti presumo che lo avresti fatto.»

Hugh fece un cenno con la testa. «Sì. Ed eccoci qui. Quest'altra donna è in pericolo tanto quanto lo fu Lizzie. Dubito che lei o la sua famiglia abbiano la minima idea del serpente che stanno facendo entrare in casa loro.»

Lucas inclinò la testa. «Non è una tua responsabilità, Hugh.»

«No?» Hugh buttò fuori il fiato lentamente. «Sono un uomo di potere e avrei potuto distruggerlo. È stato il mio orgoglio a impedirmelo.»

«Forse il tuo orgoglio ha avuto una parte, ma è stato l'amore che provi per tua sorella che ti ha impedito di scuoiarlo sulla pubblica piazza. Il benessere e la reputazione di tua sorella erano le tue principali preoccupazioni.»

Hugh scrollò le spalle «In ogni caso, ho la responsabilità di assicurarmi che quest'uomo non ripeta più quello che ha già fatto. Quindi devo fare qualcosa per fermarlo adesso.»

Lucas fece un lungo passo avanti. «Cosa?»

«Non lo so» sospirò Hugh. «Ma troverò un modo. Lo fermerò a qualunque costo.»

CAPITOLO DUE

La signorina Amelia Quinton si guardò nel riflesso dello specchio mentre la sua cameriera, Theresa, le acconciava i capelli scuri in un bello chignon alto. Sorrise al suo viso, vedendovi riflessa tutta la sua felicità, poi si pizzicò le guance per renderle ancora più rosa.

«Cos'è che avete, signorina?» chiese Theresa con una risata mentre continuava il suo lavoro. «Vi fissate come se non aveste mai visto uno specchio.»

«Sto solo cercando di vedere se ho un aspetto diverso ora che sono una gentildonna fidanzata» disse Amelia.

Theresa fece un sorrise gentile anche se scosse la testa. «Siete adorabile, come lo siete sempre stata. Nessun uomo e nessun futuro potrà mai cambiarlo.»

Amelia alzò gli occhi al cielo a quelle parole.

«Ma Aaron ha cambiato il mio futuro, e in modo molto romantico» sostenne.

«Così avete detto.» Theresa parlò con tono asciutto mentre si infilava qualche forcina tra le labbra e borbottava: «Suppongo che vi piacerebbe molto raccontare di nuovo com'è andata.»

Amelia cercò di non mettersi a saltellare, ma era quasi impossibile. «So che ti annoia a morte, ma devi capire quanto sia difficile non poterlo condividere con i miei amici. Papà è molto fermo sulla necessità di mantenere la notizia riservata fino all'annuncio formale della prossima settimana.»

«Avanti allora» disse Theresa sventolando la mano. «Farò finta di ascoltare.»

Amelia rise alla sua battuta e poi chiuse gli occhi per poter rivivere nella mente ogni momento della storia che avrebbe raccontato. «Eravamo fuori per una passeggiata in giardino» disse. «Il tempo era stato decisamente orribile per giorni, ma quella mattina un sole luminoso e felice si era fatto strada tra le nuvole e splendeva caldo su di noi.»

«Praticamente la provvidenza» disse Theresa, e infilò delicatamente una forcina nelle ciocche di Amelia.

Amelia aprì un occhio e le lanciò un'occhiata. «È possibile. Stavo riflettendo su quanto fossero belle le margherite quando mi sono girata per dire qualcosa ed eccolo lì, in ginocchio, proprio come nei dipinti dei cavalieri antichi.» Congiunse le mani. «Ha chiesto la mia mano dopo aver recitato un... brano di poesia francamente molto lungo, e naturalmente ho detto di sì.»

Theresa annuì. «Conosce il vostro spiccato senso del romanticismo, questo è chiaro. Presumo che il vostro matrimonio sarà solo sole, fiori e farfalle per il resto dei vostri giorni.»

Amelia sorrise. Le parole di Theresa descrivevano in modo molto azzeccato come immaginava un matrimonio romantico con un uomo che sembrava capire la sua anima. Gli piacevano tutte le stesse cose che piacevano a lei, condivideva quasi tutte le sue opinioni... era praticamente l'immagine sputata dell'uomo che aveva sognato fin da bambina.

Eppure...

«Mancava solo una cosa, suppongo» disse, quasi più a se stessa che a Theresa.

La cameriera esitò. «Mancava qualcosa? Cosa potrebbe essere? Non ne avete mai parlato.»

Amelia si mordicchiò il labbro e incrociò gli occhi di Teresa nell'immagine dello specchio. «Stavo cercando di non essere avida. Di non guardare a dove quel momento è stato carente.»

«E dove lo sarebbe stato?» chiese Theresa con un'espressione preoccupata mentre si metteva davanti ad Amelia per guardarla in faccia.

«Un bacio» sussurrò Amelia piegando la testa mentre un forte rossore le inondava le guance.

«Signorina Amelia!» sbottò Theresa sorpresa. «Una gentildonna non dovrebbe...»

Amelia si alzò in piedi e scappò dall'altra parte della stanza per sfuggire alle parole che uscivano dalle labbra di Theresa. «Lo so, so che non dovrei volerlo. E suppongo che dovrei preferire che sia corretto con me. Eppure volevo che lo facesse a prescindere. In quale altro caso ci si aspetterebbe un bacio rubato se non quando si fa una proposta del genere?»

Theresa sospirò, e quando Amelia si voltò vide uno sguardo ancora turbato sul suo volto. Scosse la testa. «Ci sarà un sacco di tempo per baciarsi dopo. Sono certa che deve volere le stesse cose che volete voi. Avrete tutta la vita per... imparare quali sono queste cose.»

Theresa stava arrossendo tanto quanto Amelia sapeva di stare diventando rossa lei stessa. Si portò le mani fredde sulle guance ridendo nervosamente. «Oh, mi dispiace.»

«Non dovete» insistette Theresa, e la guardò su e giù. «Ora avete un aspetto incantevole e siete pronta per raggiungere vostro padre per il tè.»

«Grazie» disse Amelia. «Ora vado da lui.»

Theresa le fece cenno di andare e si mise a riordinare la sua toletta. Amelia se ne andò, dirigendosi in corridoio e scendendo la lunga scala posteriore che l'avrebbe portata al salone dove suo padre probabilmente attendeva il suo arrivo. Si sarebbe arrabbiato se fosse arrivata in ritardo, così si affrettò a percorrere i corridoi fiochi.

Stava proprio girando dietro l'angolo dell'ultimo appena prima della porta del salotto quando si fermò.

Il loro maggiordomo di famiglia, Fielding, stava risalendo il lungo corridoio dalla direzione del foyer. E non era solo. Dietro di lui c'era un uomo molto alto e dalle spalle larghe. Aveva i capelli legati all'indietro in un codino e gli occhi scuri concentrati davanti a sé. Aveva la bocca incurvata in una linea torva e non sembrò accorgersi di lei mentre seguiva il maggiordomo fino al salone dove lo attendeva suo padre.

Continuò a fissarli finché non scomparvero alla vista. Non conosceva quell'uomo. Non che conoscesse tutte le persone con cui suo padre aveva motivo di interagire. Ma aveva fatto da padrona di casa per diversi anni e si sarebbe ricordata dello straniero tenebroso e molto bello che si era introdotto nei loro saloni.

A quel pensiero si allontanò dalla porta. Era fidanzata. Non era giusto chiamarlo bello. Pensare che lo fosse. Notarlo... era un tradimento, no? Certamente non avrebbe voluto sentire che Aaron occhieggiava giovani donne venute a far visita alla sua famiglia.

Non che lei avesse incontrato la famiglia di Aaron o sapesse molto di loro.

Scacciò tutti quei pensieri confusi e si diresse verso il salotto mentre Fielding usciva dalla stanza. Lui incontrò il suo sguardo mentre chiudeva la porta.

«Buon pomeriggio, Fielding» disse con un filo di voce. «Chi era quell'uomo?»

Lui diede un'occhiata alle sue spalle, e per un momento le sembrò di vedere un'espressione nervosa attraversare il volto solitamente implacabile del maggiordomo. «Il Duca di Brighthollow, signorina» disse. «È venuto a vedere vostro padre, del tutto inatteso.»

«Un duca?» ripeté Amelia fissando la porta chiusa. «Che strano.»

Naturalmente suo padre conosceva dei duchi: l'aveva portata a molti balli e riunioni in cui erano presenti persone di rango. Ma c'era una netta differenza tra un visconte minore e un uomo di tale rango. Di solito non venivano in visita.

«Infatti, milady» disse Fielding.

«Be', presumo che questo significhi che mio padre sarà occupato per il tè.»

«Credo di sì, signorina Amelia. Vi farò mandare un vassoio nel salotto blu, se volete.»

Lei annuì. «Grazie, sarebbe perfetto.»

Il maggiordomo fece un inchino elegante e poi si affrettò ad occuparsi dei suoi affari. Amelia fissò la porta. Era troppo spessa per sentire tutto quello che succedeva all'interno, naturalmente. Non che origliare fosse una cosa da signora. Sospirò e si voltò per andare nell'altro salotto per il suo tè.

Qualunque cosa volesse da suo padre questo duca, di certo l'avrebbe imparato ben presto. E alla fine, era probabile che non fosse una visita di qualche importanza. Niente a che fare con lei e niente che potesse fare alcun tipo di differenza nella sua vita già pianificata.

~

Hugh si sedette su una comoda poltrona di fronte a Lord Quinton, osservandolo mentre versava da bere per ciascuno di loro. Faceva fatica a decifrare l'uomo che era venuto a trovare. Tutto quello che poteva veramente dire di Quinton era che era sorpreso di essere visitato da un uomo cui doveva rivolgersi con "Vostra Grazia".

E perché non avrebbe dovuto esserlo? Da quando aveva scoperto il fidanzamento di Aaron Walters, Hugh aveva passato la giornata a fare ricerche sulla famiglia della gentildonna in questione. La casata di Lord Quinton non era molto importante ed era legata solo a una modesta fortuna. Faceva parte dell'alta società, certo, ma tendeva a mescolarsi soprattutto con quelli di rango leggermente inferiore.

Forse era per questo che Walters li aveva scelti. Sposare la figlia del visconte era certamente un'elevazione per lui, ma non tale da causare troppo scalpore quando aveva iniziato il suo finto corteggiamento.

Hugh ingoiò la bile che gli saliva in gola ogni volta che pensava a quel bastardo e si sforzò di sorridere mentre Quinton gli portava lo sherry.

«Ho pensato che poteste volere qualcosa di un po' più forte del tè» spiegò Quinton sistemandosi nel posto vicino a quello di Hugh. Sembrava confuso, ma non particolarmente nervoso al momento. Non era un uomo massiccio. In effetti, era piuttosto magro e dall'aspetto rapace.

Un breve silenzio rese spessa l'aria tra di loro. «Per quanto sia onorato del vostro arrivo inaspettato, Vostra Grazia, e vi accolga con tutto il cuore nella mia casa, ammetto che mi chiedo cosa possiate volere» disse infine Quinton.

Hugh sentì contrarsi leggermente l'angolo delle proprie labbra. «Vedo che siete un uomo diretto. Ovviamente lo apprezzo. Sarò altrettanto diretto.» Si schiarì la gola. «Recentemente ho sentito dire che vostra figlia... si chiama Amelia, vero?»

Quinton aggrottò la fronte ancora più confuso. «Sì, Amelia è la mia unica figlia.»

Hugh fece un cenno con la mano. «Molto bene. Ho sentito voci sul suo recente fidanzamento con un...» Si interruppe perché non aveva intenzione di chiamare il suo fidanzato un gentiluomo. «Una *persona* di nome Aaron Walters.»

Il volto di Quinton vacillò e gli lampeggiarono gli occhi per l'irritazione. «Quella ragazza. Le ho dato una sola direttiva, di stare zitta, e lei se ne va in giro senza tregua a fare chiacchiere come una sciocca romantica. Dove avete sentito questa voce?»

Hugh strinse gli occhi davanti al modo sprezzante in cui Quinton si era riferito a sua figlia. Sembrava che nutrisse poco affetto nei suoi confronti. Poteva significare che questa Amelia era ancora meno protetta di quanto lo fosse stata sua sorella? Dopo tutto, Hugh adorava Lizzie... era pronto a proteggerla.

Non sembrava che Quinton fosse della stessa idea.

«Non ho sentito questa notizia a seguito di qualcosa che vostra figlia ha detto o fatto, ve lo assicuro» disse piano. «Per quanto riguarda come l'ho saputo, non ha molta importanza a questo punto. So che sono fidanzati.»

Quinton lo esaminò attentamente e poi alzò le mani. «Be', presto sarà tutto annunciato, quindi suppongo che queste voci che avete sentito importino poco. Non riesco a immaginare perché vi interessi, però, Vostra Grazia. Non sono esattamente nella vostra sfera, né lo è il gentiluomo in questione.»

«Giusto» disse Hugh, cercando ancora di non rifuggire fisicamente al concetto che Walters fosse un gentiluomo di qualche qualità. «Sono qui per scoraggiare questa unione.»

Quinton sbiancò completamente e si alzò piano in piedi. «Prego?»

Hugh rimase seduto, permettendo al suo interlocutore così turbato di mantenere la posizione più alta. Non c'era motivo di assumere un atteggiamento di sfida, almeno non ancora. Quinton semplicemente non capiva la gravità della situazione.

«Si deve porre fine al fidanzamento» disse Hugh, mantenendo un tono neutro. Calmo. Come se non significasse nulla per lui, quando invece significava sicuramente molto. «E prima che venga annunciato pubblicamente, per ridurre l'impatto sulla reputazione di vostra figlia.»

Quinton scosse la testa. «State scherzando, Vostra Grazia. Quest'uomo ha fatto un'offerta ragionevole quando ha chiesto di sposare mia figlia. Lei sembra esserne innamorata, com'è di moda di questi tempi. Perché dovrei porvi fine? E ancora una volta, perché dovrebbe interessarvi? Avete del tenero per mia figlia?»

Hugh strinse le labbra. «No, certo che no. Se avessi voluto chiederne la mano, l'avrei fatto. Quanto al perché...»

Si interruppe. Il perché di questa situazione era ancora troppo delicato. Raccontarlo significava esporre sua sorella ai pettegolezzi, alle chiacchere, alle insinuazioni. Non aveva alcun desiderio di farlo, anche se era spinto a proteggere questa donna sconosciuta da un predatore che non aveva fermato quando ne aveva avuto la possibilità.

«Avanti» disse Quinton, incrociando le braccia. «Datemi una buona ragione.»

«Ho avuto a che fare con Walters» disse Hugh con cautela. «E posso assicurarvi che non è una persona... perbene. Vi garantisco che non ha a cuore l'interesse di vostra figlia.»

Lo sguardo del visconte sfrecciò su Hugh, e lo squadrò con aria perspicace. «Voi ed io ci siamo stretti la mano ai ricevimenti forse tre volte negli ultimi dieci anni. Dubito che abbiamo condiviso più di un minuto di conversazione fino ad oggi. Eppure volete che getti al vento le intenzioni di un uomo che si è fatto conoscere quasi ogni giorno per due mesi. Volete che lo emargini in quanto non gentiluomo sulla base di una vaghissima accusa.»

«Non posso essere più specifico» disse Hugh, e a quel punto si alzò, arrivando a torreggiare il suo ospite. «Ma la mia è una parola d'onore, potete chiedere a chiunque mi conosca. Non sono un uomo che calunnia gli altri con leggerezza. Cos'altro posso dire per convincervi che questo non è il miglior partito per vostra figlia?»

Quinton lo osservò e poi sorrise appena. «Voi non siete sposato, Vostra Grazia.»

Hugh si agitò quando gli fu chiaro cosa intendesse. «Non lo sono» ammise.

«Perdere questa unione mi causerà... problemi» disse Quinton accigliandosi. «Siete disposto a offrirmi un'opzione migliore da considerare?»

Hugh indietreggiò di scatto e si allontanò barcollando. «Cosa mi state chiedendo?»

Quinton scrollò le spalle. «Ho bisogno di accasare mia figlia. Questo è l'anno migliore. Scambiare un fidanzamento con un uomo non titolato con uno con un duca mi sembra piuttosto vantaggioso.»

Hugh non poté mascherare lo sgomento, per quanto si sforzasse.

«Sono venuto per avvertirvi che vostra figlia è in pericolo e voi cercate di... mercanteggiare con me?» riuscì a ribattere tra i denti

«Perché non dovrei?» chiese Quinton. «Non ho idea se quello che insinuate su Walters sia vero. Mi chiedete di andare sulla fiducia e di distruggere qualsiasi accordo io abbia già preso con quell'uomo. E mia figlia sarà infelice se non le concedo questo matrimonio. Perché non dovrei beneficiarne ed essere in grado di presentarle una sorta di manna per attutire il colpo?»

Hugh lo fissò mentre cercava di immaginare come avrebbe reagito se qualcuno fosse andato da lui prima che Lizzie scappasse con Walters. Cosa avrebbe fatto e detto per reazione se avesse potuto proteggerla dal male molto prima che il danno fosse fatto.

E quest'uomo non aveva nessuna di queste risposte. Vedeva Hugh solo in termini di profitto rispetto agli svantaggi per se stesso. Proprio come doveva vedere Walters, anche se Hugh non poteva immaginare cosa Quinton credeva di comprare con la dote di sua figlia.

Questa giovane, Amelia, era in pericolo per mano di suo padre tanto quanto lo era con Walters, a quanto pareva. Ma l'idea di sposarla, di prendere in moglie un'estranea... come poteva accettare? Anche l'idea di rendere a Walters pan per focaccia, facendogli capire che gliel'aveva rubata lui... perfino *questo* non diminuiva la sua esitazione. Per quanto l'idea fosse davvero confortante.

«Fatemela incontrare» disse Hugh alla fine. Era davvero l'unico modo per sapere cosa fare dopo. E se avesse avuto la possibilità di parlare con la giovane, forse avrebbe potuto convincerla a rompere il fidanzamento e questo avrebbe messo fine a tutta questa follia.

Quinton si sfregò il mento e sembrò riflettere su quella richiesta. «Potete vederla» disse, e si avvicinò al campanello per chiamare il maggiordomo, che arrivò di lì a poco. Quinton lanciò un'occhiata a Hugh prima di dire: «Fielding, chiedete ad Amelia di andare a raccogliere dei fiori per l'ingresso.»

Il maggiordomo guardò Hugh confuso. «La signorina Amelia sta prendendo il tè nel...»

«Ditele di farlo adesso» insistette Quinton.

Fielding annuì e lasciò la stanza. Lentamente Quinton si voltò verso Hugh, con un'espressione compiaciuta sul volto. Hugh lo fissò. «Non mi volete lasciare parlare con vostra figlia. La donna che volete che io accetti di sposare.»

«Non credo che avrete bisogno di parlare quando l'avrete vista.» Quinton lasciò la stanza, voltandosi a parlare da sopra la spalla. «Ora o mai più, Vostra Grazia. Togliamoci il pensiero.»

Hugh strinse i pugni lungo i fianchi e lo seguì fuori dalla stanza, con la rabbia che gli saliva ad ogni passo. Fu guidato lungo i corridoi tortuosi della tenuta del visconte e uscì attraverso un salone che portava alla veranda dietro casa. Mentre uscivano dalla stanza, Quinton prese un cannocchiale e si avvicinò al bordo della terrazza.

Hugh gli si avvicinò e guardò giù in giardino. Una giovane donna stava passeggiando tra i fiori, con un cestino in mano, cogliendo una rosa qui, una margherita là. Aveva capelli scuri e una bella figura, ma era troppo lontana per distinguere qualsiasi altra caratteristica.

Quinton sorrise e gli porse il cannocchiale. Hugh fece un respiro profondo e la fissò. Si era voltata, e gli mancò il fiato. Amelia Quinton era... meravigliosa. Era l'unico modo in cui poteva descriverla. Era il tipo di donna che qualunque uomo si sarebbe voltato a guardare se gli fosse passata davanti al parco. I suoi capelli scuri incorniciavano un viso pallido con labbra carnose e rosa che si incurvavano naturalmente in un mezzo sorriso. Ma ciò che spiccava sopra ogni altra cosa erano i suoi occhi. Non aveva mai visto un azzurro simile prima di allora.

Sentì un moto di desiderio nello stomaco che non sentiva da molto tempo. Un bisogno che rizzava la testa e gli faceva venire voglia di avvicinarsi a quella donna.

Abbassò il cannocchiale e guardò suo padre, che aveva un'espressione estremamente compiaciuta in viso. «Assomiglia alla sua defunta madre» disse infine Quinton.

Hugh gli ridiede il cannocchiale e scosse la testa. «È bellissima, cosa che ovviamente sapete, visto che fate leva su questo fatto. Ma non potete davvero aspettarvi che io ne chieda la mano senza conoscerla. Senza il suo consenso.»

«Acconsentirà» disse Quinton mentre faceva cenno a Hugh di tornare verso il salone. Quando entrarono, Quinton si voltò verso di lui. «*Se* gestiamo questa situazione con molta attenzione.»

Hugh lo fissò. «Gestiamo? Cosa volete dire? Mi avete detto che si crede innamorata di Walters.»

Si spaventò pensando all'espressione distrutta di Lizzie la sera in cui l'aveva trovata con quel bastardo. Una parte di quello strazio non era mai andata via. Era sempre con lei adesso. E lui avrebbe fatto qualcosa di simile alla giovane là fuori.

«Vuole bene anche a me» disse Quinton. «Cerca sempre la mia approvazione. Dite la bugia giusta e verrà presto a più miti consigli.»

A Hugh si rivoltò lo stomaco. «Siete della stessa pasta del suo fidanzato.»

Quinton non sembrò offeso da questa accusa. «Siete un uomo di mondo, Vostra Grazia. Mi sorprende che non capiate come funziona. Usiamo le relazioni come merce di scambio, usiamo quello che possiamo. Se non vi piace come pensate che la tratti Walters o come la tratto io, potete salvarla.»

Hugh si allontanò, serrando le labbra. Se avesse sposato questa donna, avrebbe fatto proprio questo. L'avrebbe *salvata*, anche se lei non l'avrebbe vista in quel modo. E Hugh avrebbe guadagnato del tempo per smascherare Walters senza esporre Lizzie. Per impedire a quel bastardo di avere ancora il potere di rifare la stessa cosa.

Ma sposarsi? Con una perfetta sconosciuta? In queste circostanze? L'idea lo ripugnava.

«Ha una bella dote» continuò Quinton, e c'era qualcosa di aspro nel suo tono. «Ci ha pensato la famiglia di sua madre. Non perdereste nulla sposandola. Il mio nome è rispettabile. Non sarebbe diverso che se combinassimo il matrimonio in modo più tradizionale.»

Hugh distolse il viso. Aveva visto sette dei suoi migliori amici innamorarsi follemente, appassionatamente e permanentemente delle loro mogli negli ultimi due anni. Aveva quasi dimenticato che non era così che andava il mondo, in verità. Che i matrimoni combinati privi di affetto o passione, magari tormentati dal risentimento e dal rimpianto, erano più comuni dei matrimoni d'amore.

Non che stesse cercando un matrimonio d'amore, tanto per cominciare.

«Fatemici pensare» disse, la sua voce strana mentre pronunciava quelle parole quasi contro la sua stessa volontà.

Quinton alzò le mani in segno di frustrazione. «Dovete pensare in fretta, Vostra Grazia. Non ho alcuna ragione per non portare avanti gli accordi così come sono stati presi. Il fidanzamento di Amelia sarà annunciato tra meno di una settimana. Quando ciò accadrà, potreste avere perso la vostra occasione.»

Hugh fissò l'espressione del suo interlocutore, e per un momento si sentì incredibilmente dispiaciuto per la giovane donna in giardino. Sapeva quanto poco a suo padre importasse il suo benessere? Conosceva la vera natura del suo fidanzato?

«Buona giornata» ringhiò, girò sui tacchi e uscì dal salotto dirigendosi a grandi passi verso l'ingresso. Ma mentre si allontanava da Lord Quinton, non poté fare a meno di lasciare che la mente tornasse alle immagini di Amelia Quinton. E non poté evitare di chiedersi cosa diavolo avrebbe dovuto fare ora che le scelte davanti a lui erano così confuse e incerte.

CAPITOLO TRE

Amelia non conosceva la Duchessa di Willowby, almeno non più di quanto sapeva dalle voci che circolavano in società sulla gentildonna e su suo marito. *Lui* era ricomparso in buona compagnia dopo una lunga e misteriosa assenza appena un anno prima e l'aveva sposata in tutta fretta. Quanto a sua moglie, be', tutti sapevano che non proveniva da una casata con un titolo e nemmeno da un legame con la nobiltà. Il padre di Amelia aveva brontolato un po' in proposito all'epoca.

Amelia aveva visto la signora a una festa una volta, e pensava che la duchessa fosse molto bella. Lei e il duca erano anche chiaramente molto innamorati, il che gliela rendeva più simpatica. Ora sorrideva al solo pensiero. Sposarsi per amore di sicuro sembrava un'ottima impresa dall'esterno, e presto lo avrebbe fatto lei stessa.

La porta del salone si aprì ed entrò la duchessa. Da vicino, era ancora più bella, con i suoi folti capelli ramati, gli splendidi occhi verdi e un'inclinazione maliziosa delle labbra. Amelia le sorrise e osservò come lo sguardo della dama la scrutò dalla testa ai piedi. Improvvisamente si sentì come se la stessero valutando, e si agitò in preda al disagio all'idea.

Ma poi la duchessa sorrise e si avvicinò ad Amelia tendendole la mano. «Signorina Quinton, benvenuta. Grazie per essere venuta a prendere il tè con me. Lo apprezzo molto.»

«Grazie per avermi invitato, Vostra Grazia» disse Amelia mentre le due donne si stringevano la mano. «La vostra casa è incantevole.»

«Anche voi. E dobbiamo darci del tu.» Fatta questa stupefacente richiesta, la duchessa si allontanò e andò alla credenza dove iniziò a preparare il tè.

Amelia sbatté le palpebre stupita. «Del... del tu? Vostra Grazia, non credo che sarebbe...»

«Appropriato?» concluse Diana con una risata. «Sono sicura di no, ma m'interessa poco. Non sono cresciuta in società, e penso che molte delle loro regole siano sciocche. Se dobbiamo essere amiche, perché non dovremmo darci del tu? Comunque, quando qualcuno si rivolge a me con "Vostra Grazia", mi fa venire in mente mia suocera, e lei non è una persona molto simpatica. Che si tenga pure lei le formalità, visto che le piacciono così tanto.»

Fino a quel momento Amelia si era limitata a fissare la duchessa, ma poi si portò una mano alla bocca per soffocare una risatina davanti a quella valutazione inaspettata e piuttosto schietta della loro situazione. Ormai era deciso. Le piaceva la duchessa... *Diana*. Anche se non aveva ancora idea del perché la donna volesse diventare sua amica.

«Vieni a sederti» disse Diana, indicando un paio di poltrone davanti al camino. «Così possiamo conoscerci meglio.»

Amelia annuì, e ben presto se ne stettero a scaldarsi vicino al fuoco, chiacchierando come vecchie amiche. Diana era arguta, sincera e gentile, e le piacevano molti degli stessi autori che piacevano ad Amelia. Si sentiva sempre più a suo agio e le sue preoccupazioni sul perché la gentildonna l'avesse invitata cominciarono a svanire.

Improvvisamente Diana guardò l'orologio sulla mensola del camino e sbiancò. «Santo cielo» disse. «Ho perso la cognizione del tempo chiacchierando. Avevo bisogno di istruire la cuoca riguardo la cena. Vuoi scusarmi solo un momento?»

Amelia aggrottò la fronte a quello strano pretesto, ma annuì. «Certo. Ma se hai da fare, posso andare via.»

Diana le strinse la mano mentre si alzava. «Non essere sciocca. Resta e tornerò tra un istante.»

Amelia fece un sospiro quando la sua nuova amica uscì dal salotto. Si alzò in piedi e andò dall'altra parte della stanza a osservare un ritratto appeso alla parete opposta. Era del duca e della duchessa. Era abbastanza somigliante a entrambi e, sebbene fosse formale, catturava lo scintillio negli occhi di Diana e la rude avvenenza del duca. Dal modo in cui si stringevano le mani, era chiaro che i loro cuori erano legati, così inclinò la testa per osservare più da vicino le loro espressioni.

Sentì un movimento dietro di lei mentre lo faceva e si voltò, aspettandosi di trovare Diana che tornava dopo la sua commissione. Ma non era la sua nuova amica. Invece, lo stesso uomo che aveva fatto visita a suo padre il giorno prima si trovava appena al di là della soglia del salotto. Il Duca di Brighthollow, così aveva detto Fielding.

I suoi lunghi capelli erano di nuovo legati all'indietro, ma era sfuggita una ciocca che ora incorniciava gli zigomi finemente cesellati e le labbra carnose. Sembrava quasi fosse fatto apposta.

Le sue stesse labbra si schiusero, e improvvisamente ebbe l'impressione che tutta l'aria fosse stata risucchiata dalla stanza. Lui rimase lì, a fissarla con quegli occhi scuri che restavano fin troppo saldamente fissi sui suoi e le mani strette ai fianchi. La porta era aperta dietro di lui: non c'era nulla di sconveniente nel fatto che fossero insieme, a parte il fatto che non erano mai stati presentati formalmente.

Eppure tutto, in quel momento inaspettato, sembrava molto sconveniente. Quell'uomo riempiva tutto lo spazio intorno a lei, e anche se era ad almeno cinque lunghi passi di distanza, si sentiva oppressa dalla sua sola presenza.

Degluti a fatica. «B… buon pomeriggio» riuscì a squittire.

Lui inclinò leggermente la testa. «Buon pomeriggio, signorina Quinton.»

Amelia sbatté le palpebre. Perché sapeva il suo nome? Perché si comportava come se si conoscessero già? «Io...» balbettò, incerta su cosa avrebbe dovuto dire dopo. Ancora più incerta sul perché la folle sensazione di avere un nodo allo stomaco le stesse dicendo di scappare da quell'uomo. Dalle strane sensazioni che creava in lei.

«Chiedo scusa» disse lui, facendo un passo avanti e aumentando ancora di più l'agitazione che sentiva in corpo. La sua voce era molto... rilassante. No, non era la parola giusta. Ipnotica. «Non siamo stati presentati. Io sono il Duca di Brighthollow. Sono un amico del Duca di Willowby.»

Amelia annuì, più che altro per abitudine. E che altro poteva fare? Lo stava già fissando come una scema, se non avesse risposto in qualche modo avrebbe fatto la figura dell'idiota.

«Io... sì» disse lei. «Mi ricordo di voi. Siete venuto a trovare mio padre ieri, vero?»

I suoi occhi si spalancarono. «Mi avete visto a casa vostra.»

La forza della sua reazione la sorprese, e corrugò la fronte. «Sì, in corridoio. Stavo per vedermi con mio padre per il tè quando siete arrivato.»

«Ah.» Parte della tensione gli svanì dal viso.

Aspettò che il duca continuasse a parlare. Che dicesse qualcosa, ma non lo fece. Continuò semplicemente a guardarla. Non era affatto lascivo, non come la guardavano molti uomini. Non c'era nulla di minaccioso. Ma la sua espressione era molto concentrata. Quasi intima. Come se si conoscessero, anche se non era così. Sentì un fremito allo stomaco e si detestò per questo.

Il suo stomaco avrebbe dovuto fremere solo per un uomo. E non era questo.

«Vi... vi serviva qualcosa?» sbottò, se non altro per rompere la tensione.

Lui sbatté le palpebre, quasi come se non si fosse reso conto di aver continuato a fissarla e basta. «No. Stavo solo passando di qua.

Le mie scuse per l'intrusione, milady. Vi auguro una buona giornata.»

Con questo, eseguì un inchino formale e girò sui tacchi per andarsene. Lei lo seguì con lo sguardo, le mani che le tremavano e il respiro corto. Cosa c'era in quell'uomo che l'aveva messa così alle strette?

E come poteva farlo smettere?

~

«Non approvo questa follia» disse Lucas mentre Hugh tornava nello studio del suo amico.

Hugh lo fulminò con lo sguardo, chiuse la porta dietro di sé e vi si appoggiò con tutto il suo peso. «Sì, è quello che hai detto prima che andassi a incontrare la signorina Quinton» ringhiò. «Non pensavo che avessi cambiato idea nel lasso di tempo in cui sono stato via, non c'è bisogno che tu continui a ricordarmelo.»

«Penso di sì invece» scattò Lucas mentre si alzava dalla scrivania. «Allora, adesso hai incontrato la ragazza. Ti prego, dimmi che questo pone fine a qualsiasi considerazione su questa ridicola idea di sposarla nel tentativo di salvarla.»

Hugh trasalì, si diresse verso la credenza e si versò un liquore forte. Mandò giù l'intero bicchiere in un sol sorso e pensò al suo incontro con Amelia. Era ancora più bella da vicino, se possibile. C'era una vena d'intelligenza nei suoi occhi, una luminosità che non aveva avuto per molto tempo nella sua vita. E profumava di vaniglia e di qualcosa di speziato, inebriante. Qualcosa in cui un uomo poteva annegare.

Se l'avesse sposata, non avrebbe avuto difficoltà a desiderarla. Certo, lei lo avrebbe disprezzato. Ma molte persone disprezzavano i loro coniugi. I genitori di Lucas, per esempio, si erano odiati. Ed era andata a finire molto male.

Scosse la testa. «Non è un'idea ridicola.»

Lucas gli si avvicinò e gli afferrò il braccio, scuotendolo con decisione. «Lo dici a me o a te stesso?»

Hugh fissò lo sguardo preoccupato di uno dei suoi migliori amici. Abbassò la testa in segno di sconfitta, perché non c'era modo di nascondere quello che provava a quell'uomo. «Non ne sono sicuro. Ma non credo che sia un'idea ridicola.»

«Considerare di sposare una perfetta sconosciuta per vendetta? Per senso del dovere e di autoflagellazione?»

Hugh si liberò dalla stretta di Lucas con uno strattone e lo guardò male. «Un sacco di gente si è sposata per motivi ben peggiori.»

«Non la *nostra* gente.» Entrambi gli uomini si voltarono e videro Diana alla porta. Teneva le labbra premute insieme al punto da formare una sottile linea bianca, un indizio che gli faceva capire che disapprovava i suoi piani proprio come suo marito.

«La signorina Quinton se n'è andata?» chiese Hugh, con la gola improvvisamente secca.

Diana annuì lentamente. «Sembrava un po'... sconvolta quando sono tornata. Non ho idea di cosa tu le abbia detto, ma era impallidita del tutto. Si è scusata e se n'è andata di punto in bianco.»

Hugh si accigliò. Non aveva cercato di spaventarla. Era un pessimo inizio, considerando quello che stava meditando potesse venire dopo.

«Ben fatto, Brighthollow» mormorò Lucas.

Diana lanciò uno sguardo a Lucas, lui alzò le mani e si allontanò come se si stesse arrendendo a sua moglie.

Non c'era da stupirsene. Diana era il suo tutto.

La duchessa si avvicinò a Hugh e gli sorrise mostrando gentilezza e comprensione. In quel momento, non gli importava che sapesse la verità su sua sorella e su quello che aveva passato. Sapeva che Diana avrebbe mantenuto quel segreto fino alla tomba. Era incapace di qualsiasi crudeltà.

«Hugh, i tuoi amici si sono tutti sposati per amore. Nessuno di noi vorrebbe vedere che ti accontenti di meno della felicità che abbiamo trovato noi.» Gli sfiorò delicatamente la mano, il tocco di una guaritrice che cercava un modo per guarirlo.

Lui scosse lentamente la testa. «L'amore non è per tutti.»

«Così dicevano sette dei tuoi amici prima di te, da veri stupidi!» sbraitò Lucas dalla sua scrivania.

«Non sei d'aiuto, amore mio» disse Diana senza guardarlo. Sorrise a Hugh. «Anche se non ha tutti i torti. Pensa a quello a cui rinunceresti.»

Hugh la guardò e poi chiuse gli occhi. Gli fu facile richiamare alla mente le immagini dei suoi amici sposati. Baci rubati e sguardi complici, gioiose feste di bambini e risate. Vide le loro lotte e i loro piaceri e tutte le cose che avevano guadagnato grazie al loro amore. Ma sapeva che non avrebbe mai avuto nulla di simile. Non se avesse forzato la mano di questa giovane donna.

«Forse non *merito* quello che hanno trovato i miei amici.»

Diana spalancò gli occhi addolorata. «Hugh» disse con un filo di voce.

Si allontanò da lei. «Sapevo che mia sorella era... in difficoltà e non ho indagato. Pensavo fosse una fase passeggera.»

«Come potevi sapere cosa stava realmente accadendo?» chiese Lucas, senza tutto l'ardore di prima. «Siamo passati tutti da quell'età... mi ricordo che facevamo i capricci. Nessuno avrebbe potuto pensare che Lizzie stesse meditando qualcosa di tanto folle come una fuga d'amore.»

Hugh strinse il pugno al suo fianco. «Ma quando questa... questa cosa... quest'uomo le ha fatto del male, non ho fatto nulla. Non ho detto niente. Gli ho pagato quei maledetti soldi e l'ho lasciato andare via. E ora qualcun'altra soffrirà. Qualcun'altra diventerà sua preda a causa del mio orgoglio. Non merito la felicità o l'amore o qualsiasi altra cosa. È mio dovere fare tutto ciò che è in mio potere per impedirgli di danneggiare un'altra persona.»

Diana gli si avvicinò. «Allora dille la verità! Ho passato un'ora con Amelia prima di andarmene per permettervi il vostro incontro. Mi piace molto. Sembra gentile e intelligente, spiritosa e brillante.

Se tu la stessi corteggiando per qualsiasi altra ragione al di là di questa assurdità, direi che è un buon partito per te.» Gli prese la mano e la strinse. «Almeno dalle la possibilità di chiarirsi le idee su quest'uomo.»

Hugh scosse piano la testa. «Ne è innamorata.»

Diana lanciò una rapida occhiata a Lucas. «Si *crede* innamorata di lui a causa delle bugie che le ha raccontato, dell'immagine che le ha presentato. Molte donne commettono stupidi errori basandosi su queste cose. Non significa che sia reale o duraturo.»

Lucas si schiarì la gola e andò da sua moglie. Hugh rimase a guardare, ipnotizzato, mentre Diana si allontanava da lui e si lasciava abbracciare da suo marito. Lucas si chinò e le diede un bacio sulla tempia, e in quel momento furono nel loro mondo. Un mondo che parlava una lingua che Hugh non capiva, che aveva una storia che non poteva studiare. E lo invidiava. Fin nel profondo.

«Sono sicuro che hai ragione sul fatto che è stata ingannata, proprio come Lizzie» gracchiò Hugh. «Ma questo non significa che ciò che crede di provare non sia reale in questo momento. Mia sorella è scappata con quest'uomo quando hanno sentito che la loro relazione era minacciata. E se dicessi la verità alla signorina Quinton e lei... andasse da lui a riferirgli le mie accuse? Dio solo sa quanto potrebbe essere peggio allora.»

Lucas strinse la mascella. «Pensi che potrebbe farle del male?»

«Non ho idea di cosa sia capace» sussurrò Hugh pensando alla risata crudele di Walters. Quel suono che gli riecheggiava ancora in testa e nei sogni a quasi un anno di distanza. «Inoltre, cosa dovrei dire a questa donna anche se potessi? La verità su mia sorella? E se diffondesse questo pettegolezzo per tutto il *ton*? Allora tutto quello che ho fatto per Lizzie sarà stato inutile.»

Diana scosse la testa. «Devi provare, Hugh. Fai un *qualsiasi* tentativo. Rispetta questa donna abbastanza da provarci.»

Digrignò i denti. Quelle parole furono sufficienti a farlo riflettere. Biasimava suo padre per non averle detto niente o per non averla protetta, ma lui stesso non le stava dando nessuna possibilità se non faceva il tentativo per cui Lucas e Diana stavano insistendo.

«Come?» le chiese.

«Proprio come oggi» disse Diana. «Meg e Simon terranno una soirée domani sera. Mi assicurerò che la signorina e suo padre abbiano un invito. Noi possiamo distrarre il visconte e tu puoi trovare il modo di parlarle da solo per un attimo.»

Hugh si avvicinò alla finestra e fissò il giardino dietro la casa di Lucas e Diana. Aveva cominciato a piovere, e il tempo rifletteva così perfettamente il suo animo che gli venne quasi da ridere.

«Va bene» disse lui. «Hai ragione, la signorina Quinton merita la possibilità di prendere le sue decisioni. Se suo padre non glielo permette, devo farlo io. Parla con Meg, se vuoi. Combina la cosa e io farò la mia parte.»

Solo che quando guardò fuori dalla finestra per osservare quella giornata tetra, non era sicuro di quale fosse la sua parte. Era il salvatore o il demone di questa donna? E i loro destini avrebbero finito per convergere come pretendeva suo padre per salvarla?

Ma più che altro, perché l'idea di passare di nuovo un momento da solo con lei lo solleticava così tanto?

CAPITOLO QUATTRO

Amelia non riuscì a trattenere il tremito di nervosismo allo stomaco quando la carrozza svoltò dietro un altro angolo e li portò più vicini al ballo che si teneva al palazzo del Duca e della Duchessa di Crestwood. C'erano molte ragioni per cui il suo cuore aveva cominciato a battere così forte. Uno era che questo era il secondo invito che riceveva da una persona di tale levatura in altrettanti giorni, e questo la confondeva.

Un'altra era che ogni volta che pensava ai duchi, pensava al Duca di Brighthollow. Dal giorno prima, quando era entrato in salotto, si era trovata a pensare a lui molte volte. Tante volte e si detestava ogni volta che succedeva. Era fidanzata con Aaron! Come poteva pensare al volto di un altro uomo per quanto bello e severo? O ricordare ogni vibrazione della sua voce profonda?

Come poteva sognare un altro uomo? Era una cosa da sgualdrina, una cosa che la segnava anche se nessun altro lo sapeva. Cielo, quando Aaron era venuto a trovarla proprio quella mattina, aveva fatto fatica a guardarlo negli occhi. La loro interazione era stata breve e, per la prima volta, era stata felice che se ne andasse.

Cercò di scacciare quei pensieri, ma la sua ansia non svanì, perché la terza ragione del suo nervosismo era seduta di fronte a lei, e la fissava come se sapesse che aveva fatto qualcosa di sbagliato. Suo padre si mosse sul sedile e disse: «Ancora non capisco perché all'improvviso hai suscitato l'interesse di gente di tale rango.»

«Credimi, papà, non ne ho più idea di te» disse lei, rammaricandosi che la sua voce stridesse così tanto.

«Prima ti invita la Duchessa di Willowby, poi Crestwood. Sono due duchi in due giorni.»

«Tre, a dire il vero» mormorò, odiandosi per come la sua mente potesse evocare tanto facilmente l'immagine del terzo. «Il Duca di Brighthollow è un amico di Willowby. Era in visita da loro quando ci sono andata ieri. Credo che tu lo conosca.»

L'espressione di suo padre si indurì. «Solo di sfuggita. Era alla tenuta di Willowby? Ma tu guarda. E ti ha parlato?»

Amelia esitò. Quasi non voleva raccontargli dello strano incontro con quell'uomo. In qualche modo, voleva tenerlo solo per sé. Un segreto che nessun altro doveva sapere.

Non sembrò importargli che lei non rispondesse, però. Scosse la testa. «È un peccato che tu non abbia potuto aspirare a questo nobiluomo prima di fidanzarti con qualcuno di minor valore.»

Amelia schiuse le labbra. «Solo perché Aaron non ha il rango di duca non significa che abbia meno valore.»

«Certo che sì!» Suo padre fece un cenno verso la grande casa luminosa in lontananza. «Questo circolo di duchi, questo loro piccolo club, è pieno di agiatezza e ricchezze. Di titoli e di sfarzi.»

Amelia pensò agli occhi scuri di Brighthollow, al modo in cui la fissavano con un'intensità che le faceva formicolare tutto il corpo. Era così diverso dagli sguardi dolci e morbidi che Aaron le rivolgeva. Si *sentiva* diversa.

«Non voglio quello che c'è in questo mondo» sussurrò, quasi più a se stessa che a Lord Quinton.

Il suo sguardo passò su di lei, e poi distolse il viso. «Ami veramente Walters?»

«Ho detto che l'avrei sposato. È ovvio che ci tengo.»

«Ma cosa sappiamo di lui, in realtà?» la incalzò il padre. «È apparso così all'improvviso e così poco tempo fa. Forse dovremmo rimandare questo fidanzamento per un po'.»

Le si spalancarono gli occhi. «Abbiamo così tanto in comune, papà. È buono e gentile. Gli piacciono tutti i libri che piacciono a me. Le mie canzoni e i miei balli preferiti sono anche i suoi preferiti. Gli piace persino passeggiare sugli stessi sentieri del parco dove vado io.»

La carrozza cominciò a rallentare, e suo padre lasciò uscire un respiro affannoso. «Be', possiamo parlarne più tardi.»

Quando la porta si aprì e lui si diresse fuori dalla carrozza, lei lo guardò da dietro. Parlarne più tardi? Non aveva idea di che cosa mai potesse avere intenzione di parlarle. Era tutto deciso, semplicemente non era stato annunciato. Non c'era più niente di cui parlare.

Lo seguì nell'atrio, e furono condotti giù per un lungo corridoio luminoso che conduceva alla sala da ballo. Amelia cercò di calmarsi ad ogni passo. Dopo tutto, non ci sarebbe stato nessun Brighthollow stasera. O se fosse stato presente, di sicuro non avrebbe avuto niente a che fare con lei. Qualunque cosa lo avesse portato nel salotto di suo padre non la riguardava, e il suo strano comportamento a casa di Willowby doveva essere un'anomalia.

Considerarlo in altro modo significava andare in cerca di guai più di quanto non avesse già fatto.

Hugh sorseggiava il suo liquore e dalla sua posizione osservava in distanza Amelia praticamente circondata dalle duchesse, quel gruppo collegiale di mogli dei suoi migliori amici che al loro passaggio prendevano su chiunque gli piacesse. Non aveva idea di cosa Diana avesse detto loro di Amelia, ma chiaramente stavano prendendo su *lei* in quel momento.

«Osservi qualcuno in particolare? O stai semplicemente osservando quel ciclone che sono le mogli dei nostri amici?»

Hugh si voltò e non poté fare a meno di sorridere. Gli si era avvicinato Christopher Collins, Conte di Idlewood. Quando Hugh allungò una mano in segno di saluto, Kit lo tirò a sé per un abbraccio e gli diede una pacca sulla schiena.

«Non avevo idea che fossi in città» disse Hugh quando si separarono. «Come sta tuo padre?»

Vide Kit cambiare espressione e sentì una stretta allo stomaco. Kit era l'ultimo del loro piccolo club di duchi che non aveva ancora assunto il titolo. Suo padre, il Duca di Kingsacre, era un uomo meraviglioso. Ma stava cedendo. Stava morendo.

E vide lo stress provocato da questa situazione sul volto di Kit.

«Ha giornate buone e altre meno» disse Kit. «Diana è venuta a trovarlo diverse volte e le sue medicine sembrano davvero aiutarlo, il che è confortante. Tuttavia...»

Non finì la frase, e Hugh non gli fece pressione. «Così ti ha spinto a venire a Londra, vero?»

«Lo conosci. Insiste che io vada avanti con la mia vita. Dice persino che è un allenamento.» Kit distolse il viso.

«E Phoebe come sta?»

Kit fece un lieve sorriso. «Molto bene. Mia sorella è una bambina felice che adora suo padre. Ma è così giovane. Non capisce la sua malattia, anche se nota il suo cambiamento. Prima di partire, mi ha chiesto molto solennemente perché papà fosse così stanco adesso.»

Hugh trattenne il fiato. «So cosa voglia dire fare da padre a una sorella minore.»

«Lo so.» La voce di Kit si incrinò. «E quando sarà il momento, avrò bisogno del tuo aiuto per sapere esattamente come gestire la cosa.» Scosse la testa. «Ma non parliamone più. Cosa c'è dall'altra parte della stanza che assorbe tanto la tua attenzione?»

«Sto solo osservando il nugolo di duchesse» disse Hugh, tornando a guardare il loro gruppo. Amelia stava ridendo insieme a loro ora, e quel sorriso. Santo cielo, era davvero bellissima.

«Chi è la ragazza?» chiese Kit.

Hugh si voltò di scatto verso il suo amico. «Sono così ovvio, vero?»

«So che non sei il tipo d'uomo che concupisce la sposa di un amico» disse Kit. «E tu hai un'espressione molto... *concupiscente* in viso. Dato che la signorina è l'unica sconosciuta del gruppo, devo supporre che sia lei ad attirare la tua attenzione.»

Hugh continuò a guardare Amelia senza rispondere. Cosa doveva dire? Kit aveva un senso così profondo del bene e del male. Non voleva che questo amico giudicasse Lizzie o cercasse di dissuaderlo dal correggere ciò che aveva fatto. E Kit aveva comunque il suo fardello sulle spalle.

«Ammetto un certo interesse» disse alla fine. «Quale uomo non ne avrebbe?»

«È molto carina» ammise Kit. «Ha una luce interessante, vero? E sembra inserirsi bene nel gruppo. Questa è sempre una considerazione da tenere presente, suppongo, ora che molti dei nostri amici sono sposati.»

Hugh annuì ma non disse nulla per non sbilanciarsi. Se avesse finito per sposare Amelia, come richiesto da suo padre per rompere il precedente fidanzamento, sarebbe stata una cosa positiva che si inserisse bene nel gruppo delle duchesse. Ma questo non lo lasciava meno turbato all'idea.

Non la conosceva nemmeno.

«Perché sei così preoccupato?» lo incalzò Kit. «Te lo leggo in faccia.»

Hugh sospirò. «È una storia molto lunga e non ti ci annoierò. Apprezzo l'interesse, però.» Appoggiò una mano sulla spalla di Kit e cominciò ad allontanarsi.

«Dove stai andando?» chiese Kit.

Hugh si sforzò di sorridere da sopra la spalla. «A ballare con la damigella. È quello che fanno gli uomini in queste situazioni, no?»

Kit gli sorrise, ma quando Hugh riportò la sua attenzione su Amelia, la sua espressione cambiò. Non provava alcuna gioia in quello che stava per fare. Né alla giovane donna, né a se stesso. Ma era ora di togliersi il pensiero.

~

Amelia se ne stava lungo la parete della sala da ballo. Finora era stata davvero una serata stupenda. La Duchessa di Crestwood era una donna meravigliosa, ospitale e cordiale. Era stata rapidamente presentata al gruppo di amiche di Meg, signore che ridendo si definivano "le duchesse" perché erano tutte sposate con dei duchi.

All'inizio si era sentita intimidita, ma erano tutte così gentili. Avevano insistito che desse loro del tu e in pochi istanti si era sentita parte della loro cerchia. Tutte le sue paure riguardo a quella serata erano svanite, e le era rimasto invece un senso di pace. Di appartenenza, come se fosse una vecchia amica tornata nel loro piccolo stormo di bellissimi cigni.

Ma ora si erano tutte disperse, alcune sulla pista da ballo per volteggiare a tempo di musica con i loro bei mariti. Altre si erano messe a conversare con altri ospiti. Era rimasta solo Isabel, la moglie del Duca di Tyndale. Si erano sposati da poco, e la duchessa emanava ancora un alone di felicità tipico dei novelli sposi.

Amelia poteva solo sperare di avere la stessa gioia quando si sarebbe sposata. Anche se era buffo che non si fosse trovata molto spesso a pensare ad Aaron durante quelle ore. Nemmeno quando le signore avevano parlato di mariti e matrimoni e degli scandali impliciti associati a tutto ciò.

«Guarda James ed Emma» disse Isabel, indicando la folla. «Giuro che ci fanno sembrare tutti privi di talento quando ballano insieme.»

Amelia seguì l'indicazione della sua amica e sorrise. Emma era la Duchessa di Abernathe, e al momento era tra le braccia di suo marito. I due si muovevano in perfetta sintonia, forse un po' troppo vicini, ma come se fossero fatti per ballare il valzer insieme.

«Adorabili» pensò Amelia.

«Signore.»

Si girò di scatto alla voce profonda che si era intromessa all'improvviso nelle sue fantasie. Conosceva quella voce, anche se l'aveva sentita solo una volta prima di allora. Ed ecco lì l'uomo a cui apparteneva, il Duca di Brighthollow, in piedi dietro di loro, con quegli occhi scuri che fissavano i suoi proprio come avevano fatto nel salotto dei Willowby il giorno prima.

«Brighthollow» disse Isabel, allungando la mano per stringergli il braccio con un sorriso. «Non vi ho visto arrivare. Conoscete la signorina Amelia Quentin?»

Amelia deglutì. «Ci siamo già incontrati» balbettò.

Lui inclinò la testa. «È vero. In effetti, sono venuto a scoprire se la signorina Quinton mi farebbe l'onore di concedermi un ballo. Il valzer è appena iniziato, e penso che potremmo ancora trovare un posto tra la folla.»

Amelia lo fissò. Voleva ballare con *lei*? Quest'uomo dagli sguardi cupi e dalle labbra carnose e dalle braccia forti e... che cosa stava pensando? Aveva risposto? No, e ora Brighthollow e Isabel la fissavano entrambi in attesa che dicesse qualcosa. Non c'era modo di rifiutare.

«Sì!» sbottò, fin troppo forte. «Ehm, ne sarei felice.»

Brighthollow le porse il braccio, e lei trasse un respiro profondo prima di stendere una mano e fargliela scivolare nell'incavo del gomito. Fu subito travolta da una scossa di inaspettata consapevolezza. Il suo braccio era molto forte e molto caldo, e ora lui la stava fissando, con fin troppa attenzione, e lei non riusciva a ricordare come respirare.

«Divertitevi, voi due!» disse Isabel alle loro spalle mentre il duca la conduceva sulla pista da ballo.

In qualche modo Amelia riuscì ad annuire alla sua nuova amica, ma poi tutto il resto fu spazzato via quando Brighthollow la fece volteggiare in un angolo della pista da ballo e iniziarono a muoversi insieme a tempo di musica.

Era molto aggraziato. Non se lo sarebbe aspettato, visto che era così alto e aveva spalle tanto larghe. Eppure la guidava senza sforzo. Le sembrava quasi di fluttuare in aria e che le uniche persone sulla pista da ballo fossero loro due.

Lo guardò in faccia mentre si muovevano. Come sempre, lui la stava guardava di rimando. La sua espressione era indecifrabile e molto concentrata. Cominciò a provare di nuovo quello stesso strano formicolio allo stomaco che aveva sentito prima in sua presenza. Come se una radice si stesse dispiegando nel suo corpo, filamenti che raggiungevano ogni sua parte fino a farla tremare per la potenza della reazione.

«A quanto pare siete diventata grande amica delle duchesse» disse Brighthollow quando sembrò che il silenzio tra loro si fosse protratto per un'eternità.

Lei sbatté le palpebre, cercando di trovare una sorta di concentrazione attraverso la nebbia che le aveva creato intorno. «Non... non so. Ho appena conosciuto la maggior parte di loro. Sono straordinariamente gentili. Molto accoglienti. Sono sicura che non ha niente a che fare con me, però. Devono essere così con tutti quelli che incontrano.»

«Mmh.» Le sue labbra si assottigliarono un po' e il suo sguardo si allontanò dal suo viso. Era strano. Quando la guardava, si sentiva esposta e a disagio. Ma quando lui distoglieva lo sguardo, non le piaceva neanche quello. «Penso che le duchesse *siano* molto gentili e probabilmente sarebbero adorabili con chiunque incontrassero. Ma è più di questo.»

«Davvero?» esclamò lei gracchiando. Questo riportò l'attenzione del duca sul suo viso e quasi le cedettero le ginocchia.

«Sì. Penso che sareste... che vi integrereste bene nella loro cerchia.»

«Solo se fossi una duchessa» disse lei con una risatina nervosa. «Di sicuro non lo diventerei mai.»

Lui scrollò le spalle. «Ma se lo diventaste, pensate che sareste felice in loro compagnia?»

La musica rallentò e poi si fermò. Il duca fece un passo indietro ed eseguì un inchino formale. Lei avrebbe dovuto fare una riverenza, ma non lo fece. Invece si limitò a fissarlo, completamente confusa dalle sue domande e dai suoi sguardi e semplicemente... da lui in generale.

Gli altri sulla pista da ballo cominciarono a sfilare via, ma lei rimase al suo posto. «Perché mi fate una domanda del genere?»

Non le porse il braccio, né fece alcun gesto per invitarla ad allontanarsi dalla pista. «Sono curioso.»

Amelia storse le labbra. «Ma... perché? Mi dispiace, mi rendo conto di essere del tutto impertinente e mio padre si arrabbierebbe con me se lo sapesse, ma non ho scelta.»

«Nessuna?» le chiese, e c'era una certa leggerezza nella domanda, anche se non sorrideva.

Non aveva idea se la stesse prendendo gentilmente in giro o se si stesse prendendo gioco di lei. «No» insistette lei. «Voi ed io ci siamo visti quanto... due volte? Tre volte, se contate che vi ho intravisto in corridoio a casa di mio padre. Voi mi... fissate, ma a malapena mi parlate. Quando lo fate, è per farmi le domande più strane. Ho la sensazione che stiate cercando di determinare qualcosa, ma non ho idea di cosa possa essere.»

Strinse i pugni ai fianchi e cercò di rallentare il battito selvaggio del suo cuore. Non aveva mai affrontato un estraneo prima. Un gentiluomo. Un duca, per amor del cielo! Non si faceva, certamente non lo poteva fare qualcuno nella sua posizione.

Eppure questo duca non sembrava offeso. Semmai, la sua espressione severa si ammorbidì un po' e annuì. «Avete ragione. Sono stato strano con voi e non è giusto. Vorrei discuterne, ma non qui.»

Amelia si tirò indietro. «Non qui?»

Lui sorrise. «A meno che non vogliate farlo nel mezzo della quadriglia mentre tutta la stanza spettegola su di noi che balliamo in coppia.»

Si guardò intorno con un sussulto. Onestamente aveva quasi dimenticato dove fossero. Ancora sulla pista da ballo con le coppie che tornavano a prepararsi per la prossima danza. E stavano fissando lei e Brighthollow, probabilmente chiedendosi perché se ne stavano in mezzo ai piedi.

«Bene» disse lei, afferrandogli il braccio. «Dove possiamo andare?»

«La terrazza?» suggerì il duca. «È appartato... più o meno. E non inopportuno.»

«Sì» disse lei. «Bene. La terrazza va bene. Avrei comunque bisogno di un po' d'aria.»

Lui non disse nulla, la guidò attraverso la folla e la condusse fuori dalle porte che conducevano alla terrazza oltre la sala da ballo. Appena furono usciti, lei si staccò dal suo braccio e andò fino alla balaustra per guardare il giardino sottostante. La luna era solo una scheggia di luce sopra di loro, ma le luci della casa rendevano la terrazza abbastanza luminosa.

Sentì le porte chiudersi e trattenne il fiato. Solo allora si rese conto che nessun'altra coppia o gruppo di invitati era fuori con loro. Lei e quest'uomo che le ispirava reazioni così strane erano veramente soli.

E anche se non era del tutto inopportuno, proprio come aveva suggerito lui quando erano dentro, quando si girò e lo vide venirle incontro, non le sembrò molto appropriato.

Sembrava pericoloso. Emozionante. Non aveva mai provato questo tipo di sensazione a parlare con un'altra persona. Era molto... sbagliato. Questo era il punto cruciale. Sentiva qualcosa di *sbagliato* verso quest'uomo considerato che era fidanzata con un altro. Di sicuro se Aaron avesse provato questi sentimenti nei confronti di un'altra donna, Amelia si sarebbe sentita ferita, imbarazzata.

Ecco perché doveva terminare questa conversazione in fretta e con educazione e mettere una pietra sopra alle interazioni con il Duca di Brighthollow una volta per tutte.

«Sono fidanzata» disse quando Brighthollow arrivò a pochi passi da lei. Questo lo fece fermare di colpo, e quello sguardo tenebroso si posò ancora una volta su di lei. Pesante. Indecifrabile. Sconvolgente.

«Sì, lo so» rispose alla fine, con tono teso.

Lei si ritrasse confusa. «Lo sapete? Come fate a saperlo? Non lo sa nessuno, nemmeno i miei amici più cari. Mio padre ha insistito che lo mantenessi segreto fino all'annuncio ufficiale tra qualche giorno.»

Brighthollow scrollò le spalle. «Ho i miei metodi.»

Amelia lo fulminò con lo sguardo. «Siete una persona molto frustrante, Vostra Grazia. Onestamente non vi capisco affatto.»

Il duca inarcò un sopracciglio davanti alla sua impertinenza, era la seconda volta che la mostrava quella sera. Quel gesto avrebbe dovuto chiuderle la bocca, ma invece lei fece mezzo passo avanti.

«Siete volutamente vago su questo argomento, anche se non riesco a indovinare quale sia la ragione. Né posso indovinare perché un uomo come voi, un duca con potere e privilegi, dovrebbe avere qualche interesse nel matrimonio della figlia di un visconte minore che non ha mai incontrato fino a un giorno fa.»

Lui incrociò le braccia. «Non m'interessa chi sposate, signorina Quinton.»

Amelia ammutolì a quell'affermazione e al bagliore di delusione che la seguì. «No? Sembra proprio di sì, visto che mi date la caccia per tutta Londra e cercate di sapere con chi sono segretamente fidanzata.»

«Per essere precisi vi ho dato la caccia una sola volta.»

«Smettetela di girare intorno all'argomento!» proruppe lei. «Vi state trastullando con me e non mi piace affatto.»

Notò la sua mascella irrigidirsi e un muscolo contrarsi prima che dicesse: «Il mio interesse, come ho detto, non ha niente a che fare con voi. Il mio interesse è per il vostro fidanzato, Aaron Walters.»

Amelia esitò. «Io... sì. È lui.»

«Vi giuro che non vi avrei cercato affatto se non fosse stato per il fatto che vi ha coinvolto in qualsiasi sia il suo ultimo piano.»

La sua espressione si indurì ulteriormente. Era chiara la rabbia che aveva in volto. Non sotto la superficie, ma proprio lì. Gli increspava i lineamenti al punto che la potenza di quell'ira le fece fare un passo indietro. Non si sarebbe mai detto, visto come riusciva a controllarsi.

«Pi... piano» balbettò lei, cercando di rimanere concentrata sull'argomento in questione. «Questa insinuazione mi offende, Vostra Grazia. Il mio fidanzato non è certamente coinvolto in alcun piano. È una persona perbene e non merita la vostra... la vostra interferenza.»

«Così vi ha convinto» disse Brighthollow, passandosi una mano tra i capelli. Alcuni dei folti riccioli gli sfuggirono dal codino, e quando si voltò, le sue guance erano incorniciate da viticci selvaggi che Amelia si trovò a voler rimettere dietro l'orecchio.

Così come si trovò a voler prendere a schiaffi quella stessa guancia.

«Dovete essere più chiaro» insistette lei. «Di cosa lo accusate?»

Per un momento rimase in silenzio. La sua bocca si apriva e si chiudeva, come se stesse cercando di trovare le parole da dire. Frustrazione e rabbia filtrarono sul suo volto, ma anche qualcosa di più profondo. Dolore. Rimpianto.

«Il vostro fidanzato non è una persona perbene» disse alla fine. «Ha... fatto cose molto sbagliate in passato, e sono profondamente convinto che stia di nuovo tramando qualcosa di losco. Con voi.»

Amelia inclinò la testa. Brighthollow l'aveva pedinata per tutta la città, l'aveva trovata nella sala da ballo, l'aveva portata qui per questa grande rivelazione, ed era tutto qui? Questa ambigua accusa che Aaron non fosse una persona perbene?

«Siete molto vago» disse con un filo di voce.

«Vi assicuro che sono molto onesto» disse il duca altrettanto piano nella penombra notturna.

«Me lo *assicurate*?» ripeté lei. «Quindi devo credervi, sulla base di cosa... il vostro onore?»

«Sì» disse lui, apparentemente stupito che non si limitasse ad accettare quello che le aveva detto.

Amelia scosse la testa. «Non vi *conosco* nemmeno, Vostra Grazia. Non ho idea delle vostre motivazioni o dei *vostri* piani. Invece, conosco Aaron da...»

«Qualche mese» completò per lei incrociando le braccia. «Pensate che sia abbastanza per capire veramente il carattere di un uomo? Le sue intenzioni? Non vi preoccupa la rapidità con cui vi ha corteggiato e si è fidanzato con voi?»

Lei fece un passo indietro. Le sue parole ebbero due effetti. Il primo fu di risvegliarle i dubbi, perché a volte in effetti aveva l'impressione che Aaron fosse stato precipitoso nel loro corteggiamento. Ma era un romantico. O almeno era quello che diceva a se stessa.

La seconda reazione era qualcosa che poteva gestire più facilmente. Era arrabbiata. Con Brighthollow.

«Voi... lo state *pedinando*?» gli chiese. «E seguite anche me? State seguendo le sue mosse e le sue frequentazioni? E sostenete che si debba dubitare di *lui*? Ebbene, cosa dicono di *voi* le *vostre* azioni?»

Brighthollow lasciò uscire il fiato in uno scatto di frustrazione. «La vostra lealtà vi fa onore. Ve lo concedo.»

«Non disturbatevi a concedermi alcunché» scattò Amelia. «Non do alcun valore all'opinione che avete su di me, alta o bassa che sia.»

Il duca girò il viso come se lo avesse schiaffeggiato. Quando si voltò, la rabbia gli ardeva negli occhi. «Se sapeste cos'è quell'uomo, vi mettereste in ginocchio e mi ringraziereste per avervi messo in guardia da lui.»

«Non vi darei mai il piacere di vedermi in ginocchio.»

«Basta così, Amelia.»

Entrambi trasalirono quando le porte della terrazza si chiusero di scatto alle loro spalle. Suo padre era ancora sulla soglia, e li fissava entrambi.

Amelia rivolse a Brighthollow un'ultima occhiataccia e poi si diresse da suo padre a grandi passi. «Sono d'accordo, papà. Io di certo ne ho avuto abbastanza. Scusatemi, torno al ballo.»

Spinse le porte ed entrò, ma appena fu lontana da Brighthollow, tutta la sua spavalderia svanì. Fu sostituita dalla confusione, dal dubbio e da una continua attrazione per quell'uomo, nonostante fosse un orco.

Nonostante quello che stava cercando di fare all'uomo che lei aveva promesso di sposare.

CAPITOLO CINQUE

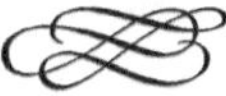

Mentre Hugh guardava Amelia rientrare in casa, lasciandolo solo con suo padre, non era sicuro se voleva inseguirla per scuoterla... o baciarla. In quel momento voleva fare entrambe le cose. Specialmente dopo che aveva evocato quell'immagine di lei in ginocchio davanti a lui.

Ora era su di giri da capo a piedi, e si odiava per come aveva gestito male l'intera serata.

«Avete violato il mio suggerimento su come gestire questa situazione, e ora guardate cos'avete fatto» scattò Lord Quinton mentre passava davanti a Hugh con uno sguardo di disprezzo.

Hugh si voltò di scatto per rivolgergli un'occhiataccia. «Badate al vostro tono, milord. Fareste bene a ricordare con chi state parlando.»

Quinton gli lanciò una rapida occhiata nervosa e poi inclinò la testa. «Le mie scuse, Vostra Grazia. Ho esagerato. Dovete capire la mia frustrazione, però. Avevo detto che non avreste dovuto incontrare Amelia ed è esattamente quello che avete fatto facendo in modo che ricevesse un invito a casa dei vostri amici.»

Hugh strinse le labbra. «È ridicolo pensare che vogliate che io ne chieda la mano senza parlarle.»

«Be', le avete parlato due volte adesso, e dove vi ha portato? Sono uscito troppo tardi per sentire l'intera portata della vostra conversazione, ma era evidente che non stava andando bene. Mia figlia è furibonda.»

«Pensavo di doverle la cortesia di permetterle di sapere la verità sul suo fidanzato» ammise, mettendo il petto in fuori quando Quinton sussultò inorridito. Non aveva intenzione di farsi mettere i piedi in testa da un uomo che sembrava non preoccuparsi nemmeno del benessere di sua figlia.

L'espressione di Quinton si calmò leggermente. «Se in questa spiegazione siete stato vago come lo siete stato con me, suppongo che non vi abbia creduto ed è per questo che avete litigato.»

«Vostra figlia è leale. È una bella qualità in ogni circostanza, tranne che in questa, quando ho bisogno di scuotere la sua fiducia in Walters e costringerla a proteggersi. Mi chiedo perché non siate preoccupato per il suo futuro tanto quanto lo sono io.»

«*Sono* preoccupato» disse Quinton, e il suo cipiglio si fece più profondo. «Anche se vedo la sintonia che ha con Walters, non c'è dubbio che lui abbia un interesse per la sua dote. Ma ci sono molti uomini che si sposano pensando ai soldi. È così che va il nostro mondo. Lui stesso porta certi vantaggi al matrimonio.»

«E quali sarebbero?» chiese Hugh, incapace di mascherare il suo disgusto per entrambi gli uomini.

«Entrature» rispose Quinton.

Hugh lo fissò. «Ho studiato molto Aaron Walters nell'ultimo anno o giù di lì. Non ha *buone* entrature, questo è certo. Volete davvero essere coinvolto col tipo di uomini che potrebbe portarvi?»

«Il denaro è denaro, Vostra Grazia» disse Quinton. «La dote di Amelia è stata fornita dalla famiglia di sua madre, e non posso toccarla.»

Soldi. Era tutta una questione di soldi.

Quinton lasciò uscire il fiato con un profondo sospiro prima di continuare: «Ma ora che l'avete fatta agitare, Amelia potrebbe benissimo scappare a Gretna Green con quell'uomo, e allora nessuno dei due otterrebbe ciò che vuole. Io non avrò garanzie e voi non avrete nessuna vendetta per qualsiasi torto di cui lo accusiate.»

Hugh scacciò il disgusto che provava per Quinton a quel pensiero. Il visconte aveva ragione. Dopo tutto, Lizzie era scappata con Walters quando il tipo aveva sentito il suo futuro minacciato. Perché Amelia non avrebbe dovuto fare altrettanto? E anche il dolore che ne sarebbe seguito sarebbe stato simile. Sapeva come sarebbe stato. Di certo non lo augurava ad Amelia considerata la luce radiosa che sembrava portare dentro di sé.

«Volete che le chieda di sposarmi» disse piano mentre le sue opzioni svanivano, ridotte a una sola.

«Sì. Se potessimo trovare un accordo sul denaro e sulle entrature, preferirei di gran lunga vedere mia figlia elevata al vostro titolo.» disse Quinton scrollando le spalle.

Hugh lasciò uscire il respiro lentamente. «Bene. Le chiederò la mano. Ma mi disprezza ed è fidanzata con un altro uomo. È inevitabile che mi sputi in faccia se provo a persuaderla.»

Quinton ridacchiò. «Probabilmente lo farebbe. Ha un fuoco dentro di sé che dovrà essere spento da qualsiasi uomo le prenda la mano. Eppure può essere manipolata, se esercitate pressione sui punti giusti.»

«E quali sarebbero?» chiese Hugh.

Ancora una volta, Quinton sorrise, quasi un'espressione di orgoglio sul suo viso sottile. «Vedrete. Datele una notte per calmarsi e venite a trovarmi domani dopo pranzo. Seguite le mie indicazioni e vi assicuro che avrete il vostro premio.» Si voltò per rientrare. «Per ora, la scorterò a casa e farò il possibile per lisciarle le piume arruffate.»

Hugh lo guardò andare via e trattenne un'imprecazione. Tutto questo non gli piaceva, neanche un po'. Ma in questo momento non c'era molta scelta. Né per lui né per lei.

~

Amelia si fece strada attraverso la sala da ballo tormentandosi le mani ed entrò nel privè cui era collegata. All'interno le signore potevano trovare sali profumati, acqua fresca e un posto per raccogliere i propri pensieri in mezzo al caos di un ballo.

Stasera ne aveva bisogno. Disperatamente. E fu contenta quando trovò la piccola stanza vuota, priva di altre ospiti che avrebbero potuto insistere a chiacchierare con lei. Si gettò su un divanetto addossato a una parete e incrociò le braccia. Aveva la mente in subbuglio per tutto quello che era successo tra lei e il Duca di Brighthollow da quando le aveva chiesto di ballare.

E non solo per le cose orribili che aveva detto su Aaron. No, era altrettanto sconvolta dal modo in cui l'aveva tenuta così stretta mentre ballavano, dal modo in cui l'aveva guardata durante la loro conversazione sulla terrazza... dal modo in cui le erano accelerati i palpiti del cuore quando il duca aveva fatto entrambe le cose.

Lo odiava. E odiava se stessa quando era con lui. Per averle fatto dimenticare Aaron. Per averla... be', per un momento aveva dubitato del suo fidanzato. Questa incertezza cosa la rendeva?

La porta del privè si aprì ed entrò Emma, la Duchessa di Abernathe, con le guance arrossate e un ampio sorriso sul bel viso. Quando vide Amelia seduta sul divanetto, quel sorriso svanì. «Oh, Amelia, va tutto bene?»

Amelia cercò di sforzarsi a sorridere per rassicurarla ma non riuscì a farlo. Scosse la testa. «Mi dispiace essere scortese, Vostra Grazia, ma devo dire che il vostro amico è un uomo terribile, orribile.»

Emma sbatté le palpebre, chiaramente confusa, e poi si sedette con cautela all'estremità opposta del divanetto. «Il mio amico? Dovrai essere più specifica.»

«Il Duca di Brighthollow» sbuffò Amelia.

L'espressione di Emma si ammorbidì leggermente. «Ho notato che voi due stavate ballando prima. Non ti piace?»

«No.»

Emma fece un sospiro. «Hugh può essere... difficile. Anche se credo che dipenda dai suoi trascorsi. Non ha avuto un rapporto felice con suo padre, e quando i suoi genitori sono morti, è stato costretto ad assumere il titolo molto giovane, così come la tutela di sua sorella minore. Si è ritrovato con un grande fardello sulle spalle.»

Amelia si agitò. Non sapeva niente di queste cose. Cielo, fino a una settimana prima non aveva mai passato del tempo con nessun duca o duchessa. Conosceva il suo posto nel mondo. Era ai margini di coloro che si trovavano ai livelli più alti del *ton*.

E ora Emma con poche parole faceva svanire parte della rabbia che nutriva verso Brighthollow. «Quanti anni aveva?»

Emma inclinò la testa. «Diciassette, forse? Diciotto? Appena abbastanza grande da poter rivendicare i suoi diritti. Ha fatto molto affidamento sui suoi amici, il loro gruppo.» Sorrise. «La loro fratellanza li ha sorretti tutti nei momenti difficili.»

Amelia si fissò le mani giunte in grembo. Ora provava un po' di simpatia per Brighthollow, ma questo cambiava davvero quello che aveva detto su Aaron? Quelle vaghe accuse che l'uomo che aveva progettato di sposare era indegno?

«Be', forse è stato duca così a lungo che non ricorda l'umiltà» mormorò. «Giudica piuttosto duramente i suoi inferiori.»

Emma sembrò sinceramente sorpresa. «Davvero? Devo dire che ne sono sconvolta. Il rango non è mai sembrato importargli tanto quanto la bontà di carattere.»

Amelia si alzò in piedi. Emma le piaceva. Anche se avevano parlato solo per pochi istanti nella sala da ballo, la duchessa era gentile, cordiale, intelligente. Era tutto ciò che Amelia cercava in un'amica.

Ma forse la sua dolcezza la rendeva cieca ai difetti del carattere altrui. Amelia doveva credere che fosse così, perché l'alternativa era che Brighthollow le avesse parlato di Aaron perché credeva davvero che il suo fidanzato non fosse onesto.

E non era una cosa che Amelia voleva affrontare. Non poteva.

«Sono certa che avevo solo troppo caldo» mentì. «E ho reagito male a qualcosa che non era stato detto con crudeltà.»

«Sì» disse Emma, e si alzò per versarle un bicchiere d'acqua. «Questi ricevimenti possono togliere il fiato! Il carattere burbero di Hugh può essere facilmente interpretato male da chi non lo conosce.»

«In ogni caso, non è che io debba davvero parlare di nuovo con quell'uomo» rifletté Amelia, più tra sé che con Emma. «Siamo negli stessi ambienti solo per caso, stasera. Non andiamo d'accordo e non siamo costretti a farlo.»

Emma scrollò le spalle. «Hai ragione. Anche se spero che ti vedremo più spesso nei nostri circoli. Piaci molto a tutte le duchesse.»

Amelia sorrise e la conversazione si spostò su argomenti più innocui. Quello che Emma non sapeva era che presto sarebbe stato annunciato il fidanzamento di Amelia. E Aaron non era il tipo di gentiluomo che le avrebbe aperto le porte della società che Emma frequentava regolarmente.

Quindi tutta questa costernazione sul bellissimo, orribile Duca di Brighthollow, non aveva alcuna importanza.

~

Hugh se ne stava in un angolo della sala da ballo di Simon e Meg a guardare gli ultimi ospiti avviarsi barcollando verso la porta. A quel punto erano rimasti solo i suoi amici. I membri del loro club. Solo che aveva smesso di essere un club ed era diventato una famiglia.

E la sua famiglia lo guardava in modo strano. Quando Simon e Meg tornarono dopo aver salutato l'ultimo dei loro ospiti, fu Emma, la moglie di James, ad avvicinarlo. Hugh ne fu un po' sorpreso. Era così dolce e tranquilla, tanto appassionata di libri quanto bella. Di solito aveva un effetto calmante che spesso fermava qualsiasi discussione accesa.

Ma in quel momento aveva un'espressione preoccupata sul volto. Un'espressione che vide replicata sui volti dei loro amici che si unirono a lei.

«Ho parlato con Amelia Quinton stasera» disse Emma a bassa voce.

Lui inarcò un sopracciglio. «L'ho vista con le duchesse. Sembrava che andaste tutte molto d'accordo.»

Meg lanciò un'occhiata alle altre signore e annuì. «Piace molto a tutte noi.»

«Bene» disse sollevato. «Questo renderà tutto più facile.»

Quando lo disse, Lucas si irrigidì, e Hugh vide Diana stringere la presa sull'avambraccio del marito. Erano gli unici due a sapere la verità.

«Cosa stai dicendo?» chiese Lucas con voce tesa. «Cosa stai facendo?»

«La chiederò in sposa domani» ammise, perché non c'era motivo di tenerlo segreto. Ben presto lo avrebbero saputo tutti.

Quella semplice frase scatenò una cacofonia di reazioni. Tutti intorno a lui sembravano completamente scioccati, alcuni inorriditi, tutti confusi. Tranne Lucas e Diana. Loro si limitavano a fissarlo. Conoscevano le sue ragioni. E lo compiangevano.

Detestava tutto questo dal profondo dell'anima.

«Perché?» chiese infine Graham, facendosi avanti. «Non è che non sia incantevole. Piace a tutte le duchesse, il che è davvero una calda raccomandazione. Ma ce ne hai parlato a malapena, non ti ho mai visto interagire con lei fino a stasera.»

«E lei mi ha detto che la conversazione non è andata bene» aggiunse Emma.

Hugh si voltò verso di lei, cercando di determinare quanto sapesse. «Davvero?»

Emma annuì. «È stata vaga, ma sembra trovarti terribilmente pesante e... sgradevole.»

Strinse le labbra. Era davvero un pessimo inizio, ma cosa poteva aspettarsi? Aveva fatto un brutto tentativo di distruggere ogni suo sogno. Perché non avrebbe dovuto disprezzarlo? E da domani lo avrebbe odiato ancora di più.

«Non tutti si sposano per le stesse ragioni» disse, senza incrociare gli occhi di tutte quelle coppie felici. Cercando di non vedere ciò che avrebbe gettato via perché aveva protetto la virtù di sua sorella e il suo stesso maledetto orgoglio.

«E quali sono le tue?» lo incalzò Simon, usando quel tono gentile che gli era venuto così naturale nel corso degli anni. Era il paciere del loro gruppo. Il persuasore. Il domatore di bestie selvagge.

Hugh buttò fuori il fiato lentamente. «Ci sono dei vantaggi in questo matrimonio. Per me e per lei. È molto bella, naturalmente. Intelligente. È un buon partito. E io sarei in grado di protegger...»

Graham alzò le sopracciglia quando Hugh si interruppe. «Proteggerla? È questo che stavi per dire?»

Hugh si voltò e si allontanò. Non troppo, ma abbastanza da non consentirgli di guardarlo in faccia. Non voleva che nessuno di loro lo vedesse in faccia.

«Ne so qualcosa di protezione» disse Graham, azzerando la distanza che Hugh aveva posto tra loro. «Di cosa hai bisogno? Come possiamo aiutarti perché tu non commetta qualche errore in buona fede?»

Hugh chiuse gli occhi. Li tenne lì, come se il buio potesse bloccare la verità, le domande, il futuro.

Poi li aprì e lanciò uno sguardo severo prima a Graham e poi gli altri. «Basta che mi sosteniate. Me e lei.»

Riusciva già a vedere le controargomentazioni sulle labbra di tutti gli altri. Immaginava già che avrebbero passato il resto della serata a logorarlo chiedendogli che dicesse la verità, e forse alla fine gliela avrebbero strappata.

E poi Diana fece un passo avanti. Si avvicinò e gli prese la mano, i suoi occhi luminosi sostennero il suo sguardo per un lungo istante. Poi si protese in avanti e gli accarezzò la guancia. «Congratulazioni, Hugh. Hai il nostro sostegno.»

Questo mise a tacere i mormorii. Silenziò le domande. E i suoi amici riluttanti si avvicinarono e gli fecero le stesse felicitazioni che aveva fatto lei. Ma sembrava più un funerale che una celebrazione del suo imminente fidanzamento.

E forse era giusto così, dopo tutto.

CAPITOLO SEI

Hugh si trovava nello stesso salotto dove aveva incontrato per la prima volta Lord Quinton meno di una settimana prima. In quel momento se ne stava di fronte alla porta, con i piedi ben divaricati e le mani giunte dietro la schiena. Stava aspettando un boia. Aspettava l'inevitabile.

Era stata una notte insonne, passata a riflettere su questa decisione. Cercando di vedere se c'era una via d'uscita. Solo che non ce n'era nessuna. Questo diventava più chiaro di momento in momento. Se non avesse sposato questa giovane donna, sarebbe stata presa nella trappola che le aveva teso Aaron Walters. Le avrebbe preso la dote, avrebbe dismesso qualsiasi falso costume si fosse messo per conquistarla, e lei avrebbe sofferto.

Hugh sarebbe stato a guardare. Non sarebbe stato in grado di distogliere lo sguardo. E avrebbe saputo che era colpa sua. Avrebbe saputo di non aver fatto la cosa giusta. La cosa da fare.

Forse, con il tempo, avrebbe potuto convincere Amelia della vera natura dell'uomo che credeva di amare. Era intelligente, l'avrebbe capito. Solo che non gli veniva dato quel tempo. Suo padre aveva uno scopo in mente: accasarla. E non gli importava che fosse con le buone entrature e il denaro di Hugh o le scarse entrature di Walters.

Voleva il suo annuncio e il suo matrimonio, al diavolo il bene di sua figlia.

E questo era quanto gli restava. Distruggere le sue speranze. Annientare i suoi sogni. Rubare il suo futuro. Sposarsi con una donna che non conosceva, e che apparentemente non lo stimava.

Ma l'avrebbe salvata. Alla fine, forse lo avrebbe apprezzato.

La porta del salotto si aprì ed entrò Quinton. Quando Hugh avanzò, il visconte si fece da parte e rivelò sua figlia. Gli mancò il fiato. Indossava un abito blu che si abbinava perfettamente alla tonalità fiordaliso dei suoi occhi. Amelia sollevò quegli occhi verso di lui, e per un momento lui vide una vampata di calore. Di interesse.

Poi fu sostituita da disprezzo e la vide incrociare le braccia frustrata. Ma aveva visto la prima espressione. Un desiderio fugace che rispecchiava il suo. Se l'avesse sposata, avrebbe potuto placarlo. Annegarci dentro.

E introdurla a piaceri indicibili.

«Vostra Grazia» disse Quinton con tono compiaciuto. «Siete venuto. Molto bene. Possiamo risolvere la questione rapidamente e andare avanti.»

Hugh scosse leggermente la testa. Santiddio, quest'uomo. Gli aveva detto che doveva seguire le sue indicazioni per convincere Amelia a sposarlo. Non aveva scelta, ma non gli piaceva affatto, perché non si fidava in alcun modo del visconte.

«Sì, non vedo l'ora di sbrigare questa faccenda» rispose. «Signorina Quinton.»

Lei incrociò brevemente il suo sguardo. «Vostra Grazia. Lascio voi e mio padre a qualsiasi cosa abbiate da fare.»

Fece per andarsene, ma suo padre le afferrò il gomito e le impedì di uscire dalla stanza. Hugh lo vide stringerle il braccio al punto da affondare le dita nella carne, e il suo cuore ebbe un piccolo sussulto.

«Amelia, tu resti qua» disse il visconte. «È una cosa che ti riguarda.»

La giovane schiuse le labbra per la sorpresa, e poi si girò di nuovo verso Hugh. «Avete *osato* parlare a mio padre del mio fidanzamento? Siete un uomo molto impertinente. Non avete il diritto di interferire nella mia vita, soprattutto perché mi conoscete appena!»

Una decina di repliche gli salirono in corpo, minacciando di tracimare, ma le tenne a bada mentre Quinton diceva: «Sei tu che sei impertinente, ragazzina.»

Lei lo affrontò. «A meno che non ti abbia dato una buona ragione, una *vera* ragione, perché io non sposi Aaron Walters, non ho idea di come non mi sia permesso di difendermi dal suo...»

«Lo ha fatto» la interruppe Quinton, alzando la voce perché fosse più forte della sua.

Hugh vide un'espressione di puro terrore attraversarle il viso. Sbiancò del tutto e restò a bocca aperta per lo sgomento. «Co... cosa?»

Il visconte annuì e d'improvviso si fece solenne. «Sì, mia cara. Il duca mi ha dato una ragione molto convincente per non far proseguire il tuo fidanzamento con il signor Walters.»

«Quale sarebbe?» proruppe Amelia mentre il suo sguardo andava da suo padre a Hugh e viceversa.

Era ferita. Aveva il cuore spezzato. Hugh si detestava più che mai per aver preso parte al suo strazio. Per non aver accantonato il suo orgoglio e non aver trovato un modo per mettere la società contro Walters prima che la sua doppiezza arrivasse a questo punto e coinvolgesse un'altra giovane donna innocente nei suoi piani.

«Non sposerai Walters» disse suo padre. «Perché sembra che il Duca di Brighthollow abbia acquistato gran parte dei miei debiti. E me ne libererà solo se invece sposerai lui.»

Hugh vacillò. Era *questo* il modo in cui l'avrebbe convinta a sposarsi? Dire questa volgare e crudele bugia? Usare l'affetto che nutriva per suo padre contro qualsiasi amore provasse per Walters? Per fare di Hugh un farabutto più cattivo e più tremendo di quello che lei già credeva che fosse?

Amelia si voltò verso di lui con labbra bianche e tremanti, e lo fissò. E in quel momento capì che lo disprezzava. Lo avrebbe disprezzato per il resto dei suoi giorni.

Ma capì anche che, anche se avrebbe cercato di opporsi, alla fine si sarebbe arresa. Lo avrebbe sposato.

E non si era mai sentito così male in vita sua.

~

Amelia non riusciva a respirare. Fissava Brighthollow, in piedi dietro suo padre, il volto impassibile, le braccia conserte, gli occhi scuri che la fissavano, e non riusciva a respirare. Prima lo aveva considerato malvagio, ma ora vedeva quanto quella perfidia andasse in profondità.

Fino a che punto si sarebbe spinto per ottenere ciò che voleva. Era pronto a mentire. A imbrogliare. A rubare.

«Non puoi dire sul serio» riuscì a dire a dispetto delle labbra secche. Stava parlando a suo padre, ma non riusciva a smettere di fissare Brighthollow. «Non posso sposarlo.»

Quinton scosse la testa. «Nemmeno per salvare tuo padre? Significo così poco per te, Amelia?»

Brighthollow trasalì, e alla fine distolse lo sguardo. Sembrava che non riuscisse a digerire la propria crudeltà. Ma quando guardò altrove, lei si sentì in grado di fare altrettanto e fissò suo padre.

«Sei tutto ciò che mi è rimasto» sussurrò. «Sei tutto il mio mondo. Ma non c'è altro modo?»

«Non ho trovato una via d'uscita» disse suo padre. Sospirò, ma non sembrava particolarmente triste. «Questo accordo è tutto ciò che resta. E guarda il lato positivo, Amelia. Sarai una duchessa con potere e denaro, un'elevazione molto maggiore di quanto un semplice gentiluomo di campagna poteva fare. È un buon affare.»

«Un affare?» sussurrò lei. «Baratti il mio cuore con gli agi e lo chiami un buon affare?»

Il visconte scosse la testa. «Santo cielo, Amelia, sei ridicola. Capisco che sposarsi per amore sia di gran moda nelle alte sfere di questi tempi, ma dobbiamo essere pragmatici. L'amore o qualcosa di simile svanisce col tempo. Tra cinque anni o dieci ti pentiresti di aver respinto un duca per una nullità. Un giorno mi ringrazierai.»

Fissò suo padre, incerta se stesse cercando di convincere lei o se stesso. Non poteva credere che fosse così indifferente come sembrava su questo "affare". Doveva sapere quanto la ferisse pensare di abbandonare il futuro che aveva progettato.

Così si rivolse a Brighthollow. Quando gli si avvicinò, lui si irrigidì. Strinse la mascella e abbassò lo sguardo su di lei, sostenendo il suo sguardo con quell'espressione completamente indecifrabile che ora voleva cancellargli dal viso a suon di ceffoni.

«Non potete volere davvero sposarmi» disse d'un fiato. «Non potete davvero desiderare di scambiare i debiti di mio padre per... per me?»

Il duca rimase in silenzio per un attimo. Due. Come se stesse faticosamente cercando una risposta. Spostò lo sguardo su suo padre, e poi fece un cenno di scatto con la testa. «Sì.»

Le si gelò il sangue. Sarebbe stata costretta ad allontanarsi da un uomo che l'aveva ricoperta di gesti romantici, che aveva dichiarato il loro futuro a gran voce e con orgoglio, per... questo. Per quest'orco silenzioso che voleva strapparle la felicità solo per regolare un conto. Contro suo padre, contro il suo fidanzato. Sarebbe stata il suo strumento, nient'altro.

«*Non* vi sposerò *mai*» sibilò.

Lui inarcò un sopracciglio, e lei aspettò che andasse su tutte le furie. Forse lo voleva, solo per vedere che lui era capace di qualche *sentimento.*

Ma non lo fece. Invece, chinò la testa. «Temo di sì, mia cara» disse dolcemente. «E in fretta. È... è così che deve andare. Mi dispiace.»

Sentì quelle parole uscirgli di bocca. Forse voleva tranquillizzarla. Confortarla. Assolvere se stesso. Non ne era certa. Sapeva solo che le ispirava cupa rabbia e disperazione.

«Se vi dispiace...» disse afferrandogli la sua mano. Quando lo toccò, quell'odiosa sensazione si risvegliò in lei, sfidò la sua rabbia e il suo dolore. Ma gli si aggrappò comunque. «Se vi dispiace, allora non fatelo!»

Lo fissò, poi guardò suo padre. Erano ugualmente immobili, e capì che non le erano rimaste carte da giocare. Nessuna via d'uscita. E con un singhiozzo, gli lasciò cadere la mano e corse fuori dalla stanza, lontano dalla crudeltà che le aveva rubato le speranze e i sogni che aveva costruito con tanta cura.

H ugh rimase scioccato dalla propria reazione quando Amelia scoppiò in lacrime e corse fuori dalla stanza. Fu travolto dal senso di colpa, era come se tutti i nervi che normalmente proteggeva venissero messi a nudo causandogli un dolore che non sentiva da molto tempo. Voleva, del tutto irrazionalmente, andare da lei. Per confortarla. Aiutarla in qualche modo. O almeno per farle capire.

Ma non poteva. Perché non poteva spiegarle le ragioni di quelle che lei poteva solo giudicare come azioni crudeli da parte sua. Non poteva dirle la posta in gioco. Per via di Lizzie. Per via del suo stesso orgoglio.

«Vi occuperete voi della licenza speciale» disse Lord Quinton, con tono privo della compassione che Hugh provava attualmente per la figlia del visconte.

Hugh si voltò verso di lui. «Era *questo* il vostro modo di convincerla? Dirle che vi sto ricattando? Ora mi odia più che mai.»

«Ma lo farà, giusto?» chiese Quinton. «È quello che volevate, no?»

«Non così» disse Hugh tra i denti, fissando di nuovo il punto dov'era fuggita. Fulminò Quinton con lo sguardo. «La sorveglierete con attenzione nei prossimi giorni? Per assicurarvi che non scappi per disperazione.»

Quinton corrugò la fronte come se non capisse. «Pensate che lascerebbe che venissi distrutto?»

Hugh sbuffò. Nella mente di quest'uomo, lui era il centro dell'universo, certamente l'universo di sua figlia. Il concetto che lei potesse mettere i propri desideri al di sopra dei suoi, che le fosse dovuto il diritto di farlo, gli era completamente alieno.

«La terrete d'occhio?» sibilò Hugh a denti stretti.

«Sì, sì» disse Quinton, agitando la mano con fare sprezzante.

Hugh scosse la testa. Non si fidava di certo di quella risposta, quindi avrebbe dovuto occuparsene lui stesso. Si diresse alla porta e andò nell'atrio, con Quinton alle calcagna.

«Avrò la licenza speciale in un giorno o due» disse Hugh. «Ci sposeremo non appena l'avrò in mano.»

«Mi assicurerò che mia figlia sia pronta, che le piaccia o no.» C'era una punta di risata nel tono di Quinton, come se costringere questa donna a fare ciò che non le piaceva fosse divertente.

Hugh si voltò di scatto e lo trafisse con un'occhiataccia. «Siate gentile con lei, milord. Siate molto gentile con lei nei prossimi giorni. Se vengo a sapere che vi siete comportato diversamente, mi arrabbierò molto, e non vi piacerà, ve lo assicuro.»

Quinton si ritrasse leggermente, poi annuì. «Certo, posso farlo. Qualsiasi cosa pur di metterla nel giusto spirito, eh?»

Hugh alzò gli occhi al cielo davanti all'egoismo e alla stupidità dell'uomo che aveva di fronte. Uno che non aveva idea di come comportarsi in modo decente o amorevole.

Così Amelia sarebbe divenuta sua moglie carica di odio e disperazione. Ferita e recalcitrante.

E in quel momento Hugh giurò, anche solo a se stesso, di fare qualsiasi cosa per aiutarla in quel dolore. Di accettare tutto il suo odio senza reagire, e sperare che un giorno non lo avrebbe più disprezzato.

CAPITOLO SETTE

Amelia non aveva dormito, e si sentiva tutta indolenzita mentre faceva su e giù per la sua stanza in una nube di totale disperazione. Quando la porta si aprì, se ne accorse appena e non salutò Theresa che entrò nella stanza schioccando la lingua.

«Oh, signorina» disse, e si fece avanti per avvolgere Amelia in un breve abbraccio.

Amelia vi si abbandonò per un brevissimo istante, lasciandosi travolgere dalle emozioni che si accumulavano, si infrangevano su di lei come un'onda di un mare in tempesta in cui stava per affogare. Il che non sembrava la fine peggiore se considerava l'alternativa.

«Venite a sedervi» disse Theresa con dolcezza, aiutando Amelia a raggiungere la toletta dove iniziò a pettinarle i capelli con lunghe e rilassanti spazzolate. «Siete riuscita a dormire almeno un po'?»

«No» gracchiò Amelia, guardandosi nel riflesso. Quando si era specchiata qualche giorno prima, aveva visto tutte le sue speranze e i suoi sogni. Oggi vedeva solo dolore. Tradimento. Incertezza.

«Vostro padre è uscito» disse Theresa, con un tono carico di biasimo. «Ha detto che c'era molto da fare.»

Amelia sentì l'amaro in bocca. «Ne sono certa. Per affrettare questo matrimonio, non ho dubbi che Brighthollow otterrà una licenza speciale entro pochi giorni. Mi porteranno all'altare a spada tratta solo per essere sicuri che io non ostacoli il loro piccolo piano. Dubito che la prossima settimana a quest'ora sarò ancora la signorina Amelia Quinton. Sarò... *sua*.»

Rabbrividì quando pronunciò l'ultima frase, e avrebbe voluto poter dire che la reazione era di puro disgusto o orrore. Ma nel profondo del cuore sapeva che non era così. Sì, temeva quello che sarebbe successo. Sì, era ferita e arrabbiata, e disprezzava entrambi gli uomini che l'avevano messa in questa posizione con tanta arroganza.

Ma parte della sua notte insonne era dovuta a pensieri molto meno odiosi su Brighthollow. Hugh, lo aveva chiamato Emma. Quell'uomo tenebroso e pericoloso, così diverso da Aaron Walters, suscitava in lei strani sentimenti. E non erano del tutto sgradevoli. Il che era di per sé del tutto disorientante e terrificante.

«Vostro padre mi ha detto di essere molto gentile con voi» disse Theresa, interrompendo fortunatamente l'indecente filo dei pensieri di Amelia. «Ha detto che era un ordine del vostro futuro marito.»

Amelia restò a bocca aperta e si girò per guardare Theresa in faccia. «Lo ha ordinato *Brighthollow*?»

«A quanto pare, anche se i suggerimenti di vostro padre su ciò che dovrebbe comportare sono stati piuttosto deboli, a dire il vero. Più zucchero nel tè, un biscotto al cioccolato? Ho dovuto fare un enorme sforzo per non chiedere se usarvi maggiore gentilezza significasse liberarvi dalle catene che lui e questo duca vi hanno imposto.»

Amelia chinò la testa. «Sono felice che tu non l'abbia detto. Apprezzo il pensiero, ma sappiamo entrambe che avrebbe solo suscitato la sua rabbia. E io ho bisogno di te, Theresa. Ora più che mai.»

«Be', io ci sarò. Ad ogni passo. Lo sapete.» La cameriera incrociò le braccia e strinse la mascella mostrando un'ostinazione che fece commuovere Amelia. Qualsiasi incognita avrebbe presto affrontato, almeno avrebbe avuto un'amica al suo fianco.

«Suppongo che dovrei vestirmi e affrontare questa giornata. Potrebbe essere il mio ultimo giorno di libertà» sospirò Amelia e si guardò di nuovo allo specchio.

Theresa si affrettò a scegliere un abito, mostrandogliene uno e poi un altro perché ne scegliesse uno. Quando tirò fuori un bel vestito rosa di seta rivestito di pizzo grigio cucito con un motivo a spirale, ad Amelia venne un nodo in gola. Quell'abito era stato il preferito di Aaron. Si era complimentato più volte con lei durante una festa in giardino subito dopo il loro incontro, qualche mese prima.

«Quello rosa» disse, indicando l'abito. Mentre si alzava e lasciava che Theresa l'aiutasse a togliersi la camicia da notte stropicciata e a infilarsi l'abito, la sua mente cominciò a formare mille pensieri.

«Siete sempre stata bella con questo indosso» disse Theresa.

«Grazie» disse Amelia. «Hai detto che mio padre sarà fuori per tutto il giorno?»

«Mmmhmmm.» Il tono di Theresa era distratto mentre allacciava la lunga fila di bottoni ricoperti di tessuto lungo la spina dorsale di Amelia. «Non ha detto dove andava, solo che aveva a che fare con l'imminente matrimonio.»

Amelia serrò le labbra e si sedette quando la cameriera finì di allacciarle l'abito. «Mi puoi fare quell'acconciatura speciale?» chiese mentre Theresa sollevava di nuovo la spazzola. Theresa annuì, e Amelia nello specchio la osservò arrotolarle e puntarle i capelli come un mago che mostra un trucco. Ancora una volta, aveva scelto uno stile che piaceva ad Aaron. Stavano passeggiando insieme al parco quando le aveva tolto una foglia dai capelli e le aveva detto quanto fosse bella. L'aveva paragonata alla mezzanotte, continuando a parlare di seta. Le aveva fatto palpitare il cuore con tutto quel romanticismo.

Dopo che Theresa ebbe finito, Amelia si alzò e andò al suo specchio a figura intera dall'altra parte della stanza. Vi vide riflessa la ragazza con i capelli e l'abito che piacevano ad Aaron Walters. E in quel momento capì esattamente perché aveva fatto quelle scelte.

«Devo andare a vedere Aaron» disse con un filo di voce.

Theresa stava piegando la camicia da notte che si era tolta, ma a quella dichiarazione, lasciò cadere di nuovo la stoffa per terra e si girò di scatto a fissare Amelia.

«Prego?» chiese di getto.

Amelia mise il petto in fuori e serrò la mascella, perché sapeva che quello che aveva detto era esattamente quello che doveva fare. «Tra un giorno o forse meno, l'intera città saprà che sto per sposare il Duca di Brighthollow con quella che sarà sicuramente vista come una fretta scandalosa. Non è così che vorrei che Aaron venisse a sapere che il nostro fidanzamento, segreto o meno che fosse, è stato rotto. Devo andare da lui.» Prese fiato. «Devo dirglielo io stessa.»

Le si riempirono gli occhi di lacrime all'idea di vedere la sua espressione distrutta. Forse avrebbe cercato di dissuaderla, l'avrebbe supplicata. E lei avrebbe dovuto rifiutarlo, anche se le si sarebbe spezzato il cuore nel farlo. Il dolore di quella constatazione era enorme.

«Oh, signorina» disse Theresa. «Non è una buona idea. Vostro padre...»

«Perché dovrebbe saperlo?» chiese Amelia. «Potrei semplicemente prendere il mio cavallo e sgattaiolare via. Lui non ne saprebbe niente, e nemmeno gli altri. Se scoprisse la verità, cosa potrebbe farmi adesso? Mi sta già costringendo a sposare uno sconosciuto. Non può prendere niente di più di quello che si è già preso. E tu non finirai nei guai se non confessi che ne eri a conoscenza.»

Theresa si mordicchiò il labbro. «È sconveniente.»

Amelia piegò la testa. «Scusa se sono volgare, ma chi se ne frega!»

«Signorina Amelia!» sbottò Theresa, mentre le guance le diventavano quasi viola.

«Se non si può imprecare quando si viene portati all'altare

contro la propria volontà, allora quando?» chiese Amelia. «Non m'interessa che sia sconveniente. Sto per perdere tutto. Questa è l'unica cosa che posso fare per consolarmi di questa perdita. Andrò a dirglielo di persona. Come dovrei. Come merita.»

Theresa buttò fuori il fiato. «Bene, credo che allora mi limiterò a voltare le spalle e continuerò a piegare la roba. Se doveste sgattaiolare fuori dalla stanza mentre non guardo, probabilmente penserei che siete andata in biblioteca a cercare un po' di sollievo e direi a tutti di lasciarvi in pace per un'ora o due.»

«Buona idea. Sono molto turbata.» Amelia le sorrise, grata per quest'unica scelta dopo che tutte le altre le erano state rubate. Theresa allungò la mano e le strinse il braccio, poi si voltò a raccogliere la camicia da notte. Cominciò anche a fischiettare mentre si metteva al lavoro.

E Amelia scivolò fuori dalla stanza e si avviò verso l'ultimo scorcio di libertà che temeva di avere.

Amelia aveva visto la casa di Aaron solo una volta, quando ci erano passati vicino con il suo calesse durante un'escursione pomeridiana. Lui le aveva indicato la villetta a schiera che si affacciava sul parco, e lei si era complimentata per la posizione incantevole. Suo padre aveva fatto commenti altrettanto positivi più tardi evidenziando come la villetta era prova che Walters aveva soldi.

Guidò la sua cavalla, Cherry, sul vialetto di fronte alla casa e rabbrividì. In qualche modo era arrivata qui senza che nessuno la fermasse o la molestasse. Ora metteva in dubbio la sua scelta. La sua visita non era stata annunciata o attesa. Non sapeva nemmeno se Aaron sarebbe stato a casa ad accoglierla.

Ma ormai era troppo tardi per tornare indietro. Gli doveva questa cortesia. Doveva a se stessa la possibilità di vederlo un'ultima volta prima che fossero separati da queste amare circostanze.

Si avvicinò alla porta e bussò. Sentì dei movimenti dall'interno e poi la porta si aprì. Fu sorpresa di scoprire che era Aaron in persona. Aveva una mela addentata in mano e non indossava né scarpe né giacca. Lei sbatté le palpebre impreparata quando lui la fissò quasi come se non la riconoscesse.

I suoi capelli color paglia erano arruffati, come se ci avesse passato le dita, e i suoi occhi blu scuro erano un po' annebbiati. Il suo stato trasandato fu uno shock per Amelia, e aspettò che quel senso di consapevolezza la riempisse. Quella sensazione che sembrava arrivare senza problemi appena entrava in una stanza con Brighthollow. Ma non c'era altro che imbarazzo nel trovarlo così.

«Santo cielo, Amelia!» disse Aaron alla fine, lanciando un'occhiata all'interno da sopra la spalla. «Non ti aspettavo... che ci fai qui?»

Amelia deglutì a fatica. «Oh, Aaron, so che è sbagliato, ma *dovevo* vederti. È successo qualcosa. Qualcosa di terribile!»

Lui storse le labbra, e per un momento lei pensò che fosse infastidito. Ma poi la sua espressione si ammorbidì. «Sei sovraeccitata. Vuoi... entrare?»

Alla fine si fece da parte e la lasciò entrare. Con sua grande sorpresa, l'atrio era piuttosto semplice nonostante la zona elegante. C'erano punti alle pareti dove una volta erano stati chiaramente appesi dei quadri, ma ora non c'erano più. Era uno spazio piuttosto freddo e vuoto.

«Vieni in salotto.» La condusse lì. «Mi dispiace di non poterti offrire il tè. La mia servitù ha la mattina libera.»

Aaron aprì la porta e lei entrò in un salottino. C'erano due sedie malandate davanti al camino e due bicchieri di vino mezzi pieni sul tavolo nel mezzo. Visto che era così presto, si chiese se fossero rimasti lì dalla notte prima. Sembrava strano che i suoi servitori non li avessero rimossi.

Lui mormorò qualcosa sottovoce e li agguantò in fretta mentre lei si sistemava su una delle sedie.

«Lascia solo che... torno subito» disse, e poi lasciò la stanza senza dire altro. Chiuse la porta e lei lo sentì parlare per un momento nel corridoio. Rispose una voce femminile, probabilmente una cameriera rimasta mentre gli altri servi erano fuori.

Amelia si alzò e cominciò a fare avanti e indietro nella piccola stanza, con il cuore che batteva sempre più forte. Cosa mai avrebbe potuto dire al suo uomo? Come poteva trovare le parole?

Lui tornò qualche istante dopo, e lei sorrise. Aaron si era sistemato e ora indossava gli stivali, così quando entrò nella stanza assomigliava di più all'uomo che l'aveva corteggiata negli ultimi mesi.

Lasciò la porta aperta per mantenere un certo decoro e si precipitò da lei, sedendosi e prendendole entrambe le mani nelle sue. Le studiò il viso e disse: «Sei davvero sconvolta. Che cos'è successo?»

Amelia fece un bel respiro e sbatté le palpebre per via delle lacrime che le salirono agli occhi. La gentilezza di Aaron non rendeva le cose più facili.

«So... sono venuta perché devo dirtelo di persona. È più che giusto.» Scosse la testa.

«Dirmi cosa?» chiese lui aggrottando la fronte.

Amelia deglutì a fatica e si sforzò di essere coraggiosa. «Aaron, non posso sposarti come avevamo previsto.»

La gentilezza sul suo volto svanì in un istante, e le lasciò andare le mani di colpo. «Stai rompendo il nostro fidanzamento?» chiese, il suo tono improvvisamente freddo come un gelido giorno d'inverno.

Lei chinò la testa. «Non per mia volontà, te lo assicuro. Pare che mio padre abbia un debito con un uomo molto potente. E si sono accordati affinché il mio matrimonio con lui lo appiani. Loro...» Le tremò la voce e cercò disperatamente di mantenere il controllo. «Stanno facendo i preparativi del caso mentre parliamo. Probabilmente sarò costretta a sposarlo prima della fine della settimana.»

Aaron si era limitato a fissarla, il suo sguardo uniforme, freddo e indecifrabile. A quel punto incrociò le braccia. «Chi?»

«Il Duca di Brighthollow» sussurrò lei.

Le sue narici si allargarono leggermente, e poi si alzò in piedi. Si allontanò, fermandosi alla credenza dove versò una generosa quantità di scotch in un bicchiere e lo tracannò in un solo sorso. Scosse la testa infuriato, e poi si lasciò sfuggire una risata sarcastica.

«Quel bastardo. Sempre a ostacolare i miei piani.»

Amelia si alzò e si voltò verso di lui, confusa dall'improvviso cambiamento nel suo contegno. «Cosa? Cosa vuoi dire? Conosci il duca?»

Lui la guardò e poi la sua espressione divenne triste. Mise via il bicchiere e sospirò. «Temo di sì. Un tempo vivevo anch'io a Brighthollow. Non ero certo del rango del duca, ma lo conoscevo. Gli ho parlato di sfuggita. È un bastardo dal cuore di ghiaccio, ma cosa si può fare quando un uomo detiene così tanto potere? Abbiamo avuto un disaccordo su...»

Si fermò e fece una smorfia. Amelia fece un passo avanti. «Su cosa?»

«Non ha importanza ora. Sarebbe sconveniente parlare del duca, soprattutto perché sembra che sarai costretta a sposarlo. Non vorrei avvelenare la tua opinione su quell'uomo.»

Lei scosse la testa. «Non potresti. Lo ritengo già un orco di prim'ordine. Quello che mi sta facendo è già abbastanza brutto. Ma sembra che sia mosso da vendetta anche nei tuoi confronti.»

Lui annuì. «Sì. E temo che tu possa essere stata messa in mezzo a tutto questo. Mi disprezza e farebbe di tutto per distruggere la mia felicità. È possibile che lui... no, non voglio speculare.»

Lo fissò mentre le diveniva chiaro il significato della frase che aveva troncato a metà. «Pensi che abbia comprato il debito di mio padre solo per poterlo ricattare e forzare questo matrimonio? Solo per ostacolarti?»

Aaron le scrutò il viso, e lei capì quanto quella situazione lo rendesse emotivo. Tuttavia, non la toccò mentre sospirava. «Forse. Non lo escluderei.»

Amelia alzò le mani fredde alle guance che all'improvviso le scottavano e scosse la testa inorridita. «E io sposerò quest'uomo!»

«Non c'è via d'uscita?» chiese Aaron, con tono molto dolce.

«Non me ne viene in mente nessuna che sia onorevole» sussurrò lei.

Lui aprì la bocca come se volesse parlare, ma prima che potesse farlo furono interrotti da un arrivo improvviso e terrificante. Come se fosse stato evocato dai loro sussurri, Brighthollow in persona entrò nella stanza. Amelia lo vide prima di Aaron e indietreggiò di scatto sorpresa della sua presenza.

Non stava fissando Aaron, ma lei. Quegli occhi scuri erano nuvole tempestose che nascondevano un'esplosione che doveva ancora arrivare. Poi il suo sguardo si spostò su Aaron e non c'erano dubbi su quanto odiasse la persona a cui lei teneva così profondamente.

Aaron si bloccò vedendo l'espressione di Amelia e si voltò lentamente. La paura gli invase il viso mentre fissava l'intruso.

«Br... Brighthollow» balbettò. «Non vi ho sentito bussare.»

«*Non ho* bussato» ribatté Hugh, la sua voce roca per l'emozione. Era la prima volta che Amelia sentiva una cosa del genere in lui. Di solito era così controllato. Il duca guardò oltre Aaron e di nuovo verso di lei. Usò un tono sorprendentemente gentile quando disse: «Signorina Quinton, andate nella mia carrozza. *Ora*, per favore.»

«No, non vi lascerò solo con lui.»

Aaron interruppe lo sguardo tra i due uomini e le rivolse un sorriso rassicurante. «Va tutto bene, mia cara. Sono certo che il duca non sarebbe così sciocco da farmi del male sapendo che tu sei testimone della sua irruzione in casa mia senza invito. Puoi andare nella sua carrozza.»

Amelia guardò prima uno poi l'altro. Ancora una volta veniva privata di qualsiasi scelta o potere in quella situazione bestiale. Poi fece come le era stato detto e li lasciò soli. E temeva quello che sarebbe successo una volta che fosse uscita dalla stanza.

Le mani di Hugh tremavano di rabbia mentre guardava Amelia passargli accanto uscendo dalla camera, con le spalle tremanti e la bocca stretta in una sottile linea bianca in segno di disappunto. Quando se ne fu andata, chiuse la porta sbattendola. Poi si rivolse contro l'uomo che odiava da più di un anno.

Tutta la falsa gentilezza e la dolcezza di Walters erano sparite ora che il suo pubblico se n'era andato. Si rivolse a Hugh sorridendo. «Posso sempre contare su di voi quando si tratta di mandare a monte i miei piani, vero?» disse con una risata. Come se fossero dello stesso rango. Come se fossero partner. Come se fossero amici.

«Bastardo» ringhiò Hugh, contenendosi a malapena.

Walters scrollò le spalle. «Non tutti hanno i vostri vantaggi, Vostra Grazia. Siete frettoloso nel giudicare ciò che non conoscete. Al mondo ci si deve fare strada come si può.»

Hugh lo fulminò con lo sguardo. «Pensate che la vostra condizione sociale possa giustificare le vostre azioni? Date la caccia a donne rispettabili, le usate, le rovinate e vi prendete quello che volete. Tutto per mettere le mani sui loro soldi.»

«Pensate che abbia *rovinato* la vostra... suppongo che ora sia la vostra fidanzata, vero?» Walters fece un sorriso compiaciuto e sgradevole. «Pensate di avere i miei scarti, Brighthollow?»

A Hugh si rivoltò lo stomaco al pensiero che quel porco soddisfatto di sé avesse messo anche solo una mano sul corpo di Amelia. Gli si dovette leggere in faccia, perché Walters si lasciò sfuggire una risatina che gli fece venire i brividi lungo la schiena. «Chiedeteglielo.»

A quel punto ne ebbe abbastanza. Fin troppo. Con un ringhio di rabbia ferina, Hugh si lanciò su Walters e lo afferrò per il bavero. Avrebbe potuto sbatterlo contro il muro se la porta dietro di loro non si fosse aperta. Entrambi si voltarono quando entrò una donna semisvestita e apparentemente appena alzata da letto. Aveva l'aria smunta e stanca. Una donnaccia, c'era da scommetterci, e avrebbe vinto.

Li guardò, apparentemente indifferente al fatto che i due stessero venendo alle mani in salotto. «Se n'è andata? Posso prendere i miei soldi e andarmene adesso?»

Hugh diede un'occhiata a Walters, che scrollò le spalle. «Mi prendo quello che voglio quando lo voglio» spiegò.

Hugh scosse la testa, lo lasciò andare e indietreggiò. «Le circostanze di questa situazione mi impediscono di distruggervi. Ma sono contento di avervi battuto.»

Walters inarcò il sopracciglio. «Davvero? Al massimo mi avete disturbato. E ora vi sposerete i miei avanzi e io andrò a cercare un'ereditiera migliore e più ricca da corteggiare. Mentre *voi* sarete per sempre bloccato nella trappola tesa dal vostro stesso onore.»

Hugh voleva essere superiore. Ma non poté. Si scagliò su Walters e gli colpì la guancia in pieno, facendolo volare all'indietro fin dall'altra parte della stanza dove andò a sbattere contro la parete accanto al camino. Walters grugnì dal dolore quando si toccò l'occhio già gonfio.

«State lontano da mia sorella» ansimò Hugh scuotendo la mano formicolante. «E da mia... mia moglie.»

Non disse altro, passò davanti alla prostituta annoiata e uscì. Si diresse alla sua carrozza, dove ora avrebbe dovuto affrontare Amelia. Sperando di recuperare la calma che aveva perso con Walters.

CAPITOLO OTTO

Amelia sobbalzò quando si aprì la portiera della carrozza e Hugh vi salì dentro. Aveva un'espressione tirata e cupa quando si sistemò di fronte a lei e batté leggermente sulla parete dietro di lui per indicare che dovevano muoversi.

Lei lo guardò male e incrociò le braccia a mo' di scudo davanti a sé. Uno scudo che Brighthollow poteva perforare così facilmente che era quasi risibile. «Dov'è Cherry?»

Il duca aggrottò la fronte. « Cherry?»

«Il mio cavallo» gli spiegò.

Lui la fissò per un istante, e parte della cupezza scomparve dalla sua espressione. «Dovevo immaginarlo che vi sareste preoccupata per il cavallo. Il mio valletto l'ha riaccompagnato a casa vostra» disse. «Così che potessimo parlare.»

Si sentì sollevata, perché almeno non doveva preoccuparsi del suo animale. Solo di se stessa.

«Di cosa dobbiamo parlare?» chiese lei, felice che la sua voce suonasse più coraggiosa di quanto si sentisse dentro. «Mi avete seguita.»

A quel punto lui strinse di nuovo la mascella, nei suoi occhi scuri lampeggiò la rabbia che stava controllando ma che ribolliva sotto la superficie. «Osate essere irritata con *me* per quello che è successo?»

«Sono arrabbiata con voi per molte cose» scattò Amelia, perdendo il proprio controllo mentre lui manteneva il suo.

Il duca si protese in avanti. Fu un'azione improvvisa e Amelia non ebbe il tempo di prepararsi. Lui era lì, più vicino, più grosso nella piccola carrozza. Aveva cercato quella calda sensazione quando aveva trovato Aaron mezzo svestito poco tempo prima. Ma non l'aveva trovata.

Ma qui Brighthollow era completamente vestito, non la stava nemmeno toccando, e quella spregevole, calda sensazione le scorreva dentro senza alcun problema. Si detestava per questo. E detestava lui ancora di più.

«Sono certo che siete molto arrabbiata. Vi piacerebbe dare sfogo alla vostra rabbia in questo momento?» le chiese.

Amelia corrugò la fronte. «Cosa?»

«Vi state trattenendo. Perché non dite semplicemente quello che provate? È meglio che tenerselo dentro, direi.»

«Volete che vi inveisca contro?» gli chiese. «Suppongo che così me lo potrete rinfacciare e usare contro di me come state facendo con mio padre e i suoi debiti?»

Lui girò la testa e strinse le labbra. «No.»

«E pensate che io creda a qualsiasi vostra promessa?» gli chiese, e la rabbia che le aveva chiesto di sfogare venne subito a galla. «Dopo che mi avete mentito sul mio fidanzato, diffondendo volgarità sul suo conto. E quando non ha funzionato, avete manipolato la situazione in cui si trovava mio padre per potere rubare tutte le mie speranze e i miei sogni?»

Con sua grande sorpresa, il duca non reagì alla sua rabbia, ma rimase fermo, permettendole di manifestarla in pieno. Ora che aveva iniziato, era difficile fermarsi.

«Vi disprezzo dal più profondo del cuore» continuò lei. «Penso che siate una persona pomposa e crudele. Uno disposto a prendere qualsiasi cosa gli piaccia senza pensare alle conseguenze o ai danni che si lascia dietro. Vi *odio* per avermi costretto a sposarvi. Detesto il modo in cui mi fate agitare lo stomaco quando mi fissate come state facendo ora. Vi... vi odio.»

Lo sguardo di Brighthollow vacillò una frazione di secondo poi le scrutò il viso prima di dire: «Nient'altro?»

Deglutì. In verità, si sentiva meglio ad inveirgli contro. Solo che sapeva che probabilmente l'avrebbe punita per questo. Si preparò a questa eventualità. «No.»

Lui annuì lentamente. «Siete audace. Non è la peggiore qualità che una persona possa avere. Ma devo chiedervelo, siete venuta qui per scappare con Walters?»

Amelia si ritrasse. «No!»

«No?» Aveva un tono palesemente stupito. «Allora perché?»

Lei strinse ancora di più le braccia al petto. «Pensate che io non abbia onore perché voi ne avete così poco? Mio padre ha fatto un patto con voi, Vostra Grazia. Non ho intenzione di romperlo, soprattutto considerando le circostanze. Ma ho pensato che dovevo al mio fidanzato...» Si interruppe e abbassò la testa. «Al mio *ex* fidanzato, la verità. Prima che voi e mio padre rendiate pubblico il vostro patto del diavolo. Prima che il nostro matrimonio abbia luogo e lui lo venisse a sapere da qualche pettegolezzo in società.»

Hugh non rispose immediatamente, si limitò a guardarla. Amelia sentiva il cuore batterle forte in petto per l'ansia. Continuava a spingersi troppo in là e si aspettava che lui si arrabbiasse o si mettesse sulla difensiva. Ma non lo fece. La sua espressione era neutra, indecifrabile, ma non le si scagliò contro. Non verbalmente, e di certo non fisicamente.

Alla fine disse: «La vostra onestà vi fa onore, Amelia.»

I suoi occhi si spalancarono. Era la prima volta che non si rivolgeva formalmente a lei come signorina Quinton. A dire il vero, Amelia le piaceva di più, ma sentirglielo dire fu comunque uno shock.

E reagì allo shock e alla consapevolezza e all'interesse che provava per quest'uomo aggrappandosi alla rabbia e ad altri sentimenti più oscuri che le ribollivano dentro.

«E cosa si può dire del vostro di onore?» chiese lei, sforzandosi di mantenere il tono calmo come il suo. «Come potete osare parlarmi di onore dopo quello che state facendo perfino in questo momento?»

Vide un lampo di disperazione nel suo sguardo che la fece sobbalzare. Era una cosa profondamente triste e vederlo perdere il controllo anche solo un po' le fece desiderare, con forza, di allungare la mano e prendere la sua. Anche se lo odiava.

Lo odiava, vero? Doveva aggrapparsi a quello.

«In questo momento mi disprezzate» disse. «Me lo merito, anche se non è così che sceglierei mai di iniziare un'unione con qualsiasi donna. Ma vi assicuro che la storia di come siamo arrivati a questo punto comprende più di quanto sappiate. Anche su di me, spero.»

Amelia sostenne il suo sguardo a lungo, poi si sistemò contro il sedile della carrozza. «Allora, chi siete?»

Sembrò sorpreso dalla domanda. Era piuttosto sorpresa lei stessa di averla fatta. Ma dal momento che questo matrimonio sarebbe divenuto realtà, le conveniva scoprire qualcosa sull'uomo che presto sarebbe stato suo marito.

«Sono Hugh Margolis, sedicesimo del mio casato» cominciò, tenendo lo sguardo fisso su di lei. «E cinquantatreesimo in linea di successione al trono, o così mi è stato detto.»

Lei scosse la testa. «Queste cose non mi dicono nulla di *voi*.»

Il duca esitò e poi sospirò. «Cosa volete sapere?»

«Che tipo di uomo siete? Quali sono i vostri interessi? I vostri passatempi? Le vostre passioni?»

Lui la guardò intensamente, come sempre. «Sono il fratello maggiore di una sorella, Lizzie. La adoro oltre misura e farei... farei *qualsiasi cosa* per proteggerla. Per garantire il suo futuro.»

Amelia inclinò la testa. Per la prima volta, le sue parole non sembravano misurate o attente. Amava davvero sua sorella, questo era evidente nella sua espressione e nel suo tono. E per un breve istante, lei sentì una strana sintonia che non era come l'attrazione fisica che normalmente provava nei suoi confronti.

«Spero di essere un buon amico» continuò il duca. «Faccio parte di un club di altri duchi, ci conosciamo da quando eravamo ragazzi. Sono come miei fratelli.»

«La famiglia è importante per voi»

Lui annuì, ed era chiaro che questo tipo di conversazione lo metteva a disagio. Tuttavia, continuò. «Vado a cavallo. Vado a caccia. Leggo molto» continuò.

Amelia serrò le labbra. Voleva che fosse il mostro che l'aveva portata via da un futuro con il suo principe. Ma in questo momento Hugh Margolis, Duca di Brighthollow, le sembrava molto... normale. Persino un po' simpatico.

«Per quanto riguarda le mie passioni...» Amelia alzò di scatto la testa davanti alla profondità della sua voce. Al tono tenebroso che aveva assunto e che ora richiamava il calore che le faceva venire un nodo allo stomaco e che non sapeva come combattere. «Ci sono anche quelle.»

Lei si leccò le labbra senza volerlo. Improvvisamente la carrozza sembrò minuscola, l'aria tra loro fin troppo densa. Stava per succedere qualcosa. Qualcosa...

Ma prima che succedesse, la carrozza imboccò il viale d'ingresso della residenza di suo padre e si fermò. Mentre attendevano l'arrivo dei servitori nell'abitacolo, l'incantesimo che si era creato tra loro si spezzò. Amelia distolse il viso e si mise a fissare la mano stretta sul sedile. «Sono ancora strenuamente contraria, Vostra Grazia.»

«Al matrimonio.»

Lei annuì e si costrinse a guardarlo. «Ma riconosco anche che questo *è* il futuro per entrambi. E vi prometto che farò del mio meglio.»

Il duca inclinò la testa. «Lo apprezzo, Amelia. E da parte mia, prometto di rendere il vostro futuro il più luminoso possibile, mentre spero che un giorno mi perdonerete le circostanze che hanno costretto a questa terribile situazione.»

Perdonarlo? Amelia fissò il suo bel viso e si chiese... se voleva guadagnarsi il suo perdono, perché la stava spingendo verso l'altare con tanta tenacia? Ma non c'era risposta a quella domanda. Non ancora.

Forse non ci sarebbe mai stata.

«Buona giornata» disse quando un valletto si avvicinò per scortarla in casa.

«Buona giornata» ripeté lui a bassa voce, e la lasciò andare senza dire un'altra parola.

Ma quando la carrozza si allontanò, lei non poté fare a meno di voltarsi a guardarlo andare via. Qualunque cosa stesse succedendo, qualunque cosa lo spingesse ad agire come stava facendo, non era crudeltà. Almeno non verso di lei. E in quel momento provava così tante emozioni contrastanti che temeva che non le avrebbe mai districate tutte.

CAPITOLO NOVE

D'istinto Hugh si tirò il panciotto attillato e ne lisciò il tessuto prima di entrare nella stanza piena di amici e sforzarsi di sorridere. Tra poco sarebbe iniziato il ballo per annunciare e celebrare il suo fidanzamento con Amelia e il loro improvviso matrimonio il giorno dopo. Ma per ora era solo con alcune delle persone che contavano di più per lui.

I suoi amici erano riuniti in gruppi. Il più vicino era formato da Robert, il Duca di Roseford, Ewan, il Duca di Donburrow, e Lucas. Le mogli di Ewan e Lucas erano con le altre duchesse. Robert, la canaglia della loro cerchia, non era sposato, e al momento il suo viso era tirato e rosso di rabbia.

Con un sospiro Hugh si diresse verso quel piccolo cerchio e aspettò la raffica di domande. Non ci volle nemmeno un secondo prima che iniziasse.

«È una follia» scattò Robert, fissando Hugh come se stesse facendo qualcosa che lo offendeva a livello personale.

Ewan, che era muto dalla nascita, alzò gli occhi al cielo e allungò la mano per afferrare delicatamente il braccio di Robert. Il suo messaggio era chiaro, anche senza che scrivesse sul taccuino d'argento che portava sempre in tasca.

Ma Robert si scrollò di dosso la mano e continuò: «Una cosa è sposarsi per amore...» Sventolò la mano indicando gli altri nella stanza. «Come hanno fatto tutti questi altri idioti. Ma *questo*? Questa cosa improvvisa che nessuno sa spiegare?»

«Robert.» Era Lucas che aveva parlato, piano ma con fermezza.

«Smettetela tutti coi vostri *Robert*» disse lui fulminando entrambi con lo sguardo. «Voglio che Brighthollow si spieghi.»

Hugh lanciò una rapida occhiata a Lucas, l'unico che sapeva la verità, e poi sospirò. «Nella vita di un uomo a volte si presentano situazioni che richiedono... sacrifici.»

Usò quella parola, ma la verità era che sposare Amelia gli sembrava sempre meno un sacrificio, più la conosceva. La sua bellezza lo attirava, naturalmente. Nessun uomo l'avrebbe guardata senza provare quell'attrazione. Ma c'era molto più di questo. Gli piaceva la sua lealtà, per quanto mal riposta. Gli piaceva il fuoco che aveva dentro, quello che secondo suo padre avrebbe dovuto essere spento. Hugh non voleva farlo. Voleva solo accenderlo, farlo bruciare di passione piuttosto che di rabbia.

Gli *piaceva*, in verità. Il fatto che lei in cambio lo odiasse non era facile per lui. Non era piacevole. Non era quello che voleva, anche se non voleva analizzare troppo a fondo quello che voleva. Altrimenti avrebbe potuto perdere il controllo sulla sua risposta emotiva e non solo.

Amelia sembrava ispirargli questa reazione.

«Sacrificio» disse Robert, riportando Hugh alla conversazione. «Non sopporto vederti fare tutto questo.»

Hugh sospirò. «Apprezzo la preoccupazione, davvero. Ma le cose stanno così. E accadrà domani, che voi mi inveiate contro o meno. Posso solo sperare che voi tutti non eviterete Amelia in qualche sconsiderato tentativo di proteggermi dalle mie stesse scelte.»

«Alle duchesse piace già» disse Charlotte, la moglie di Ewan, avvicinandosi e infilando la mano nell'incavo del braccio del marito.

«E anche se così non fosse, non le volteremmo mai le spalle. Per amor tuo.»

Guardò i suoi amici e li trovò tutti che annuivano concordi, anche Robert. Era un vero sollievo. «Bene.»

«Vostra Grazia, il Visconte Quinton e la signorina Quinton» annunciò Murphy dalla porta, poi fece un passo indietro per permettere ai due di entrare.

Hugh trattenne il fiato quando Amelia quasi fluttuò nella stanza al braccio di suo padre. Era splendida, come lo era sempre stata. Stasera indossava un abito blu scuro, tre tonalità più scuro dei suoi occhi. I suoi capelli neri erano acconciati in uno stile elaborato che accentuava il suo collo lungo e sottile. L'unica cosa che mancava al suo bel viso era un sorriso.

Detestava il fatto che fosse così infelice, e che la bugia che lui e suo padre avevano detto l'avesse portata a disprezzarlo. Era un enorme ostacolo da superare. Forse non ci sarebbe mai riuscito veramente.

Sbatté le palpebre quando si rese conto di averla fissata troppo a lungo, poi si fece avanti per salutare i suoi nuovi ospiti. «Milord» disse, stringendo la mano di suo padre. «Amelia.»

Lei deglutì e distolse lo sguardo. «Vostra Grazia» mormorò.

«Credo che conosciate qualcuno degli ospiti» disse, facendo cenno alla stanza prima di affrettarsi a presentare di nuovo i suoi amici. Notò quanto fossero accoglienti con lei. Persino Robert non mostrò il suo disappunto per il matrimonio, anche se Hugh lo sorprese a guardare Amelia anche quando si fu allontanata. Non era sicuro del perché ciò ispirasse in lui una tale ondata di gelosia, ma così era.

Alla fine il gruppo cominciò a sciogliersi e si diresse verso la sala da ballo dove il resto degli ospiti aveva già cominciato ad arrivare. Amelia e suo padre rimasero indietro, lei che spostava il peso da un piede all'altro, Quinton che teneva la mascella serrata.

Robert lanciò un'occhiata a Hugh e poi si avvicinò al visconte. «Lord Quinton, credo di ricordare che vostro padre combatté nella guerra dei Sette Anni. Era un vero eroe, se ricordo bene i fatti.»

Gli occhi di Quinton si illuminarono e si avvicinò a Robert. «In effetti lo era, Vostra Grazia.»

«Mi piacerebbe sentirne raccontare» disse Robert, e fece cenno verso la porta. I due uomini se ne andarono insieme, con Quinton che parlava ad alta voce mentre si allontanavano.

Hugh sorrise. Robert era un libertino di prim'ordine e il suo amico più schietto, ma su di lui si poteva contare. Proprio come su tutti loro. Ora era solo con Amelia, gli era stato permesso di essere il suo accompagnatore senza alcuna interruzione.

Le si avvicinò con un sorriso. «Sei bellissima.»

«Grazie» rispose lei piano, sollevando lo sguardo. «Siete... be', siete molto bello, sono sicura che lo sapete.»

Soffocò una risata davanti al complimento quasi riluttante che gli aveva fatto. Era un progresso, certo, ma davvero piccolo. «Posso accompagnarti in sala da ballo?»

Lei esitò, poi annuì e gli prese il braccio. Hugh rimase senza fiato quando si sentì attraversare da una specie di corrente elettrica a quel tocco benigno. Sì, era attratto da questa donna. Forse più di quanto si fosse permesso di ammettere.

«Mi presenterete vostra sorella stasera?» gli chiese mentre uscivano dal salone e iniziavano ad avviarsi verso la sua sala da ballo.

Lui si accigliò e le sensazioni positive lo abbandonarono. «No. Lizzie è a Brighthollow. Considerato che il matrimonio è domani, sarebbe impossibile portarla qui in tempo. Ma le ho scritto. Mi piacerebbe molto raggiungerla alla tenuta dopo la cerimonia così che possiate conoscervi. Se per te va bene.»

Lei alzò lo sguardo verso di lui, ed era evidente la sorpresa sul suo volto. «Me lo state chiedendo?»

«Sono sicuro che non è quello che ti aspetti, data la natura del nostro fidanzamento» disse. «Ma spero che imparerai presto che non ho alcuna intenzione di costringerti a una vita che non desideri condurre. Se dici che non vuoi andare, prenderò altri accordi. Ma la mia contea è... è meravigliosa, Amelia. Bella e tranquilla. Mia sorella ti adorerà, ne sono certo.»

Lei sembrò riflettere su quel suggerimento e poi annuì. «Penso che sia una bellissima idea. Sarei felice di andarci insieme.»

La sala da ballo era ormai a pochi passi, e la cosa gli dispiacque. Questa era la prima volta che tra loro non pulsavano rabbia e tradimento.

Apparentemente Amelia la pensava allo stesso modo, perché si voltò verso di lui, fermando il loro cammino e lo guardò in faccia. «Brighthollow... Hugh» sussurrò, e gli si strinse lo stomaco quando pronunciò il suo nome per la prima volta. «Non mi piace il modo in cui si è creata questa situazione. Ma sono stata molto scortese con te in carrozza due giorni fa. Mi... mi dispiace.»

Hugh espulse un lungo respiro e poi scosse la testa. «Ti meriti ogni briciola di emozione che provi, Amelia. Me la merito anch'io. Quindi, se riversarmela addosso ti aiuta, non mi opporrò. Ma spero che lascerai la porta aperta all'idea che non sono l'orco che credi. Almeno non completamente.»

«Spero che tu non lo sia» ribatté lei senza staccare i suoi occhi azzurri da quelli di Hugh. «Altrimenti saremo entrambi molto infelici.»

Lui non disse nulla, perché non c'era nessuna risposta da dare. Si limitò a prenderle la mano e a condurla in sala da ballo, dove sarebbe stato annunciato il loro fidanzamento e sarebbe stato suggellato il loro futuro.

Nel bene e nel male.

~

Amelia se ne stava accanto alla pista da ballo, la prima volta che l'avevano lasciata sola in tutta la serata. Il suo fidanzamento con il Duca di Brighthollow e la sorpresa che il matrimonio sarebbe stato il giorno dopo erano stati annunciati quasi all'inizio del ballo. Da allora era stata circondata da persone che le facevano domande, la valutavano, facevano supposizioni.

Le duchesse erano state meravigliose, naturalmente. Una di loro era sempre stata al suo fianco, come se stessero di guardia per evitare che la gente fosse crudele. Almeno davanti a lei. Non aveva dubbi che alle sue spalle si dicessero cose orribili.

Ma ora era sola, e per la prima volta poteva considerare la sua situazione. Quando era stato fatto l'annuncio, si era aspettata di venire attanagliata dalla paura al punto di sentirsi torcere le budella, ma non era stato così. Semmai, mentre se ne stava tra suo padre e Hugh, aveva provato... be', non la si poteva definire esattamente eccitazione, ma c'era stato un senso di anticipazione che non era stato del tutto sgradevole. Aveva accettato che questo fosse il suo futuro. Era incerta su Brighthollow, ma intendeva fare del suo meglio.

C'era poco altro da fare.

Si voltò leggermente e prese fiato. Hugh le stava venendo incontro attraversando la sala con quella cupa attenzione che la trafiggeva come sempre quando la guardava. Le si rianimò lo stomaco e le si fece corto il respiro quando le si avvicinò.

«Brighthollow» sussurrò quando la raggiunse. Non poté fare a meno di notare che tutti gli sguardi nella stanza lo seguivano e valutavano la loro interazione. L'attenzione della folla e le varie espressioni sui loro volti vigili le fecero avvampare le guance.

Hugh si guardò dietro da sopra la spalla seguendo il suo sguardo e si accigliò profondamente. «Posso offrirti due opzioni, Amelia.»

Amelia si sforzò di fare un lieve sorriso. «E quali sono?»

«Ballare con me, sapendo di dare loro lo spettacolo che vogliono, o fare una passeggiata con me in giardino. La luna è piena e le lanterne sono accese. Dovrebbe essere un po' di tregua dall'esibizione che dobbiamo allestire.»

Lei fissò quel volto severo. Quel viso dolorosamente bello che a volte non rifletteva emozioni e che le rendeva facile giudicarlo freddo o crudele. Stasera vedeva solo un tremolio di qualcosa sotto la superficie. La tregua che stava offrendo era per lei.

E questo le diede uno strano tipo di speranza.

«Andare in giardino sembra una bella idea» disse lei con esitazione, perché stare da sola con Hugh era sempre... complicato. «Non mi dispiacerebbe prendere un po' d'aria.»

«Eccellente» disse lui, e sorrise mentre le prendeva la mano e se la infilava nell'incavo del gomito.

Amelia lo fissò. Aveva mai visto il suo sorriso prima? Di certo gli rilassava il viso, lo rendeva infinitamente più bello. Lo rendeva... più giovane, in qualche modo. Più spensierato.

La guidò fuori dalla stanza e sulla terrazza. Alcune coppie erano riunite qua e là, a godersi il chiaro di luna. Intravide persino il Duca e la Duchessa di Sheffield concentrati sulle stelle. Lei ne stava indicando alcune e lui sorrideva indulgente mentre la guardava.

Hugh la guidò verso le scale che portavano al giardino sostenendola mentre si allontanavano dalla casa, dalla festa e dalla gente per addentrarsi nella quiete del giardino ducale. Che sarebbe stato anche il *suo* giardino, supponeva, una volta pronunciati i voti l'indomani.

Trasse un respiro, si allontanò da Hugh e si guardò intorno. Adorava i giardini, e questo era incantevole. L'erba era ben curata e i fiori ben tenuti.

Sentì che lui la guardava e rabbrividì prima di girarsi per affrontarlo. «Rimpiangi che io abbia scelto di venire qui invece di ballare?»

L'ombra di un sorriso gli arricciò l'angolo della bocca e con la luce della luna sul viso sembrò un po'... perverso.

«Niente affatto» rispose lui. «Ma anche se tu avessi scelto di ballare, non mi sarebbe dispiaciuto.»

«È una risposta diplomatica» commentò lei ridendo. «Sei un ballerino meraviglioso, però.»

Lui scrollò le spalle. «Lo scopo di un gentiluomo sulla pista da ballo è di far sembrare la dama ancora più elegante. Se ci riesco, dice più sulla mia partner che su di me.»

«È una delle tue passioni?» gli chiese avvicinandosi.

Gli si allargarono un po' gli occhi, gli si dilatarono le pupille. «Passioni?»

«Nella carrozza l'altro giorno» chiarì. «Ti ho chiesto di raccontarmi delle tue passioni e sei stato molto vago. Visto che sei così bravo a ballare, mi sono chiesta se fosse una delle tue passioni.»

Lui deglutì, e lei si trovò affascinata da come gli si muoveva la gola durante quel gesto. «Qualcosa del genere.» La sua voce era bassa, roca, e quel formicolio tra le gambe che lui sembrava ispirarle così facilmente ricominciò sul serio.

«Bene» disse lei, sorpresa che la sua stessa voce avesse un tono simile. «Sei aggraziato per essere un uomo così... grosso.»

Lui ridacchiò, ma quando la risata svanì, il silenzio tra loro si fece pesante. Lo guardò, affascinata, mentre lui faceva un lungo passo verso di lei. All'improvviso le sembrava davvero molto vicino. Vicino e grande e caldo. Molto caldo quando entrò nel suo spazio personale.

Lo fissò, consapevole che il cuore le batteva all'impazzata e che le tremavano le mani ai fianchi.

«Questo non è quello che avevo pianificato, Amelia» sussurrò, la sua voce appena udibile nonostante le stesse così vicino.

Per la prima volta lei gli credette. Che non aveva avuto l'intenzione di fare a pezzi la sua vita. Questo non lo aveva fermato, certo, ma l'intenzione almeno significava qualcosa.

«No?» chiese lei. «Che cosa'avevi in mente?»

Lui restò immobile per un momento. In silenzio. Ma stasera non era indecifrabile. Stasera Amelia percepiva in lui un desiderio, qualcosa che echeggiava il desiderio che improvvisamente sentiva lei stessa.

«Non lo so» ammise Hugh mentre sollevava la mano e le accarezzava la guancia.

Amelia trattenne il fiato, e poi non ci fu più aria. Non ci fu più luce, suono, persona o bestia in tutto il mondo. C'era solo lui mentre abbassava lentamente la testa e avvicinava le labbra alle sue.

~

Hugh non aveva avuto intenzione di baciare Amelia pur desiderandolo. A dire il vero aveva voluto farlo fin dal primo momento in cui l'aveva vista raccogliere fiori nel giardino di suo padre. Quale uomo non avrebbe voluto? Era stupenda e le sue labbra carnose erano come un faro che lo implorava di catturarle la bocca con la sua.

Ma stasera aveva davvero avuto solo intenzione di darle una tregua dagli occhi curiosi al ballo. E ora la cosa era sfuggita di mano e le aveva messo le braccia intorno e la bocca sulla sua.

Amelia schiuse le labbra sotto le sue con un sospiro di piacere, e lui non poté resistere. Fece scivolare la lingua all'interno e fu quasi annientato dal suo sapore dolce e sensuale. Spostò le mani fino all'incavo della sua schiena e la modellò contro di sé mentre il bacio si trasformava in qualcosa di tenebroso e appassionato che rischiava di andare fuori controllo.

La voleva. Voleva rivendicarla nel modo più fisico possibile seduta stante, al diavolo il decoro e le conseguenze. Voleva farle dimenticare che amava un altro. Voleva far dimenticare a se stesso quanto quel fatto lo feriva.

Ma se si fosse spinto più in là, quei desideri animali avrebbero preso il sopravvento, e non poteva permettere che accadesse. Lei lo credeva già un orco e portarla nel suo giardino non avrebbe fatto nulla per mitigare quella convinzione.

Con grande difficoltà, si staccò. Lei rimase tra le sue braccia, a fissarlo con gli occhi annebbiati, senza battere ciglio. «Hugh...» cominciò a dirgli con voce tremante e le dita che gli stringevano gli avambracci.

Santiddio, Amelia sapeva essere una vera tentazione. Era pronto a reclamarle la bocca ancora una volta quando sentì qualcuno schiarirsi la gola.

La lasciò andare e lei si allontanò portandosi la mano alle labbra mentre fissava un posto in lontananza dall'altra parte del giardino. Lui si voltò e fulminò con lo sguardo uno dei valletti fermo sul ciglio del sentiero, che fissava ovunque tranne in direzione del suo padrone.

«Che c'è?» scattò Hugh, più bruscamente di quanto avesse voluto.

«Mi spiace, Vostra Grazia. Murphy mi ha chiesto di chiedere la vostra assistenza. Sembra che ci sia qualche problema con Lady Brookfield e...»

Hugh strinse forte le labbra. «Murphy sa come gestire queste cose. Ditegli...»

Amelia si fece avanti, e, mettendogli gentilmente la mano sulla sua, mise a tacere la sua risposta tagliente. «Hugh, perché non vai ad occupartene? Murphy non sembra il tipo d'uomo che ti manderebbe a chiamare senza motivo. Io... mi rimetto e torno al ballo tra un attimo.»

La fissò e vide il proprio desiderio riflesso nei suoi occhi, anche se in un modo molto più innocente e leggermente confuso. Il fatto che lo volesse lo infuocava fin nell'anima, ma represse la reazione e inclinò leggermente la testa. «Sei sicura?»

«Sì. Assolutamente.»

Lo sguardo gli cadde sulle loro mani, ora intrecciate. Amelia seguì il suo sguardo e sfilò la sua, arrossendo violentemente. «Se ne sei certa, allora vado. Ti verrò a cercare più tardi.»

Lei annuì, e poi si diresse verso una panchina a pochi passi di distanza. Lui la guardò sistemarcisi, con la luce della luna che le cadeva addosso come se lo avesse voluto.

Scosse la testa mentre faceva cenno al servo di portarlo dove c'era il problema in casa. Eppure non riusciva a smettere di pensare ad Amelia. Non riusciva a smettere di pensare al bacio.

E non riusciva a smettere di pensare al fatto che in meno di ventiquattro ore sarebbe stato sposato con quella donna e allora tutto quello che avrebbe voluto fare con lei sarebbe uscito dal regno della fantasia e sarebbe entrato nella realtà del suo letto.

~

Amelia si sedette sulla panchina in giardino a un metro da dove Hugh l'aveva baciata così a fondo e appassionatamente. Si mise la testa tra le mani tremanti e cercò di non rivivere quel momento per la decima volta da quando si era allontanato.

Tutto invano, perché la sensazione delle sue mani su di lei, della sua bocca su di lei, della sua lingua che toccava la sua, era ancora viva in corpo. Come se lui fosse ancora lì, a riempirla di un'emozione a cui non riusciva a dare il giusto nome e di un desiderio che non comprendeva appieno.

«Amelia?»

Sobbalzò e abbassò le mani. La Duchessa di Willowby le stava venendo incontro attraversando il prato, il bel viso segnato dalla preoccupazione mentre si aggiustava lo scialle.

«Vostra Grazia» sussurrò Amelia. «Buona sera.»

Diana inclinò la testa e la esaminò come se la stesse leggendo. Poi si sedette sulla panchina accanto a lei e sorrise. «Ho sempre pensato che il giardino di Hugh fosse molto bello. Al chiaro di luna è ancora meglio.»

«Sì» pensò Amelia, fissando il punto di quel giardino dove lui le aveva catturato la bocca. «È... notevole.»

Diana le lanciò un'occhiata. «Stai scappando dal ricevimento o da lui?»

Amelia si mordicchiò il labbro. «Dal ricevimento inizialmente. Ora ho un forte desiderio di scappare da tutto. O... di andarci incontro? Non lo so, sono molto confusa.» Le parole le uscirono di getto e finì per voltarsi verso Diana arrossendo. «Mi spiace, è stato assolutamente inopportuno.»

«Perché?» chiese Diana scrollando le spalle. «Per carità, ne hai passate tante negli ultimi dieci giorni. Se c'è qualcuno che merita tutta la confusione e l'incertezza che prova, sei tu. E dato che sono certa che io e te diventeremo grandi amiche, puoi parlarne con me. Potrebbe essere d'aiuto.»

«Dovevo annunciare il mio fidanzamento con un altro» disse Amelia scuotendo la testa. «E domani sposerò Hugh. Ho le vertigini.»

Diana annuì. «Sarebbe impossibile non averle in simili circostanze.»

«E conosco appena Hugh» continuò Amelia.

«Sì, è da capogiro.» Diana sospirò. «Sai, ho sposato Lucas solo poco più di un anno fa, quindi Hugh per me è un amico recente. Ma è stato l'amico più intimo di mio marito per quasi tutta la sua vita. L'ho tenuto d'occhio nell'ultimo anno, ho osservato chi è, che tipo di uomo è.»

Amelia sbatté le palpebre. Stava cercando di determinarlo lei stessa, con scarso successo. «Cosa ne pensi?»

Diana le prese la mano e la strinse dolcemente. «È un uomo buono, Amelia. Un uomo gentile. Un uomo perbene.»

Amelia pensò a come aveva comprato i debiti di suo padre, a come aveva sfruttato questo vantaggio per ricattarla e farle accettare questo matrimonio. Era difficile vederlo in quella luce meravigliosa con quella verità che solo lei sapeva. Eppure...

«Stasera è stato gentile» sussurrò, quasi più a se stessa che a Diana. «Eppure mi rende... mi rende nervosa. È così tenebroso, è così indecifrabile, è così... così...»

«Pericoloso?» suggerì Diana.

Sì, quella era la parola giusta. Hugh era pericoloso.

Diana ridacchiò. «Ho la sensazione che il pericolo non ti disturbi quanto credi. E questo farà sì che io e te diventiamo grandi amiche. Il pericolo può essere molto... stimolante.»

Amelia si sentì di nuovo avvampare le guance. «Mi ha baciato.»

Diana si voltò di scatto verso Amelia. «Stasera?»

«Qui in giardino, prima che fosse trascinato via da qualche

questione in casa.»

«E ti è piaciuto?»

Amelia si coprì le guance con le mani. C'era qualcosa in Diana che le faceva sentire di poter essere onesta. E aveva bisogno di dire ad alta voce quello che provava, di avere qualcuno che la sgridasse e le dicesse che non era giusto. Questo l'avrebbe riportata in riga di sicuro.

«È stato meraviglioso» sussurrò Amelia. «Non sono mai stata baciata, sai. Ma all'inizio è stato gentile e poi... è andato fuori controllo, e all'improvviso sono stata trascinata in mare. Sapevo che sarei annegata e non m'importava affatto.»

«Volevi annegare» sussurrò Diana.

«So che è sbagliato.»

«Sbagliato?» Diana scosse la testa. «Si chiama passione, mia cara, e non è sbagliato. *Dovresti* provare passione per l'uomo che sposerai. Dovresti sentire quel delizioso calore nel basso ventre quando lui ti guarda da lontano. Dovresti sentire il formicolio quando la sua mano ti sfiora la pelle.»

Amelia sbatté le palpebre. «Ma...»

«Ma niente!» la interruppe Diana. «So che tua madre non è più con te. Qualcuno ti ha parlato di queste cose?»

Amelia si sentiva bruciare le guance. «Non proprio. La mia cameriera ha menzionato solo alcuni dettagli scarni su ciò che un uomo potrebbe desiderare. Sembrava alquanto terrificante.»

Diana rise piano. «Oh, così non va! Ti sposerai domani, bisogna che ti spieghi alcune cose sulla passione. Se vuoi sentirle.»

Amelia pensò alla sensazione delle mani di Hugh che sfioravano il suo corpo. Alla sua bocca sulla sua e al modo in cui aveva avuto la sensazione che il corpo le diventasse di gelatina e prendesse fuoco. A come avrebbe voluto molto di più, anche se non riusciva a definire cosa fosse il di *più*.

«Sì» confermò, forse un po' più energicamente del necessario. «Accetterò tutti i consigli che potrò ricevere a questo proposito.»

«Ottimo» disse Diana. «Innanzitutto, a proposito di baci...»

CAPITOLO DIECI

Hugh aveva sempre saputo che si sarebbe sposato. Era suo dovere, dopo tutto, sposarsi e produrre eredi per portare avanti il nome della sua famiglia. Era stato studioso da ragazzo, abituato ad analizzare sempre ogni problema, a pianificare la relativa soluzione. Aveva creduto che si sarebbe sposato prima dei trentacinque anni e che avrebbe prodotto un figlio ogni due anni da lì in poi, finché non avesse avuto abbastanza figli per garantire la continuazione del suo casato.

Era stato un piano di necessità. Senza inutili sentimenti.

Col passare degli anni, però, vedendo James, Simon, Graham, Ewan, Baldwin, Lucas e Matthew trovare ciascuno il vero amore... la sua visione del matrimonio era cambiata. L'amore sembrava renderli tutti molto felici. Di tanto in tanto era stato geloso di quella felicità. E così aveva cominciato a chiedersi se avrebbe potuto provare la stessa emozione.

Ma ora, mentre volgeva lo sguardo verso la donna a cui aveva promesso la sua vita non più di un'ora prima, era combattuto.

Amelia era sua moglie. E non era il legame freddo e privo di emozioni che aveva accettato essere adeguato da giovane. Né era la relazione gloriosa e amorevole che era arrivato a desiderare negli ultimi anni.

Lui la voleva. Dio, quanto la voleva. Ma sapeva anche che Amelia disprezzava lui e la bugia che le era stata detta per costringerla all'altare. Sapeva che lei amava un altro, il suo più grande nemico.

Il loro futuro era ormai stabilito, ma non era chiaro. Era stata accettata dai suoi amici, naturalmente. Nessuno dei duchi o delle duchesse era stato altro che gentile con lei. In quel momento perfino Robert ballava con lei, e non c'era traccia delle esitazioni che aveva espresso in precedenza mentre le sorrideva.

Ma cosa significava questo per loro? Che sarebbe stata a suo agio tra i suoi amici, ma mai tra le sue braccia? Avrebbe sempre esitato, come quando il ministro le aveva chiesto di impegnarsi a trascorrere la vita con lui? Lo aveva guardato negli occhi in quel momento e lui aveva visto tutto ciò che lei sentiva di perdere accettando le condizioni che le erano state imposte.

«Amico mio, congratulazioni.»

Si voltò al suono della voce di Kit e vide sia lui che Lucas venirgli incontro. Hugh mise un braccio intorno a Kit e insieme i tre guardarono Robert e Amelia ballare.

«È bellissima» disse Kit dolcemente. «È questo il motivo della fretta dopo l'ultima volta che abbiamo parlato di lei?»

Lucas scambiò una breve occhiata con Hugh, ma rimase in silenzio.

«È complicato» mormorò Hugh. «Non voglio entrare nel merito. Almeno non in questo momento.»

Kit non insistette. Invece chiese: «Resterai a Londra?»

«Non credo. Se mia moglie è d'accordo, vorrei partire per Brighthollow domani. So che Lizzie vorrà incontrarla. E ci aiuterà a sfuggire ai pettegolezzi sul nostro matrimonio frettoloso e...»

Si interruppe. Non aveva intenzione di aggiungere l'altra cosa da cui sentiva di dover fuggire: Aaron Walters. Non gli piaceva l'idea che quell'uomo fosse così vicino ad Amelia. Che lei fosse tentata da lui. Ogni giorno quel concetto diventava sempre meno accettabile.

«Sembra che Robert abbia finito il suo turno» disse Kit. «Se non ti dispiace, chiederò alla signora il prossimo ballo.»

«Accomodati» disse Hugh con un sorriso.

Kit fece un cenno ai suoi amici e poi scivolò via per incantare Amelia proprio mentre tutti i suoi amici stavano lavorando per incantare lei.

«Sei preoccupato per Walters?» chiese Lucas sotto voce.

Hugh guardò sua moglie sorridere a Kit. Era così a suo agio con i suoi amici. Non era mai stata così a suo agio con lui. «Sì» ammise con voce strozzata. «Dovrò stabilire cosa fare di lui quando tornerò a Londra. È chiaro che ha tutte le intenzioni di mettere le mani su una dote con qualsiasi mezzo, e dato che non posso sposare ogni donna che minaccia, ci dev'essere un modo più definitivo per impedirgli di danneggiare chi lo circonda.»

Lucas si accigliò. «Il bastardo dev'essere coinvolto in qualcosa di più che sedurre giovani donne ignare. Lascia che usi le mie risorse per indagare mentre sei via. Ne verremo a capo.»

«Grazie.» Hugh buttò fuori il fiato e si voltò verso il suo amico. «Per tutto. Tu e Diana siete stati molto gentili, e apprezzo che non abbiate svelato il segreto di Lizzie agli altri del gruppo.»

«Capisco» disse Lucas. «Ma posso darti un consiglio?»

Hugh annuì. «Certo.»

«È una giovane donna adorabile. Ma più, e meglio, di questo, sembra intelligente e gentile. Non distruggere ciò che potrebbe essere... una cosa buona solo per colpa di questo brutto inizio. Io stavo per farlo con Diana e se l'avessi persa...»

Si interruppe, ma Hugh sentì la disperazione nella sua voce. La sola idea di perdere Diana era un dolore quasi fisico per il suo amico.

«Ci proverò» promise Hugh. «Ma non sarà facile. Diana non ti odiava come Amelia odia me. E non amava un altro.»

«Non lo amerà sempre, né ti odierà sempre» lo rassicurò Lucas. «Se le permetterai di vedere chi sei veramente. Non importa quanto sia doloroso. Apriti, amico.»

Lucas gli mise una mano sul braccio, senza aspettare una risposta, prima di allontanarsi a grandi passi per andare da sua moglie a baciarla. Hugh li guardò con quell'ardente gelosia ancora nel profondo del cuore.

Poi spostò lo sguardo su Amelia. Non era così sicuro come Lucas sembrava essere che mostrarle il proprio cuore avrebbe cambiato qualcosa di quello che provava. Ma era comunque attratto da lei, nonostante tutto ciò che li teneva separati. Nonostante tutto ciò che poteva portare il loro nuovo matrimonio a un improvviso e doloroso arresto.

A d Amelia tremavano le mani mentre Theresa le sbottonava l'abito. Il suo abito da *sposa*, che era stato preparato frettolosamente nei giorni scorsi. Non era il bellissimo abito argentato che si era immaginata quando Aaron le aveva chiesto di sposarlo, né la breve, asettica cerimonia nel giardino di Hugh era stata quella dei suoi sogni.

Certo, era stato bello. E quando Hugh le aveva preso la mano, aveva sentito quel brivido di consapevolezza e aveva pensato molto alle cose che Diana le aveva detto sulla passione e la notte di nozze e tutte le cose che accadevano tra un uomo e una donna.

Ma ora la festa era finita, la notte era lunga e lei era la Duchessa di Brighthollow. Al di là della porta e oltre l'anticamera, la aspettava il *Duca* di Brighthollow. E il cuore non avrebbe smesso di batterle in petto così forte fino a quando il flusso di sangue non avesse bloccato quasi ogni altro suono.

«Vostra Grazia?»

Sobbalzò quando si rese conto che Teresa stava parlando con lei. Era Sua Grazia. «S… sì, scusa Theresa. Che cos'hai detto?»

Il volto della cameriera si addolcì. «Non dovete scusarvi, Vostra Grazia. Sono certa che abbiate i nervi logorati all'inverosimile! Vi ho solo chiesto se volete indossare la vostra camicia da notte normale o quella nuova.»

Amelia diede un'occhiata ai due indumenti stesi sul letto. Uno era il suo pratico abito di cotone, comodo e semplice. L'altro le era stato regalato quella stessa mattina dalle duchesse. Era una bellissima seta liscia con un corpetto di pizzo che lasciava ben poco all'immaginazione. Era scandaloso oltre misura e tuttavia, stando a ciò che Diana le aveva detto la sera prima, era forse l'indumento perfetto per ciò che stava per accadere.

«Quella nuova» rispose, e le parole le suonarono lente e lontane alle orecchie.

Theresa arrossì prendendola su, poi aiutò Amelia a togliersi il resto dei vestiti e a mettersi la camicia da notte. Le spazzolò i capelli e li sistemò in modo carino, poi sospirò. «Bene, siete pronta. Vi lascio a vostro marito.»

Suo marito. Amelia sussultò al pensiero. Hugh Margolis, Duca di Brighthollow, era suo marito. Per sempre. Non sapeva se ridere o piangere.

«Grazie» sussurrò.

Theresa le lanciò un ultimo sguardo mentre si dirigeva verso la porta. Poi disse: «Pensate all'Inghilterra e basta, mia cara. Buona notte.»

Poi se ne andò, e Amelia rimase sola in quella camera grande e bella che sarebbe stata sua per il resto dei suoi giorni. Le girava la testa. Diana aveva descritto un piacere potente e una connessione profonda quando aveva parlato di quello che sarebbe successo nella camera da letto adiacente.

Theresa parlava di pensare all'Inghilterra e sembrava inorridita per conto di Amelia. E in questo momento non aveva idea di cosa pensare di tutto questo.

Non ebbe la possibilità di rifletterci ulteriormente, però, perché sentì bussare piano alla porta che conduceva alla camera a fianco. Saltò e si diresse verso l'entrata, cercando di calmarsi i nervi mentre diceva: «A... avanti.»

La porta si aprì e le si bloccò il respiro. Era Hugh, naturalmente, ma non lo stesso Hugh formale e severo che le aveva preso la mano e cambiato nome e futuro poche ore prima. No, quest'uomo era diverso. Non indossava più una giacca o un gilet. Si era tolto la cravatta da tempo e alcuni bottoni della camicia erano slacciati. Non indossava stivali.

Questo era... suo marito, senza formalità a frapporsi tra loro come un muro. E non riusciva quasi a respirare mentre pensava a quanto era bello.

«Mio Dio» sussurrò lui entrando nella stanza. «Sei... sei magnifica.»

Lei abbassò lo sguardo e arrossì. «Mi sento esposta, lo ammetto.»

La sua espressione si addolcì e si fermò. «Amelia, io... volevo parlarti di questa notte.»

Eccolo qui. Il momento in cui la sua innocenza il suo corpo, e forse anche il suo piacere, se Diana aveva ragione, gli sarebbero appartenuti.

Lei annuì. «Sì?»

Suo marito spostò il peso da un piede all'altro, visibilmente a disagio. «Mi rendo conto che questa non è mai stata una tua scelta. Capisco se hai rimpianti in cuore in questo momento. Il tuo futuro è stato deciso da altri negli ultimi giorni, e per questo motivo io sono un demonio ai tuoi occhi. Quindi non vorrei... costringerti a consumare il matrimonio stasera. Possiamo prenderci il nostro tempo, conoscerci meglio, prima di concedermi una tale intimità.»

Amelia lo fissò incredula. Ecco un uomo che non riusciva mai a decifrare, che sembrava sempre al comando. Eppure sembrava davvero nervoso in quel momento in cui le diceva che non le avrebbe sottratto il controllo del suo corpo.

Quello che la sorprese ancora di più fu la sua stessa reazione a quella dichiarazione. Dopo tutto quello che era successo negli ultimi dieci giorni, avrebbe dovuto sentirsi sollevata dal fatto che Hugh non si aspettasse che gli si concedesse.

Eppure non si sentiva sollevata. Neanche un po'.

Avanzò di un passo, esitante. «Sai a cosa sto pensando da ieri sera?»

Suo marito scosse lentamente la testa.

«A quel bacio» ammise lei, arrossendo in viso mentre distoglieva lo sguardo dal suo. Era troppo difficile dire queste cose quando doveva vedere la sua espressione. «Non riesco a smettere di pensare a quel bacio.»

«Ma quello che succederà quando ti toccherò è molto più di un bacio» obiettò lui.

Amelia annuì, continuando a guardare per terra. «Lo so. Diana... mi ha spiegato alcune cose. Ma non ha fatto sembrare spiacevole quello che sarebbe successo.»

«Se faccio bene il mio lavoro, non lo sarà» confermò con voce roca. E più vicina. Lei alzò lo sguardo e vide che aveva fatto un passo verso di lei. Non era abbastanza vicino da toccarsi, ma si muoveva in quella direzione.

«Ha detto che potrebbe essere... meraviglioso» sussurrò.

Lui allungò la mano e le sfiorò la guancia con le dita. Fu come fuoco per la sua pelle sensibile. Inspirò tra i denti per la sorpresa. Le si dilatarono le pupille, e in quel momento gli avrebbe dato qualsiasi cosa, tutto, purché continuasse a toccarla.

«Mi piacerebbe molto renderlo meraviglioso.» Allontanò la mano. «Ma non voglio forzarti a darmi più di quanto non ti sia già stato preso.»

«E se lo offrissi io?» gli chiese. «A meno che tu non mi voglia.»

Hugh rise sottovoce. «Questo è palesemente ridicolo. In verità, probabilmente non ho smesso di desiderarti dal primo momento che ti ho vista.»

La sua bocca si spalancò per lo shock. «Davvero? Ma eri così stoico.»

«Stoico» ripeté. «Si può dire così. Ma sotto c'è molto di più, Amelia. E mi piacerebbe molto toccarti.»

Lei non rispose a parole. Non poté, perché non ce n'erano più.

L'unica cosa che poté fare fu fare un passo avanti anche se le tremavano le gambe. Gli appoggiò le mani sul petto e sobbalzò quando i
suoi palmi incontrarono i muscoli sodi sotto la camicia di lino fine.
Lo guardò, sapendo che tutto il suo scandaloso bisogno le si leggeva
in viso, ma non le importava in quel momento. Si sollevò sulla
punta dei piedi e lui abbassò la testa, incontrandola a metà strada.

E all'istante tornarono esattamente dove si erano fermati la sera
prima. La sua bocca la divorava, assaggiandola, esplorandola, e il
mondo si ridusse a quell'unico luogo nel tempo. Strinse le mani a
pugno contro il suo petto, come se potesse ancorarsi aggrappandosi
a lui.

Non ci riuscì. Avevano cominciato a tremarle le gambe e il suo
corpo pulsava con un bisogno insistente che non aveva idea di come
placare. Toccarlo non aiutava, serviva solo ad aumentare ancora di
più il fuoco che sentiva dentro. Finché le sembrò di esplodere.

Le cedettero le ginocchia, ma lui non la lasciò cadere. La prese,
sollevandola tra le braccia mentre continuava a baciarla. Lo sentì
metterla sul letto, percepì i cuscini morbidi sotto la testa, lui duro
mentre premeva su di lei, coprendola interamente con tutto il
corpo.

Si inarcò sotto di lui, desiderando di più. Desiderando tutte le
cose che Diana aveva descritto in modo così scandaloso. Amelia non
aveva idea di cosa avrebbe provato, ma le voleva a prescindere.
Voleva lui a prescindere.

A prescindere da tutto.

Più tardi avrebbe dovuto rifletterci. Avrebbe dovuto determinare
cosa diceva di lei il fatto che potesse essere così pronta a sposare un
uomo e pochi giorni dopo essere disposta a darsi completamente a
un altro.

Ma per ora, c'era solo questo. Solo lui. Solo il modo in cui la
bocca di suo marito si allontanava dalla sua e continuava a baciarla
scendendo fino alla sua gola dove la succhiò con delicatezza provo-
cando esplosioni di stelle davanti ai suoi occhi. Gli infilò le dita nei
capelli e rabbrividì. Erano lunghi ed uscirono dalla coda quando gli

tirò le ciocche spesse e ricciolute. Lui grugnì come se fosse soddisfatto di quella reazione e spostò la bocca più in basso, tracciando un percorso scioccante lungo il corpetto della sua nuova camicia da notte.

Ogni singolo tocco era meraviglioso. Com'era possibile? Come faceva a non averne mai abbastanza?

Non ne aveva idea, ma Hugh non sembrava essere in vena di smettere di toccarla. Fece scivolare la mano lungo la scollatura, poi più in basso sul tessuto di pizzo che le copriva appena i seni. Col pollice le sfiorò uno dei capezzoli inturgiditi, e tutti i piaceri che erano venuti prima sembrarono niente in confronto. Amelia gridò senza volerlo e arrossì per quanto fosse sciocco.

Lui alzò lo sguardo e sorrise. «Non devi arrossire, Amelia. Quando provi piacere, voglio saperlo. Quando imparerò a conoscere il tuo corpo, mi sarà più facile darti di più...» Si chinò e le baciò la spalla vicino alla spallina della camicia da notte. «...e di più...» sussurrò, tirando giù la spallina ed esponendo un seno. «...e di più...»

La sua voce risuonò ovattata quando lasciò cadere le labbra sul suo seno nudo. Ne tracciò la forma e chiuse la bocca intorno al capezzolo che era così sensibile che Amelia avrebbe potuto scoppiare. Hugh lo succhiò e Amelia sollevò con forza i fianchi contro di lui. Gridò di nuovo, ma questa volta era troppo persa nella sensazione per sentirsi imbarazzata dal suono. Suo marito era fatto di magia e lei era persa in tutto questo.

Lui succhiò forte, più forte, facendole roteare la lingua intorno, e lei sentì il proprio sesso a pulsare all'unisono, bagnato di desiderio e caldo di bisogno. E proprio quando le sembrò che l'attesa avrebbe potuto farla morire, lui spostò l'attenzione sul seno opposto e ricominciò a leccare, a succhiare, a tirare.

«Ti prego» mormorò lei, incerta su cosa stesse implorando, ma pregando che lui lo sapesse.

Hugh alzò lo sguardo, tutto l'atteggiamento provocatorio era sparito dalla sua espressione. Anche tutta la severità e la freddezza erano sparite. Questo era un uomo nuovo, guidato dal desiderio che scintillava nel suo sguardo, spinto dal bisogno di soddisfarla, prenderla e reclamarla. Le sfuggì un piccolo sbuffo di disappunto quando lui scese dal letto e si alzò in piedi.

«Non me ne sto andando» ansimò lui con voce malferma. «Voglio solo liberarmi di questi.»

Si sfilò la camicia da sopra la testa. Lei si mise a sedere ansimando e fissò l'uomo seminudo davanti a lei. Era... bellissimo. Non c'era altro modo per descriverlo. Aveva un petto ampio e muscoloso, cosparso di peluria riccia che creava una scia che si perdeva nella vita dei pantaloni. I pantaloni che stava slacciando. Deglutì a fatica quando si spogliò anche di quelli.

Diana aveva descritto come sarebbe stato, ma Amelia non era riuscita a immaginarselo. Il suo sesso eretto sembrava duro come l'acciaio e si alzava dal suo basso ventre come un bastone da rabdomante o una spada pronta per la battaglia. Di certo non poteva prendere quella cosa dentro di sé provando piacere, anche se le avevano giurato che il suo corpo si sarebbe adattato per accoglierlo.

«Sarai pronta» sussurrò lui, come se le avesse letto nel pensiero.

Lei scacciò i pensieri e lo fissò. «Come?»

Lui sorrise e si lasciò cadere di nuovo sul letto accanto a lei. Le prese la mano e la portò alle labbra, dove le sfiorò la pelle con un bacio. Poi le premette quella mano sul seno che aveva appena riempito di attenzioni.

«Quando ti tocco qui» sussurrò Hugh mentre le faceva passare le dita sul proprio corpo. Le fece scivolare la mano più in basso, lungo il proprio ventre. «Quando ti do quel piacere che ti fa sollevare contro di me e vuoi qualcosa che forse non capisci nemmeno, quella sensazione ti prepara.»

Lo fissò in viso mentre lui le premeva la mano tra le gambe. Era bagnata, calda, sentiva i propri fluidi contro i polpastrelli.

«Quello che senti è l'invito del tuo corpo a essere preso» le disse, chinandosi a sfiorarle il collo mentre le faceva flettere le dita contro il proprio sesso.

Le sensazioni che scaturivano dal punto di contatto la fecero rabbrividire. Non si era mai toccata. Avrebbe voluto farlo qualche volta, ma una signora non era fatta per fare queste cose...vero? Era difficile ricordarsene mentre si strusciava contro le sue stesse dita e sentiva una pressione crescente diversa da qualsiasi altra che avesse mai sperimentato.

Suo marito la fissò negli occhi e lei non poté distogliere lo sguardo. Era sua prigioniera, e la fuga le sembrava impossibile, indesiderabile. Le fece premere le dita più forte e lei si sollevò contro di loro. Più forte, più veloce, finché non le mancò il respiro e una sensazione improvvisa le inondò il corpo. Ondate di piacere la travolsero mentre si scuoteva contro la propria mano, e contro la sua.

«Oh» sospirò mentre il piacere svaniva lentamente, lasciando dietro una calda soddisfazione. «Oh.»

Lui le sorrise. «*Questo* è ciò che accadrà quando lo faremo. Quel piacere che è solo per te, non appartiene a nessun altro. Puoi prenderlo quando vuoi.»

Amelia deglutì. Aveva tenuto le distanze da quell'uomo fino a quel momento, inevitabilmente incline a credere che lui avrebbe sempre e solo preso. Ma invece continuava a dare ora che erano soli.

Era davvero disorientante.

Hugh si chinò su di lei e spazzò via i suoi pensieri con un altro bacio profondo. Lei gli avvolse le braccia intorno al collo, rilassandosi contro i cuscini mentre lui la baciava lentamente, languidamente, come se avessero tutta la notte a disposizione. E immaginava che fosse così. Dopo tutto adesso erano legati. Il che significava che potevano farlo ogni volta che volevano senza venire biasimati o causare scandalo.

Rabbrividì al pensiero e al modo in cui le aprì lentamente le gambe con le ginocchia. Le afferrò l'orlo della camicia da notte, sollevandoglielo oltre i fianchi e il ventre, e infine Amelia si sollevò quanto bastava per rimuoverla. Ora era nuda. Nuda, bloccata sotto di lui, a gambe divaricate e con il suo membro già duro posizionato proprio all'ingresso del suo corpo.

Avrebbe dovuto avere paura, e c'*era* un elemento di paura che incrinava il momento. Ma c'era più di questo. C'era attesa. Anticipazione. Bisogno e desiderio. Tutti questi fattori si fusero e pulsarono tra le sue gambe quando lui le sfregò il glande contro.

Amelia si sollevò al tocco, affondando le dita nelle sue spalle nude per lo shock. Lui sollevò la testa. «Piano» promise. O forse era un promemoria per se stesso. In ogni caso, quell'unica parola la calmò un po' e smise di stringersi così forte contro di lui, rilassandosi quando Hugh le premette delicatamente dentro.

Lei chiuse gli occhi, concentrando la sua attenzione tra le gambe. Quando lui si mosse lentamente dentro di lei, ci fu male, sì. La sensazione di una fitta di dolore quando fece breccia. Ma non era insopportabile, forse perché era unita ad un'altra sensazione: il piacere. Oh sì, c'era anche quello. Un piacere delizioso e indecente che veniva dal calore dei loro corpi che si univano. Che veniva dalla consapevolezza che la stava prendendo, reclamandola, marcandola in un modo che non avrebbe mai potuto annullare.

E non voleva farlo. Non ora che la riempiva completamente. Hugh si chinò per appoggiare la fronte contro la sua con un sospiro irregolare.

«Come ti senti?» chiese, con voce tesa.

«Piena» gemette lei. «A te come sembra?»

Lui si sollevò un po' apparentemente sorpreso dalla domanda. Deglutì a fatica prima di rispondere: «Stretto» sussurrò. «Come un guanto destinato a calzarmi perfettamente. Caldo e umido e molto, molto, stretto. Mi fa venire voglia di...»

Si strusciò contro di lei facendola sussultare quando i suoi fianchi trovarono lo stesso posto dove prima le aveva messo le dita. Il fulcro del piacere. Un piacere che ora ritornava, un'esplosione di sensazione formicolante che la spinse ad andare nuovamente incontro al suo bacino con il proprio.

Lui imprecò sottovoce e poi cominciò a muoversi. Si ritirò poi affondò di nuovo, stabilendo un ritmo lento e costante. Lei si sollevò per assecondarlo, cercando lo sfogo che aveva trovato quando si era toccata. Cercando di ottenere di più, perché questa unione rendeva le sensazioni più intense. Più potenti. Più disperate.

La sua bocca coprì la sua e lei si strinse a lui mentre si muovevano insieme come un sol corpo, una sola persona. Volevano la stessa cosa, ne avevano bisogno più dell'aria. E quando arrivò, lei gridò contro le sue labbra mentre lui la accompagnava attraverso l'estasi una seconda volta. Le sue spinte divennero più veloci, più dure, e lei lo sentì tremare mentre la prendeva, lo sentì affondarle le dita nella pelle lasciandole il segno con l'intensità della passione, succhiandole la lingua prima di gridare un verso primordiale e di pomparle dentro il suo calore.

Le crollò addosso, attirandola a sé nel buio, e per quel momento nient'altro aveva importanza.

~

Anche se Hugh non era mai stato un libertino come Robert o anche Simon prima del suo matrimonio con Meg, aveva certamente avuto la sua dose di amanti. Il sesso era un desiderio naturale, non ne provava vergogna e si era sempre preso cura dei bisogni delle donne che aveva portato a letto. Ma aveva mantenuto il controllo.

Quella notte era diverso. Mentre guardava la donna che teneva tra le braccia osservando lo sguardo di assonnato appagamento sul suo bel viso, non sentiva alcun controllo. In effetti, sentiva proprio il contrario. Quella notte era un animale, uno schiavo dei suoi desideri più bassi. Era venuto meno di quindici minuti prima ed era già impaziente di prenderla di nuovo. E di nuovo. E di nuovo.

Amelia si mosse e gli mise la mano sul petto. Gli carezzò la pelle proprio sopra il cuore, provocandogli un dolore che non voleva nominare, che non voleva sentire. Soprattutto non con Amelia, che amava un altro. Che lo odiava, anche se provava desiderio quando la toccava.

Si spostò sgusciando via, si alzò e ricuperò i pantaloni dal pavimento. Quando si girò, lei lo stava guardando confusa e forse un po' ferita.

«Ho... fatto qualcosa di sbagliato?» gli chiese.

Lui scosse la testa. «Niente affatto. Ho solo pensato che potresti voler dormire da sola nel tuo letto stanotte. Devi essere esausta dopo tutta l'eccitazione degli ultimi giorni.»

Amelia si mordicchiò il labbro e gli venne voglia di fare altrettanto, di morderle la pelle con i denti, di lenirla con la lingua, di esplorare ogni centimetro del suo corpo. Sentì l'erezione incipiente e si voltò.

«Suppongo di sì» gli rispose con un filo di voce.

Lui deglutì e prese la camicia. Mentre la indossava, disse: «Potrebbe essere l'ultima notte che passi da sola per un po', a dire il vero. Stavo pensando che potremmo lasciare Londra domani e andare nella mia tenuta in campagna.»

Lei si mise a sedere, e lui non poté fare a meno di fissarla mentre si copriva con le lenzuola. «Capisco. Così presto?»

Ponderò la domanda per un momento. Poteva essere cauto, ma c'erano già state così tante bugie. Dirne un'altra gli sembrava eccessivo.

«Sono sicuro che mia sorella sarà triste per essersi persa il matrimonio e vorrà conoscerti.»

Amelia sembrò rifletterci sopra, e poi annuì. «Immagino che non ci sarebbe nulla di male ad andarsene da Londra e lasciare che i pettegolezzi sul nostro matrimonio si acquietino, come hai detto prima.»

«Pettegolezzi?»

«Lo sai che ci sono dei pettegolezzi» gli disse. «Ero di rango molto inferiore al tuo e ci siamo precipitati all'altare. Metà della città crede che io stia già aspettando tuo figlio, l'altra che io sia un'arrampicatrice sociale che ti ha incastrato in qualche altro modo.»

Si acciglò mentre diceva quelle parole, e lui sospirò. Detestava il modo in cui si era svolta l'intera faccenda. Lo odiava con ogni fibra del suo essere. Proprio come quando avevano fatto l'amore, il loro matrimonio sembrava essere fuori controllo.

Aveva bisogno di riprendere il controllo, e in fretta.

«Presto un altro scandalo farà scordare il nostro» la rassicurò. «Ma per ora ti lascio riposare. Domani possiamo partire al mattino e saremo a Brighthollow tra soli due giorni.»

Lei annuì e lui si diresse verso la porta della sua stanza. Lì si voltò. Lei lo stava fissando, silenziosa, bellissima. Allettante.

Ma se ne andò comunque, perché non era davvero sua. E lui di certo non era suo.

CAPITOLO UNDICI

Amelia guardò fuori dal finestrino della carrozza, osservando il trambusto e il rumore della città trasformarsi nel verde della campagna pastorale. L'effetto avrebbe potuto essere tranquillizzante in circostanze normali, ma queste non lo erano affatto. La sua mattinata era iniziata presto e di corsa, con la servitù che caricava le carrozze e Theresa che cercava sia di prepararla che di supervisionare la preparazione dei bagagli.

La confusione l'aveva fatta sentire a disagio. Così come l'uomo con cui viaggiava in carrozza. Hugh si era messo seduto di fronte a lei a esaminare alcune scartoffie. Come se non l'avesse toccata la sera prima. Come se nulla fosse cambiato, mentre tutto era mutato in quell'istante in cui lui aveva inserito il proprio corpo nel suo e le aveva capovolto il mondo.

Perfino ora lo desiderava di nuovo mentre lo fissava con quel cipiglio serio e i capelli tirati indietro in una coda che ne domava i ricci selvaggi.

«Devi dirmi qualcosa?» le chiese alzando gli occhi. Il tono era canzonatorio, e lei arrossì per essere stata sorpresa a fissarlo.

«No» rispose. Lui ridacchiò e tornò ad abbassare gli occhi sulle sue carte. Lei rimase insoddisfatta, e così incrociò le braccia sul petto a mo' di scudo e disse: «Be', sì.»

Quegli occhi scuri si sollevarono di nuovo, poi lui mise lentamente da parte le sue carte e annuì. «Dillo allora. Hai tutta la mia attenzione.»

Amelia deglutì a fatica. Avere la piena attenzione di quell'uomo era un'idea piuttosto terrificante. Ogni volta che la guardava, era come se potesse vedere molto al di sotto della superficie. Prestando tutta l'attenzione non gli ci sarebbe voluto molto per capire ogni minuzia che la riguardava, mentre lei in cambio non sapeva nulla di lui.

«Amelia?»

Sbatté le palpebre, rendendosi conto che era stata seduta in silenzio per troppo tempo. «Mi dispiace. Mi stavo solo chiedendo se sarà sempre così per me. Per noi.»

«Cosa? Andare in carrozza?»

«No.» Lo guardò un po' male. «Voglio dire, questa mattina non c'era altro che confusione. Tutto è stato affrettato. Ed è stato così dal primo momento in cui hai dichiarato di volermi sposare per assolvere mio padre dai suoi debiti. C'è stato scompiglio e agitazione e... e...»

«Caos» finì per lei, facendosi serio in viso. «Sì, capisco. Deve darti da pensare sui capricci dell'uomo che hai sposato, e se sono il tipo di persona abituato a prendere decisioni affrettate che gettano tutto nel caos. Un'abitudine che di certo inciderebbe anche su di te.»

Lei annuì e cercò di non pensare al proprio passato, a dolori che da tempo aveva accantonato, accettato. «Sì.»

Hugh scosse la testa. «Sono sempre stato una persona misurata. Sono attento a ciò che faccio e dico. Gli ultimi dieci giorni della mia vita sono stati insoliti in questo senso. E forse avremmo potuto fare il nostro viaggio a Brighthollow domani o il giorno dopo per evitare un po' di caos, ma in verità sto cercando la stessa normalità che cerchi tu. Il posto dove mi sento più calmo, più me stesso, è a casa mia. Con mia sorella. Forse ho barattato il caos per avere la mia normalità e non è stato giusto nei tuoi confronti.»

Le mancò il fiato davanti a quella... be', era quasi una scusa. Era anche condita da una buona dose di sincerità. Se c'era una cosa che stava imparando, era che quell'uomo era incredibilmente onesto e schietto. Il che era una buona qualità. La migliore delle qualità.

«Pensi che le nostre vite si sistemeranno una volta raggiunta la tua tenuta?» gli chiese.

Le sorrise. «Penso proprio di sì. Ci godremo un po' di calma quando raggiungeremo la locanda per la nostra fermata stasera, ecco perché ho mandato avanti i servitori, compresa la tua Teresa, per farci trovare tutto pronto. In modo che possiamo rilassarci e scrollarci di dosso un po' della tensione che ultimamente è stata una parte quotidiana di entrambe le nostre vite.»

Amelia fece una risatina. «Non sono sicura di ricordare com'è non sentire un po' di ansia incombermi sulla testa.»

«No?» Il suo tono era dolce, ma aveva un timbro diverso ora. Lei alzò lo sguardo e scoprì che la sua espressione era cambiata. Riconobbe il desiderio che era fluito tra loro la notte prima, e rabbrividì.

«Sembri un lupo pronto a mangiarmi» gli disse, sostenendo il suo sguardo.

«Un ottimo suggerimento su come far sparire un po' di quell'ansia» mormorò suo marito, e si mise in ginocchio nello spazio tra i sedili della carrozza.

Amelia ansimò per la sorpresa, ma non disse nulla, perché lui le prese la nuca e guidò le sue labbra verso le proprie. Appena si toccarono, ci fu una scossa. La sensazione la percorse da capo a piedi, depositandosi in tutti i punti dove l'aveva toccata, ma soprattutto tra le gambe. Quel posto dove le faceva ancora male, ma dove desiderava ripetere tutti i piaceri che avevano iniziato la notte precedente.

Che sgualdrina stava diventando. Ma a Hugh non sembrava dispiacere. In effetti, a giudicare da come le infilava la lingua in bocca, approvava con tutto il cuore. Lei gli avvolse le braccia intorno al collo e si abbandonò al bacio, dimenticando tutto tranne il desiderio che suo marito risvegliava in lei.

Hugh emise un suono roco e animale nel profondo del petto, e poi allontanò la bocca e la fissò, ansimando, con le pupille dilatate e l'espressione intensa e famelica.

Sostenne il suo sguardo mentre faceva scivolare le mani lungo il suo corpo, toccandole i seni, il ventre, le cosce, i polpacci attraverso l'abito di seta. Finalmente raggiunse l'orlo, e lei sussultò quando iniziò a tirarlo su, sempre più su, mettendole a nudo le gambe fino al reggicalze in quello che sembrava uno spazio quasi pubblico.

Tirò la gonna ancora più su, lasciando che il grosso del tessuto le si accumulasse sul ventre. La guardò dritto negli occhi, le premette una mano su uno dei ginocchi e le aprì le gambe. Lei lo lasciò fare, perché si sentiva ardere e non avrebbe potuto negargli nulla. Indossava i mutandoni, e lui ne spalancò la fessura per rivelare il suo sesso.

Amelia girò il viso dall'altra parte, interrompendo finalmente il contatto visivo, e rabbrividì. Quando tornò a sbirciare, lo trovò che guardava il suo corpo intensamente. Si leccò le labbra, e lei sentì una fitta di calore all'apice delle cosce. Lui si protese in avanti, e lei capì cosa avrebbe fatto un attimo prima che passasse la lingua sul suo sesso.

Lei si inarcò quando le afferrò i fianchi e la fece scivolare più giù sul sedile della carrozza, aprendola ancora di più con le spalle prima di leccarla di nuovo. Non aveva mai provato niente di simile. Nemmeno quando l'aveva toccata, nemmeno quando l'aveva presa. Questo era... magico. La sua lingua era magica, e la leccò ripetutamente, assaggiando ogni centimetro della sua carne e sorridendo contro la sua pelle quando lei cominciò a sollevare i fianchi seguendo il suo ritmo.

Come la notte prima, Amelia sentì il piacere e la pressione crescere, una diga sotto sforzo che alla fine avrebbe ceduto. Mentre i suoi gemiti diventavano più forti, lui cominciò a concentrare la lingua sul piccolo fascio di nervi proprio in cima alla sua fessura.

Aumentò la pressione della lingua un po' alla volta, e poi cominciò a succhiare.

Amelia si contorse sul sedile della carrozza, affondando le mani nella pelle del sedile, infilandogliele nei capelli per tenerlo vicino, per spingerlo via mentre la sensazione diventava tagliente come un coltello.

Poi fu scossa dall'orgasmo. Ma non era come la notte precedente. Queste erano ondate di piacere poco profonde, ma infinitamente intense e apparentemente senza fine. Gli sussultò contro la bocca, senza fiato, senza pensare, senza altro che il meraviglioso piacere che le riempiva ogni parte finché rimase solo lui e questo.

Alla fine la liberò dalla prigione del piacere, premendo un ultimo bacio sul suo corpo sensibile, e poi alzò la testa per guardarla. Lei sapeva cosa vedeva. Una sgualdrina, sdraiata sul sedile della carrozza, con le gambe aperte, il vestito per traverso, il viso arrossato, ansimante come un cane in calore. Avrebbe dovuto sentirsi imbarazzata, ma non lo era. E nemmeno lui sembrava scioccato e inorridito dalla cosa. Le fece un sorriso malizioso mentre le lisciava delicatamente il vestito prima di tirarsi su e baciarla.

Lo attirò a sé, assaporando il proprio piacere sulla sua lingua, dolce e primitivo. Lui emise un cupo brontolio nella parte più profonda del suo petto mentre le teneva una mano su entrambi i lati della testa e le spingeva la lingua in bocca più in profondità.

Era ovvio quello che voleva. Lo sentiva nel suo tocco famelico. Quando si allontanò, fu ancora più ovvio dal profilo della sua erezione contro la patta dei pantaloni. Ma si sedette e le sorrise, senza fare alcuno sforzo per prendere o pretendere.

«Meglio?» le chiese, con tutta la malizia del mondo in quella sola parola.

Amelia sbatté le palpebre, cercando di riacquistare un po' di controllo sulla mente e sul corpo formicolanti, palpitanti e storditi. «S... sì» sussurrò. «Se questo è il modo in cui un lupo va a caccia, non mi dispiace essere il coniglio.»

Lui ridacchiò e fece per raccogliere di nuovo le sue scartoffie.

Lei lo fissò sgomenta. Poteva davvero tornare a quello a cui stava lavorando come se non fosse successo niente? Come se non fosse ancora duro sotto i pantaloni?

«E cosa può fare il coniglio in cambio, signor Lupo?» gli chiese.

Era stato sul punto di girare una delle pagine che aveva in mano, ma si bloccò a metà e alzò di nuovo lo sguardo su di lei. «Prego?»

«Mi sembra molto ingiusto lasciarti...» e accennò alla sua erezione. «... così. Il lupo non vuole qualcosa in cambio?»

«Vedervi venire è stata una ricompensa eccellente, Vostra Grazia» disse, ma allontanò i fogli e un mezzo sorriso gli sollevò l'angolo delle labbra. «Potrò occuparmi dei miei bisogni una volta che avremo raggiunto un letto molto comodo alla locanda.»

«Tra quanto tempo?» chiese lei, scioccata da quanto fosse diretta con lui. Da quanto fosse facile questa conversazione accesa, nonostante la sua innocenza. Qualcosa in quest'uomo l'aveva fatto emergere. Gliel'aveva risvegliato. «Cinque ore, sei, sette?»

Hugh scrollò le spalle. «Probabilmente sette. Arriveremo per cena.»

Lei scosse la testa. «Be', non mi sembra giusto che aspetti per tutto questo tempo.»

«Sei gentile a pensare a me, e ti prometto che un giorno reclamerò il tuo corpo completamente su quel sedile mentre urlerai il mio nome e mi grafferai la schiena con le unghie al punto da lasciarmi i segni.»

Amelia rimase a bocca aperta a quella descrizione e al caldo desiderio che fluì dritto al suo sesso quando le disse quelle parole. «Ma non oggi?»

«Devi essere ancora indolenzita dalla notte scorsa» disse lui con tono gentile.

Lei scrollò le spalle. «Solo un po'.»

«Un po' è sufficiente a farmi aspettare in modo che tu possa essere più a tuo agio» disse. «Non ti è piaciuto quello che abbiamo fatto?»

Lei annuì. «Penso che tu sappia che mi è piaciuto. Sono certa di essere stata abbastanza chiara.»

«Ne ero abbastanza sicuro» scherzò lui. «Il piacere non dovrebbe essere un dare e un avere, Amelia. Posso godere nel farti venire senza avere la mia soddisfazione, almeno non subito.»

Amelia corrugò la fronte. In qualche modo dubitava che la maggior parte degli uomini avrebbe provato la stessa cosa. Aveva sentito troppe storie dalle sue amiche e chiacchiere di donne che si limitavano a sopportare le attenzioni del proprio marito. L'esatto contrario della sua esperienza, almeno finora.

«Non c'è qualcosa che posso fare per te?» gli chiese. «Tu... mi hai leccato.» Avvampò in viso. «Una donna può fare la stessa cosa a un uomo?»

I suoi occhi si spalancarono all'inverosimile. Li aveva praticamente fuori dalle orbite. Lo aveva scioccato. A quanto pareva era una cosa che non si faceva.

«Mi spiace» gli disse, abbassando la testa. «Non so cosa sia considerato giusto o sbagliato.»

Lui le mise un dito sotto il mento in modo che non potesse distogliere lo sguardo. «Ciò che è giusto è ciò che ti fa sentire bene. Nient'altro. Sì, una donna può prendere un uomo in bocca. Ma a molte donne non piace farlo.»

Amelia fece cadere lo sguardo sulla spessa linea della sua erezione. Le era piaciuta la sensazione di averlo dentro. Il concetto di leccarlo, succhiarlo... non sembrava sgradevole. Per niente. Specialmente se poteva rubare anche solo un'oncia del suo autocontrollo.

Scivolò in avanti sul sedile e appoggiò le mani sulle sue cosce grosse e muscolose. Quando lo toccò, lui emise un sospiro irregolare carico di desiderio che la fece sorridere. Oh sì, aveva una voglia matta di farlo e di prendergli tutto quel controllo.

«Per favore» sussurrò.

∼

A Hugh girava la testa. Si trovava ad avere una guerra interiore e non aveva idea di come vincerla. Di come sarebbe stata la vittoria.

Una parte di lui, la parte da gentiluomo, gli diceva che Amelia era ancora troppo innocente. Che non era giusto nei suoi confronti. Che alle signore non piacevano queste cose. No?

E l'altra parte, la parte animale, guardava le sue labbra carnose e non voleva altro che vederle chiudersi sul suo uccello per succhiarlo fino a farlo esplodere. Lo voleva più di ogni altra cosa.

Ma sembrava che non stesse a lui decidere cosa sarebbe successo. Amelia allungò la mano e prese le sue carte, gettandole sul sedile accanto a lei. Si accomodò sul suo sedile e cominciò a massaggiargli l'interno coscia con le dita. Lui era duro come il marmo e aveva la mente ottenebrata dal desiderio, sia per il modo in cui lei gli stava tracciando la gamba con le unghie, sia per averla vista venire qualche istante prima.

La desiderava da morire, e Amelia si protese in avanti per baciarlo mentre lentamente slacciava i bottoni sul davanti dei pantaloni. Lo sfiorò con la mano quando scostò la patta e interruppe il bacio. Spostarono entrambi lo sguardo sul suo membro duro e dritto sull'attenti.

Amelia sorrise, allungò la mano e lo accarezzò con un dito per tutta la sua lunghezza. Ansimò e lo guardò. «La pelle è così morbida» sussurrò. «Cosa devo fare?»

Cristo, quanto lo metteva alla prova. Poteva a malapena respirare, ma in qualche modo rispose con voce strozzata: «La scorsa notte, quando ti ho preso... è quello che dovresti fare con la mano o con la bocca. È bello così...»

Amelia si fece seria, come se stesse studiando letteratura francese o matematica e stesse cercando di superare una specie di esame. «Capisco. Fammi provare e dimmi se lo sto facendo bene, d'accordo?»

Lui annuì, in silenzio perché gli era andata via la voce. Guardò, tremando, mentre lei lo prendeva nel suo palmo. Lo accarezzò dalla punta alla base, e lui non poté fare a meno di sollevarsi contro la sua mano.

«Stringi di più» ansimò. «Un po' più veloce.»

Lei corresse la presa, e quando lo accarezzò una seconda volta, tutto fu perfetto. La sua mano morbida lo teneva proprio come doveva, scivolava lungo la sua lunghezza e lui non poté trattenere un lungo e basso gemito di piacere.

Le si illuminò il viso, e per un po' lei si limitò ad accarezzarlo e a massaggiargli l'asta guardandolo negli occhi, con le labbra leggermente dischiuse e il suo stesso respiro corto. Hugh si rese conto che toccarlo la stava eccitando, che qualsiasi bisogno avesse soddisfatto leccandola stava tornando.

E la sua reattività lo eccitava ancora di più. Qualunque cosa ci fosse tra loro, qualunque cosa pensasse di lui o di cui lo accusasse mentalmente, la sintonia fisica era più forte di qualunque cosa avesse mai provato prima. E ne voleva sempre di più, sempre di più, sempre di più. Voleva insegnarle cose turpi. Voleva farle cose che la maggior parte degli uomini non avrebbe nemmeno considerato di condividere con una sposa novella.

Voleva rovinarla nel miglior modo possibile, perché sentiva che avrebbe risposto. Che le sarebbe piaciuto.

«Voglio assaggiarti» sussurrò Amelia.

La sua testa mora si abbassò e lui le appoggiò delicatamente una mano sulla parte posteriore dello chignon mentre osservava la sua lingua rosa guizzare fuori. Esitò quando gli leccò la punta. Lentamente all'inizio, senza entusiasmo per via della sua mancanza di esperienza. Amelia alzò gli occhi, e la vista di lei che lo guardava mentre gli girava la lingua intorno lo fece quasi impazzire seduta stante.

«Prendilo in bocca» grugnì.

Lei fece un bel respiro e poi lo accontentò. Succhiò piano, poi si ritirò. I suoi occhi si allargarono, ed era chiaro che ora aveva capito cosa voleva suo marito. Si spostò, bilanciandosi diversamente in modo da poter afferrare la base. Lo massaggiò con la mano e cominciò a premergli lentamente la bocca sopra. Con la lingua gli accarezzò la parte inferiore del pene.

Era... spettacolare. No, non era esperta in quell'arte, ma imparava in fretta, aveva un talento naturale per il piacere. Lui gettò la testa indietro contro il sedile della carrozza e si abbandonò alle sensazioni che si sprigionavano dalla sua bocca e gli percorrevano il sesso, e tutto il corpo. Onde di piacere che sbattevano con forza contro le rive mentre si arrendeva completamente a lei.

Sentì tendersi i testicoli e capì che la fine era vicina. Abbassò lo sguardo, immaginando il giorno in cui lei lo avrebbe prosciugato completamente. Ma non oggi. Sarebbe stato troppo.

Quando il seme cominciò a muoversi, le prese le braccia, trascinandola su lungo il proprio corpo per baciarla. Lei continuò a pomparlo con la mano e lui venne grugnendo il suo nome contro le sue labbra.

I loro respiri si erano sincronizzati in ansimi pesanti, poi il piacere piano piano scemò e lui osò riaprire gli occhi. Era pronto a vederla scioccata o infelice, ma invece aveva un sorriso sornione e orgoglioso in viso. Si accoccolò contro la sua spalla, appoggiandovi la testa mentre lui tirava fuori il fazzoletto dalla tasca e si puliva.

«È andata bene?» gli chiese alla fine.

Lui rise e inclinò il viso per guardarla. «Se non era chiaro, più tardi ti mostrerò di sicuro quanto andasse bene.»

«Perché più tardi?» gli chiese, con gli occhi spalancati e un po' maliziosi.

Hugh scosse la testa. «Perché anche un uomo che ti vuole quanto ti voglio io ha bisogno di una pausa dopo una cosa del genere. Ma è andata decisamente bene. E ora mi si è schiarita la mente come spero sia successo a te.»

Lei sorrise prima di dagli un rapido bacio sulla guancia e tornare al suo posto. Dopo che si fu sistemato, lei gli consegnò le sue carte e prese un libro dal suo reticolo. Prima di iniziare a leggere, disse: «Se questo è il modo in cui vuoi schiarirci le menti, non mi lamenterò mai più del caos.»

La luce che Amelia con tanta naturalità portava in tutto lo fece sorridere. Si era sentito talmente cupo per così tanto tempo che la trovava quasi accecante. Ma non poteva essere accecato. Alla fine, c'erano ancora molte cose irrisolte tra loro. Compreso il fatto che lei si credeva innamorata del suo peggior nemico. Compreso il fatto che Hugh aveva mentito per farle accettare il loro matrimonio. E il suo letto.

E in quel momento gli sembrava la cosa peggiore di tutte.

CAPITOLO DODICI

O re dopo, Hugh alzò lo sguardo dalla cena che era stata preparata per loro alla locanda e guardò Amelia seduta dall'altra parte del tavolo. Lei stava fissando intensamente il suo piatto, spostando il cibo qua e là con la forchetta. La passione li aveva uniti in carrozza, ma nelle ore successive l'aveva sentita cominciare a scivolare via. I muri tra loro non potevano essere superati solo a furia di orgasmi.

E non aveva idea di come connettersi con lei in altro modo. O se avrebbe dovuto farlo. Dopo tutto, non l'aveva sposata perché la volesse. O l'amasse. Nemmeno la conosceva.

L'aveva fatto per salvarla. Per contrastare Walters.

Amelia sospirò, come se il silenzio tra loro la mettesse a disagio quanto lui, e alzò lo sguardo dallo stufato di selvaggina. «Hai solo una sorella?» gli chiese.

Lui sbatté le palpebre davanti a quella domanda improvvisa su Lizzie. Una domanda che lo innervosiva e gli faceva venire voglia di alzare ancora più muri per proteggere se stesso e sua sorella.

«Sì» disse, e non diede altre informazioni.

Amelia strinse le labbra. «È molto più giovane di te, vero?»

«Ha compiuto diciassette anni quest'anno» grugnì, e bevve un lungo e corroborante sorso di vino rosso.

Amelia sbottò. «Non vuoi dirmi nient'altro di lei?»

«Perché vuoi saperlo?» le chiese, ancora teso, ancora guardingo, anche se doveva ammettere che probabilmente era ingiusto.

Amelia aggrottò la fronte, e posò la forchetta contro il lato del piatto e piegò le braccia. «Santiddio, Hugh, sei difficile. Non ho idea di cosa tu voglia da me.»

Lui inarcò un sopracciglio. Diversivo. Aveva bisogno di un diversivo. «Ah no?» chiese, prendendo esempio da Robert. Il Duca di Roseford usava la passione come arma, e a lui sembrava funzionare. «Anche dopo ieri sera e oggi, non lo sai?»

Ottenne la risposta che desiderava. Per un momento Amelia spalancò gli occhi e arrossì. Si agitò sulla sedia e si guardò intorno, come per essere sicura che gli altri clienti nella stanza non avessero sentito le sue parole scandalose. Pensò che forse era riuscito a distrarla, ma poi la vide stringere gli occhi e rifocalizzarsi.

Nella sua reazione vide la forza d'acciaio che in qualche modo le scorreva nelle vene. Una cosa che ammirava, a dire il vero. Ammirava la sua singolare dedizione, la sua lealtà, il modo in cui stringeva i denti e continuava ad andare avanti anche quando veniva scoraggiata.

«*Quella* parte di ciò che condividiamo è... meravigliosa. Non mi sarei mai aspettata che avrei...» Si interruppe e fece qualche respiro per ritrovare la calma. Il suo sguardo luminoso si sollevò di nuovo su di lui, e disse, «Ma è solo una parte di quello che viene chiamato matrimonio. Hai eretto dei muri tra di noi e non vuoi buttarli giù.»

Lui inclinò la testa. «Non sono d'accordo.»

«Non sei d'accordo... questo mette fine alla discussione?» gli chiese.

Di scatto Hugh avrebbe voluto rispondere di sì e chiudere l'argomento. Non si confidava con le persone, a meno che non le conoscesse e si fidasse completamente. Maledizione, a malapena si confidava con quelli che conosceva e di cui si fidava a quel livello. E questa donna voleva di più.

Sua moglie voleva di più. Si accigliò.

«Sto semplicemente esprimendo la mia opinione» brontolò.

«Non si tratta di opinioni, ma di fatti» insistette Amelia. «Oggi in carrozza, per esempio. Abbiamo passato un'ora a connetterci a livello puramente fisico. Ma appena è finita, ti sei concentrato sulle tue scartoffie per il resto del viaggio. Io ho letto il mio libro. Potevamo benissimo essere due estranei in una diligenza. Quindi cosa vuoi da me, Hugh?»

Lui strinse le labbra. «Voglio *te*. Non è abbastanza?»

Poteva vedere la frustrazione sul suo volto. «Non per tutta la vita, non credo. Stai dicendo che vuoi una connessione puramente fisica fino a quando non ti verrà a noia?»

«Noia» ripeté, corrugando la fronte al pensiero. In quel momento non riusciva a immaginare di annoiarsi a esplorarle il corpo e a sperimentare tutti i modi per farla rabbrividire e gemere e urlare.

Amelia scosse la testa. «È ovvio che ti annoierai. Tutti gli uomini si annoiano, alla fine. Al momento per te sono una novità, niente di più. E quando questo accadrà, allora cosa? Niente di niente? Ti aspetti che condurremo vite separate in cui io cresco i tuoi figli e ci incrociamo nei corridoi come fantasmi?»

Hugh si accigliò a quella descrizione. Non era quello che voleva, no. I suoi amici avevano molto di più, e lui ne aveva capito il valore. Ma come poteva arrivarci dopo come avevano cominciato?

Superare i muri che aveva costruito, quelli che cercava di negare di aver eretto, non era facile.

«Per favore, voglio solo sapere *un po'* della tua vita» lo incalzò sua moglie, e le tremò la mano quando allungò il braccio. Esitò, le sue dita restarono in bilico sulle sue. Poi gli coprì la mano per un attimo prima di toglierla di scatto. «Non ti sto chiedendo i segreti della corona.»

Hugh fece un lungo respiro. Era esattamente quello che gli *stava* chiedendo, in un certo senso. Parlare di Lizzie era un argomento pieno di segreti e bugie che toccavano Amelia e potevano far crollare il già tenue legame che avevano cominciato a costruire.

Eppure non poteva dirle di no. Non quando lo guardava con quegli occhi grigio-azzurri incredibilmente grandi, che parlavano di pace e di luce. Cose che aveva quasi dimenticato nella confusione dell'ultimo decennio.

Cose che lo fecero sentire molto vulnerabile mentre diceva: «Voglio molto bene a mia sorella. L'ho cresciuta io. Aveva solo otto anni quando i nostri genitori morirono.»

L'espressione di Amelia si ammorbidì sia per il sollievo che per la compassione. «Sì, Diana ha detto qualcosa in proposito.»

Si irrigidì e desiderò chiudere sbattendo la porta che aveva aperto di uno spiraglio. «Le hai parlato di me?»

Lei trasalì al suo tono irritato. «Avevo bisogno di sapere qualcosina, almeno» sussurrò lei. «A quel punto non mi parlavi quasi per niente.»

Era giusto. I primi giorni in cui si erano conosciuti, non aveva parlato molto. La situazione era così complicata e terribile che non era riuscito a trovare le parole giuste. Poteva immaginare quanto doveva essere stato frustrante per lei. Quanto l'aveva spaventata pensare a una vita con un estraneo che le rubava il futuro e non le offriva alcuno scorcio di sé.

Aveva gestito tutta la situazione molto male, se ne rendeva conto ora che la conosceva meglio. Solo che ancora non la conosceva quasi per niente.

«E tu?» chiese lui. «So altrettanto poco di te, forse anche meno, visto che almeno hai parlato di me ai nostri amici.»

Amelia si mordicchiò delicatamente il labbro tra i denti e poi annuì. «Suppongo che sia un'affermazione giusta. Le circostanze che tu e mio padre avete creato per il nostro fidanzamento non ci hanno dato il tempo di conoscerci.»

«Parlami della tua infanzia» suggerì. «Poco o tanto che sia.»

Si tese quando dai polmoni il fiato le uscì sotto forma di un sospiro tremolante. L'argomento che aveva scelto non era felice. Ma cominciò a parlare senza curarsi del dolore che lui aveva portato alla luce. Da questo punto di vista apparentemente era molto più coraggiosa di lui.

«Quando ti parlo di un matrimonio tra fantasmi, è perché ne sono stata testimone» disse. «Mia madre e mio padre non si amavano, erano distanti. Il loro matrimonio era freddo. Lei lo sposò per il suo titolo, lui per il suo denaro. Se lo sono rinfacciati a vicenda per anni.»

«Davanti a te?»

«Sì. Spesso. Ero un sottoprodotto, uno strumento, un'arma da usare l'uno contro l'altra. Mio padre era più gentile con me di mia madre.»

«Tua madre non era gentile?» la incalzò Hugh, inorridito all'idea.

Amelia strinse la mascella. «Non era presente. Non le importava nulla di me. E poi è morta. A dire il vero, la mia vita non cambiò quasi per niente. Almeno mio padre sembrava avere dei progetti per il mio futuro. Credo, *spero,* che mi voglia bene a modo suo.»

Hugh girò leggermente la testa pensando alla crudele valutazione che il visconte aveva dato del suo fidanzamento con Walters. L'uomo cui Amelia voleva disperatamente voler bene era stato disposto a scambiarla con un bastardo solo per ottenere ciò che voleva. Ed erano state le contrattazioni e le bugie di Quinton che l'avevano portata dov'era.

Se quello era affetto, Hugh non voleva averci a che fare. Amelia meritava di più.

«E tu gli sei legata» la incoraggiò.

Lei chinò la testa e un sorriso triste le attraversò il viso. «Legata è un termine relativo, no? Sono più legata a lui che alla donna che mi ha partorito e non mi ha quasi più guardato. Ma potrebbe non voler dire che gli sono legata. Mi viene spontaneo proteggerlo, ovviamente.»

Distolse lo sguardo da Hugh, e lui fu travolto dal senso di colpa.

Poteva giudicare Quinton quanto voleva, ma aveva preso parte alla sua manipolazione. Aveva sfruttato l'amore di Amelia per suo padre per ottenere ciò che voleva.

«Ovviamente» ripeté.

«Non è che non riconosca le carenze della nostra relazione. Voleva un figlio e ha avuto me» disse. «Non credo che ne sia felice, ma mi ha usato quando ne aveva bisogno. Ero il suo strumento.» Scrollò le spalle come se non significasse nulla quando ovviamente significava tutto. «Così va il mondo per le donne ai nostri giorni. Lui mi ha usato. Tu mi hai usato. Lo so.»

Hugh chiuse gli occhi. Lo aveva accomunato a un uomo come suo padre, e se lo meritava. Meritava il suo biasimo, il suo odio, la sua paura... eppure Amelia gli dava qualcosa di più di questo.

«Non voglio che tu sia infelice, Amelia» disse.

Lei alzò lo sguardo su di lui. «Lo so. E... non lo sono. Pensavo che lo sarei stata. Mi hanno portato via il futuro che volevo eppure... non sono infelice.»

«Come mai?» le chiese, sinceramente curioso. Aveva sempre avuto difficoltà ad adattarsi quando le cose andavano male. La sua natura pianificatrice si irritava per le svolte inaspettate della vita.

Amelia, invece, scorreva come i ruscelli intorno a casa sua. Riusciva a torcersi e a girare e a trarre il meglio da tutto. Era qualcosa che meritava di essere studiato.

«Ammetto che non è quello che volevo» disse lei, e per un momento Hugh intravide lo scintillio delle lacrime nei suoi occhi. Lei le respinse e continuò: «Ma *è* quello che sto vivendo. E ci sono altre cose che sembra io desideri molto. Cose che non ho mai capito finché tu... non me le hai insegnate.»

Stava parlando di *lui*. Del fatto che lo voleva, che aveva bisogno di lui. Si aggrappava al desiderio come a una zattera per colmare la distanza tra loro.

Proprio come faceva lui. Per ora, sarebbe stato sufficiente. Doveva essere sufficiente.

Le prese la mano. Amelia trattenne il respiro quando avvolse le dita tra le sue e poi se le portò alle labbra. Le baciò le nocche, soffermandosi ad assaporare la sua pelle prima di dire: «Hai finito di mangiare?»

Lei sostenne il suo sguardo e annuì. «Sì.»

«Allora posso portarvi a letto, Vostra Grazia?» sussurrò. «Così forse possiamo esplorare le cose che entrambi desideriamo. Tutta la notte.»

Hugh notò il movimento della gola quando Amelia deglutì e le si dilatarono le pupille alla luce delle candele. Annuì di nuovo. «Sì.»

Lui si alzò, tirandola su in piedi, e si diressero insieme verso la stretta scala che portava alla camera da letto che avrebbero condiviso. Tutta la notte, questa volta, nessuna fuga in una camera comunicante. Ma non voleva fuggire. Voleva lei.

E l'avrebbe avuta fino a quando non fossero stati entrambi sazi.

CAPITOLO TREDICI

Amelia sbirciò fuori dal finestrino della carrozza e osservò l'oscurità che si stava rapidamente addensando all'esterno. Il suo terzo giorno da Duchessa di Brighthollow era stato molto diverso dai primi due.

Prima di tutto, si era svegliata tra le braccia di suo marito. Destata dalla sua bocca sulla pelle, dalle sue mani che le vagavano addosso in un'esplorazione sensuale. Uno splendido orgasmo dopo ed era stata una persona molto più vivace e mattiniera di quanto non fosse mai stata.

Anche la giornata in carrozza era stata diversa. A differenza del giorno prima, quando suo marito era sembrato determinato a mantenere le distanze col suo lavoro, quel giorno aveva parlato con lei. Di niente di profondo, naturalmente. Argomenti più profondi come il passato di Hugh, o come il suo, non venivano discussi. Se anche solo lei ci si avvicinava, diventava teso e guardingo.

Invece, avevano parlato di musica e di libri, di equitazione e di dettagli della sua tenuta e del personale che lei avrebbe potuto aver bisogno di conoscere nei prossimi dieci giorni. E l'aveva anche toccata, trovando nuovi modi per darle piacere nella calda intimità della carrozza. Rabbrividì ripensandoci. Rabbrividì pensando a quanto tutto fosse stato facile con lui. Doveva essere così facile e così rapido?

L'idea sembrava oltraggiosa, eppure eccola lì.

A quel punto svoltarono dietro un angolo, imboccarono un cancello e si avviarono su per un viottolo lungo e tortuoso. Hugh si tirò su a sedere, sporgendosi per guardare fuori dalla finestra da sopra la sua spalla. Amelia sentì la sua presenza, calda e forte, e resistette a malapena ad appoggiarsi contro il suo petto.

«Eccolo!» le disse, indicando fuori dalla finestra.

Le mancò il fiato. Anche nell'oscurità crescente, non si poteva non notare l'enorme maniero che si ergeva in cima a una modesta collina. La luce che trapelava dalle finestre lo rendeva un faro per viaggiatori stanchi.

Diede un'occhiata sopra la sua spalla e colse l'espressione di Hugh nella penombra. Era raggiante dall'eccitazione, dall'anticipazione e dalla gioia. Stava davvero tornando a casa, e in quel momento il cuore le balzò in gola. Sembrava così giovane e spensierato. Quello che voleva, più di ogni altra cosa, era di stringerlo, di baciarlo finché nessuno dei due avesse più fiato.

Non ci riuscì, però. La carrozza raggiunse la cima della collina e si fermò. Hugh aprì la portiera prima che i domestici potessero venire a fare il loro dovere e scese. Quando si voltò per aiutarla a scendere, sorrise.

Quando ebbe messo piede a terra, lui si chinò per sussurrare: «Approvi?»

Lei sbatté le palpebre davanti a quella domanda inaspettata e al nervosismo sul volto di suo marito mentre la poneva. Gli importava davvero la sua opinione sulla sua amata casa?

«Non credo che si possa non approvare» disse lei, alzando lo sguardo per ammirare l'enorme edificio. «È veramente magnifico.»

«E aspetta di vedere la tenuta. Il lago è splendido, potremmo andarci in barca o a pescare se hai voglia di provare. I boschi, le collinette, tutto è proprio come dovrebbe essere qui.»

Amelia gli strinse la mano. «Compreso te.»

«Suppongo di sì. Sono più me stesso qui che in qualsiasi altro posto al mondo.»

«Allora non vedo l'ora di vederti uscire dal guscio» scherzò. Poi guardò di nuovo la casa. «Temo però di non essere all'altezza di gestire un posto simile. Una duchessa ha dei doveri quando si tratta della casa, e io non sono mai stata addestrata per situazioni di tale levatura.»

Lui la fissò. «Non avevo pensato che questo posto potesse essere un impegno troppo gravoso. Non temere, il mio staff è meraviglioso e ti aiuterà in ogni modo. Sono certo che entrerai subito nel tuo ruolo.»

La sua rassicurazione la fece sorridere, ma prima che potesse ringraziarlo, la porta in cima alle scale si aprì. Amelia si aspettava che li accogliesse un maggiordomo, ma invece uscì una ragazza snella con i capelli biondi raccolti in un blando chignon e con indosso un meraviglioso abito da sera. Fece un gridolino e poi corse giù per le scale.

Hugh le andò incontro a metà strada, la prese su tra le braccia e le fece fare una giravolta. Amelia li fissò. Aveva sempre visto Hugh così controllato, così poco emotivo, ma qui non si tratteneva affatto. Il suo amore per questa donna, ovviamente sua sorella minore, era evidente. Chiaramente era più che capace di provare quell'emozione.

«Lizzie!» lo sentì dire ridendo mentre la metteva giù e le dava un bacio sulla guancia. «Santo cielo, sei cresciuta mentre ero a Londra.»

«Oh, smettila» disse Lizzie ridendo mentre gli dava un colpetto sul braccio. «Mi prendi sempre in giro, Hugh, e sai che non sono abbastanza arguta per competere con te.»

«Ti sottovaluti, come sempre» ribatté lui, prendendole il braccio e guidandola verso Amelia. «Ti presento mia moglie, Amelia. Amelia, questa è mia sorella, Elizabeth.»

Amelia fece un passo avanti, incerta su cosa aspettarsi da questa giovane donna. Non aveva idea di cosa Hugh le avesse raccontato del loro fidanzamento e del loro matrimonio precipitoso.

Lizzie le prese entrambe le mani. «Oh, sono così felice di conoscerti. Abbiamo ricevuto la lettera di Hugh solo pochi giorni fa, ma da allora sono colma di gioia. Benvenuta nella nostra casa e nella nostra famiglia. Ho sempre desiderato una sorella.»

Amelia si sentì profondamente sollevata da quelle parole gentili. «Anche io» disse, stringendo le mani di Lizzie. «Sono figlia unica ed è stata un'esistenza piuttosto solitaria. Ma sono certa che diventeremo grandi amiche.»

«Mi dispiace molto sentire che non hai avuto il piacere di avere un fratello da piccola.» Lizzie guardò Hugh e sorrise. «Io sono stata benedetta con il miglior fratello del mondo. Il fratello più gentile e paziente.»

Hugh era rosso come una barbabietola, e Amelia non poté fare a meno di ridere. «Stai esagerando, Lizzie» disse con tono improvvisamente burbero. «Non mentire a questa povera donna.»

«Non è una bugia» disse Lizzie tutta seria. «E sono sicura che lo sai già, Amelia.»

Amelia arrossì. Le sembrava di non sapere quasi nulla dell'uomo che aveva sposato. Ancora di più vedendolo così. «Sto imparando, Elizabeth.»

«Lizzie. Tutta la mia famiglia mi chiama così.»

«Allora sarei orgogliosa di fare altrettanto.» Amelia lanciò un'occhiata a Hugh e lo trovò che sorrideva osservandole insieme. Lei ricambiò il gesto e prese a braccetto la nuova cognata.

Lizzie cominciò a guidarli su per le scale che conducevano in casa. «Amelia, non sai quanto sono stata felice di sentire che mio fratello aveva trovato una sposa. Da tempo gli dicevo che doveva sistemarsi ed essere felice come tutti i suoi amici. Ma mi è dispiaciuto non poter partecipare al matrimonio. C'era un motivo per questa grande fretta?»

Amelia si guardò alle spalle. Hugh era diventato teso, il viso rigato di preoccupazione. Si rese conto che non voleva che sua sorella, che ovviamente lo venerava, sapesse che l'aveva ricattata per sposarlo. Che il loro matrimonio era stato un freddo calcolo, non una specie di storia d'amore travolgente cui non aveva saputo resistere.

Supponeva che se fosse stata crudele, avrebbe potuto approfittarsene. Farlo soffrire dicendo la verità. Ma le sembrò un gesto senza senso. Avrebbe solo creato disillusione nella sua dolce e gentile sorella e non avrebbe cambiato ciò che era successo.

«Nemmeno io mi aspettavo un matrimonio così rapido» disse lei, scegliendo le parole con cautela in modo che nulla di ciò che diceva fosse una bugia. «Ma appena Hugh è entrato nella mia vita, è stato chiaro che non c'era altra scelta che sposarlo. Mi ha fatto un'offerta che non potevo rifiutare, dopo tutto. Quando capisci qual è il tuo futuro, non ha senso aspettare.»

Lizzie le lasciò andare il braccio mentre entravano nell'atrio e si voltò verso di lei con un sorriso trasognato. «Oh, che romantico» cinguettò, e per un momento ci fu un lampo di tristezza sul suo dolce viso. «Che fortuna per entrambi, sono così felice per voi.»

«Grazie, mia cara.» disse Amelia. Guardò su per le scale da cui stava scendendo Theresa. Non aveva più visto la sua cameriera dalla mattina presto, quando era andata ad aiutare Amelia a vestirsi prima che la servitù partisse per la tenuta per precederli.

Hugh si voltò verso il maggiordomo, che era rimasto tranquillamente nell'ombra. «Masters, è un piacere vedervi. Vi presento la Duchessa di Brighthollow.»

Masters fece un profondo inchino. «Vi do un caloroso benvenuto, Vostra Grazia. Siamo molto lieti di conoscervi. Il personale vi porgerà il saluto domani, per darvi il tempo di riposarvi prima di essere sopraffatti dalle novità.»

Amelia si avvicinò al maggiordomo con un sorriso. «È un pensiero molto gentile, Masters. Non vedo l'ora di incontrarli tutti domattina, quando sarò più preparata.»

Il maggiordomo guardò verso Hugh. «La cena sarà servita tra

mezz'ora, Vostra Grazia. Tutti i vostri piatti preferiti, naturalmente.»

Il sorriso di Hugh era genuino quando gli diede una pacca sulla spalla. «Dite alla signora Masters quanto le sono grato per questo. Mi è mancata la cucina di vostra moglie.»

Masters gonfiò il petto per il complimento prima di ritornare alla compostezza da maggiordomo. «Senz'altro. Le valigie sono arrivate un'ora fa, quindi dovrebbe essere tutto pronto per Sua Grazia di sopra.»

«Eccellente. Vedo che la cameriera di Sua Grazia è già arrivata» disse Hugh, salutando Teresa con un cenno del capo. «Buona sera, Teresa. Amelia, abbiamo un po' di tempo, se vuoi salire a cambiarti per cena.»

Amelia lo fissò. Era stata così presa dall'interazione di suo marito con il domestico e sua sorella che non era pronta a parlare. «Ehm, sì» disse. «Non mi dispiacerebbe togliermi gli abiti da viaggio. Avete detto mezz'ora, signori?»

Il maggiordomo annuì.

«Molto bene. Ci vediamo dopo allora.»

Si voltò verso Teresa e la seguì al piano di sopra dove l'attendeva la camera della duchessa. Ma non si stava chiedendo quale stanza avrebbe abitato né stava pensando alla cena o a qualsiasi altra cosa.

Riusciva a pensare solo a Hugh, anche mentre si allontanava da lui. Lo aveva considerato un orco a Londra, una bestia che l'avrebbe strappata da un futuro che aveva pianificato con tanta cura e che aveva desiderato profondamente. Ma durante il viaggio verso la sua tenuta, l'opinione che si era fatta di lui era un po' cambiata. Aveva visto la sua gentilezza e la sua passione. Aveva persino visto alcuni dei suoi muri abbassarsi.

Qui, aveva assistito a un ulteriore cambiamento. Era ovvio che volesse un gran bene a sua sorella. E lei ricambiava il suo affetto. Era gentile con i domestici e si rilassava tra le mura di questa tenuta.

Chi era dunque il vero uomo che aveva sposato? L'orco?

L'amante appassionato? Il fratello affettuoso? Il duca gentile? Chi era?

E visto il loro brutto inizio, l'avrebbe *mai* saputo davvero?

~

Hugh vide Amelia ridere per qualcosa che sua sorella le aveva detto. Gli scaldò il cuore vedere le due donne interagire durante la cena e, ora che se ne stavano insieme in salotto, ridacchiare come vecchie amiche. Lizzie poteva essere molto riservata, ma era evidente che le piaceva Amelia. Avrebbero fatto bene l'una all'altra.

Lo sguardo di Amelia scivolò su di lui, e il suo corpo andò in allerta. Anche a lui sua moglie faceva bene. Almeno quando si trattava di desiderio. Era da molto tempo che non permetteva a se stesso di sentirlo. Oh, si era portato varie donne a letto, naturalmente. Robert si rifiutava di lasciarlo fare il monaco. Ma quella brama, quel richiamo di desiderio insistente?

Quello lo provava solo con lei.

Amelia gli sorrise, ma poi si alzò e coprì uno sbadiglio con il dorso della mano. Hugh scosse la testa. Forse stasera non aveva bisogno di passione travolgente. Dopo un matrimonio turbinoso, due giorni in viaggio e una notte in cui l'aveva tenuta sveglia a fare l'amore, forse il miglior regalo che poteva farle era lasciarla dormire.

«Lizzie, so che è presto, ma penso che potrebbe essere il momento di andare a letto, almeno per me» disse.

Lizzie si voltò e spalancò gli occhi. «Oh, santo cielo, non ho pensato al vostro lunghissimo viaggio. Io sono esausta ogni volta che faccio il viaggio da Londra. Naturalmente voi due dovete avere bisogno di riposare.»

Amelia le sorrise e poi fece un passo avanti per abbracciarla. «Grazie per la comprensione. E abbiamo tutto il tempo del mondo da passare insieme durante la mia permanenza qui e poi più avanti a Londra.»

Hugh si accigliò quando Lizzie trasalì leggermente. Si era rifiutata di andare in città dopo quello che era successo con Aaron Walters. Si era rifiutata di fare qualsiasi cosa, era rimasta in campagna a nascondersi.

Non aveva idea di come cambiare le cose. Ma almeno la compagnia di Amelia sembrava rallegrarla.

«Buona notte» disse Lizzie, baciandole la guancia prima di fare un passo verso Hugh. Il suo sorriso era ampio e genuino mentre lo abbracciava. Sussurrò: «Mi piace moltissimo.»

Hugh la strinse un po' di più e sorrise quando lasciò la stanza salutando con la mano. Si voltò verso Amelia. «Cosa ne pensi?»

«Di Lizzie?» chiese Amelia con un sorriso. «Oh, è adorabile, Hugh, davvero. Così dolce e gentile e così accogliente. Una delizia. Dovresti essere molto orgoglioso di lei.»

«Lo sono» disse lentamente. «È la luce del mio mondo. Voglio solo che sia felice.»

«Lo vedo» disse Amelia, facendo un passo verso di lui ma fermandosi appena prima di toccarlo.

Hugh azzerò la distanza che lei non aveva colmato e le prese la mano. «Grazie per non... per non averle detto quello che ho fatto a Londra» disse, sentendosi avvampare le guance.

Amelia inclinò la testa. «Le circostanze del nostro matrimonio, vuoi dire?»

Lui annuì. «Non avrebbe capito. E le avrebbe causato dolore.»

Amelia gli scrutò il viso, e per un momento Hugh ebbe la sensazione che potesse vedergli attraverso. Fin nell'anima. Si agitò sotto l'intensità del suo sguardo.

«Hugh» gli disse alla fine. «Qualsiasi problema abbiamo sono affari nostri, di nessun altro. Di certo non ferirei tua sorella solo per fare soffrire te o per ottenere una qualche strana vendetta per quello che hai fatto a Londra.»

«Grazie» ripeté lui a bassa voce.

Amelia si avvicinò. «Vuoi veramente dormire?» chiese.

Lui scosse la testa. «Niente affatto. Voglio portarti nella mia stanza e fare l'amore con te nel più grande letto della contea.»

Lei rise, arrossendo lievemente a quelle parole schiette. «Eppure c'è un *ma* nel tuo tono.»

«Ma» le confermò con un sorriso, «vedo quanto sei stanca. È stata una settimana difficile per te, sotto tanti punti di vista. Quindi stanotte, per quanto mi addolori, forse dovremmo dormire da soli. E domani saremo più riposati per... per goderci la mia tenuta e tutti i suoi piaceri.»

Amelia inclinò la testa, e ancora una volta gli rivolse uno sguardo dubbioso. Gli mise la mano sulla guancia e gli accarezzò delicatamente la pelle. Lui si ritrovò ad appoggiarsi alle sue dita.

«Sei davvero impossibile da decifrare, Brighthollow» sussurrò. «Spero di capirti un giorno. Ma apprezzo l'offerta di una notte di sonno. Penso che sarò meglio equipaggiata per tutto se accetto l'offerta.»

«Buona notte» sussurrò lui.

Sua moglie gli sorrise e poi si sollevò sulla punta dei piedi. Gli prese le guance e lo attirò giù, portando la sua bocca alla sua. Schiuse le labbra e gli tracciò le sue con la lingua. Era perso, si abbandonò alla sensazione vorticosa mentre lei gli assaporava la bocca e gli si spalmava contro.

Non aveva idea di quanto tempo fossero rimasti lì. Era troppo perso per contare il tempo. Ma alla fine Amelia si staccò, con lo sguardo annebbiato e il sorriso tremolante.

«Non vedo l'ora di vedere il più grande letto della contea domani. Buona notte.» Gli strinse la mano e se ne andò con passo leggero, lasciandolo solo con la sua confusione, i suoi pensieri e la sua erezione.

CAPITOLO QUATTORDICI

Hugh osservava il giardino sottostante dalla terrazza. Amelia stava raccogliendo fiori e mettendoli in un grande cesto che teneva drappeggiato sul braccio. Non indossava nessun copricapo e il sole del primo mattino scintillava sui suoi lucidi capelli neri. Non si era accorta della sua presenza e si muoveva per il giardino a suo agio.

Riandò alla prima volta che l'aveva vista, nel giardino di suo padre. Nemmeno allora si era accorta che la stava guardando mentre raccoglieva fiori per il salone di suo padre. All'epoca era fidanzata con Aaron Walters, e ora si chiedeva se avesse pensato a lui quel pomeriggio.

Stava pensando a Walters adesso? O stava pensando a Hugh mentre si chinava per annusare una rosa qua e là? Sembrava passata una vita da quel giorno in cui aveva abbassato lo sguardo e meditato se poteva sposare una sconosciuta per salvarla dal suo peggior nemico.

Ora l'aveva sposata. Ora era sua.

Solo che non lo era. Non completamente.

«È davvero adorabile.»

Hugh si voltò e vide sua sorella che si avvicinava alla balaustra della terrazza per mettersi accanto a lui. Osservarono Amelia per un momento, e poi lui sospirò: «È vero. La bellezza personificata.»

Lizzie gli lanciò un'occhiata. «Non saresti mai stato interessato in una mera bellezza personificata senza profondità. Quindi so che lei è più di questo.»

Hugh annuì. Non c'era modo di contraddire le parole di sua sorella. Amelia era molto più del suo viso squisitamente bello. Era luce e intelligenza. Gentilezza e franchezza. Era tutto.

E non gli piaceva ammetterlo. Gli sembrava oltremodo pericoloso permettersi di avere questi sentimenti dopo così poco tempo. Dopo tutte le bugie dette.

«Carina la storia che ha raccontato su come le hai fatto perdere la testa» lo incalzò Lizzie. «Molto romantica. Ma ti conosco, fratello caro. So che non sei il tipo d'uomo che si lascia trasportare dalle emozioni.»

Hugh si agitò. A quanto pareva tutte le donne che aveva intorno erano determinate a vedere oltre la sua dura corazza e a punzecchiare i punti morbidi che vi nascondeva sotto. «Mi fai sembrare freddo come il ghiaccio.»

Lizzie schiuse le labbra e gli afferrò la mano. «Sai che non penso nulla del genere. So quanto sai essere affettuoso, premuroso e paziente. Volevo solo dire che di solito ponderi, consideri, valuti le opzioni.»

Hugh non poteva obiettare. Sua sorella lo conosceva fin troppo bene. «E allora?»

Lo sguardo di Lizzie si spostò nuovamente su Amelia in giardino. «Non posso credere che tu abbia visto questa donna dall'altra parte di una stanza affollata e abbia deciso di buttarti in un impegno destinato a durare tutta la vita in pochi giorni.»

Hugh si mise quasi a ridere, anche se la sua descrizione non gli dava il minimo piacere. Nemmeno la verità gliene dava, al momento. «Non era una stanza. La guardavo da una terrazza molto simile a questa e sapevo cosa mi avrebbe riservato il futuro.»

Sua sorella corrugò la fronte. «Perché?»

«Volevo...» Sospirò. «Proteggerla. Starle vicino. Salvarla.»

«Salvarla?» ripeté Lizzie. «Da cosa aveva bisogno di essere salvata?»

Hugh la guardò. Vedeva chiaramente la preoccupazione di Lizzie sul suo volto. E se avesse saputo la verità... oh, quanto l'avrebbe devastata. Era passato più di un anno dalla sua fuga sconsiderata con Walters, e a volte coglieva ancora un'ombra di dolore, sofferenza, paura, rimpianto sul volto di sua sorella. Lizzie si riteneva totalmente responsabile della propria decisione, al punto che Hugh sospettava che non ci dormisse la notte.

Se avesse saputo che Amelia era stata fidanzata con Walters? Se avesse scoperto che il nuovo matrimonio di Hugh era stato intrapreso solo per contrastare le crudeli intenzioni di quel bastardo?

Aveva la sensazione che sua sorella sarebbe ricaduta nella profonda e potente tristezza che lo aveva terrorizzato per mesi. E temeva che ciò avrebbe danneggiato la sua relazione con Amelia, che a sua sorella sembrava piacere moltissimo da subito.

Quindi non poteva sapere la verità. Proprio come Amelia non poteva sapere la verità. Le bugie erano difficili: andavano contro ciò che aveva sempre creduto essere la sua natura. Ma era così che doveva essere.

«Ti preoccupi troppo» disse con un sorriso mentre le prendeva il braccio. «Lo apprezzo più di quanto tu sappia, ma non è necessario. Amelia è mia moglie e io...» Si interruppe e abbassò di nuovo lo sguardo su di lei. «Sto scoprendo ogni giorno cosa significa per me.»

Le sue parole non sembrarono placarla del tutto, ma Lizzie gli appoggiò brevemente la testa contro la spalla. «Voglio solo che tu sia felice.»

Si chinò per baciarle la sommità del capo e trattenne a stento un sospiro. «Sto facendo del mio meglio per esserlo. Andiamo ora, raggiungiamo Amelia in giardino, ti va? Sono certo che nessuno potrebbe farle fare un giro di questa tenuta meglio di te.»

Lizzie si mordicchiò il labbro, e lui capì che aveva cento

domande, mille paure. Solo che non ne palesò nessuna. Scrollò le spalle e disse: «Molto bene.»

Si era arresa, perché era nella sua dolce natura farlo, fidarsi e credere in lui anche se al momento non lo meritava. Così, mentre la portava giù per la rampa di scale che li avrebbe condotti da Amelia, Hugh si sentì peggio che mai. Per averla ingannata, per aver ingannato sua moglie.

E forse, se guardava abbastanza da vicino, troppo da vicino, per aver ingannato anche se stesso.

~

Amelia se ne stava seduta sul divano del salotto, senza pantofole e con le gambe infilate sotto di sé, e rideva mentre Hugh e Lizzie mettevano in scena uno spettacolo di ombre cinesi di proporzioni epiche sulla parete di fronte al camino acceso. Era chiaramente qualcosa che avevano già fatto molte volte, perché erano davvero una meraviglia quando trasformavano le mani in pesci, uccelli e animali. Avevano persino dei personaggi e ridevano insieme mentre li facevano interagire con voci buffe.

Era l'ennesimo lato di Hugh che Amelia non si sarebbe mai aspettata di trovare dopo che aveva fatto irruzione nel suo salotto e stretto quel patto diabolico con suo padre. A Londra aveva tentato in tutti i modi di chiudere il suo cuore a tutte le buone qualità di suo marito, nonostante il desiderio che le suscitava nel profondo.

Ma ora... qui nella sua casa con sua sorella vicino, non si poteva negare che sotto la scorza dell'uomo che aveva sposato a malincuore c'era molto di più della facciata severa di cui era stata così spaventata quando si erano conosciuti.

Per tutto il giorno aveva visto le sue molte facce. Era stato in silenzio mentre Lizzie l'aveva portata a fare il gran tour della tenuta, sorridendo quando sua sorella aveva detto meraviglie della biblioteca e della sala musica e intervenendo qua e là quando venivano raccontate le loro storie d'infanzia legate a quel luogo. A volte lo sorprendeva a guardarla, con un'espressione di attesa sul volto, e lei si sentiva riportata a quel momento della sera prima, quando avevano alzato lo sguardo verso questo bel maniero e lui le aveva chiesto se approvava.

Hugh voleva che amasse questo posto quanto lui e Lizzie. Anche se non aveva molta importanza quale fosse la sua opinione. Questa era casa sua ormai, le circostanze lo imponevano. Ma suo marito voleva comunque che lei vi trovasse una sintonia.

E l'aveva trovata. Come si poteva non farlo? Era bella, sofisticata, ma comunque calda e accogliente in qualche modo. La servitù era gentile e sembrava felice e trattata bene. La tenuta era vasta e bella. Non aveva mai sognato una posizione di tale levatura quando si era immaginata il suo futuro da ragazza, ma in qualche modo non si sentiva fuori posto qui.

«Non ti unisci a noi, Amelia?» Lizzie rise mentre faceva correre la sua volpe ombra dietro al coniglio ombra di Hugh lungo il muro.

Amelia si scrollò di dosso le sue riflessioni e si alzò per raggiungerli. «Non sono mai stata molto brava. Conosco solo un animale» disse ridendo mentre si incuneava tra Lizzie e suo fratello. Immediatamente fu acutamente consapevole della presenza di Hugh alla sua sinistra. Del suo calore. Del suo ginocchio contro il suo.

«Sono sicuro che sei abile in questo come sembri esserlo in tutto il resto» la prese in giro Hugh, con un tono improvvisamente denso di doppi sensi.

Lei gli lanciò un'occhiata e poi serrò le dita con attenzione. Sulla parete apparve un goffo uccellino e tutti e tre si misero a ridere mentre lei si lanciava in picchiata verso il coniglio di Hugh e Lizzie faceva fuggire la sua volpe.

«Credo che voi due mi abbiate mangiato» disse Hugh con un sorriso.

Lizzie ridacchiò e appoggiò le mani sul tappeto dietro di sé per tenersi in equilibrio. «Oh, è stata una giornata meravigliosa.»

Amelia guardò Hugh e vide che lui la guardava a sua volta.

Arrossì e disse: «È vero. Grazie per avermi accolta con tanto calore in casa vostra.»

«Adesso è casa tua» disse Hugh dolcemente. Quelle quattro parole colpirono Amelia dritto nello stomaco. Casa. Poteva mai essere casa sua? Poteva mai quest'uomo diventare la sua casa in qualche modo? Era possibile crederlo dopo una così breve conoscenza? Dopo un inizio così difficile?

Lizzie annuì con entusiasmo, ignara del cuore lacerato di Amelia. «Infatti. E sembri fatta apposta per stare qui, presto sarà impossibile ricordare un tempo in cui non appartenevi alla nostra famiglia.» Si lasciò sfuggire un sospiro di felicità che si trasformò in uno sbadiglio. Guardò l'orologio scuotendo la testa. «Oh cielo, si sta facendo tardi. Dovrei andare a letto.»

Tutti e tre si alzarono in piedi, e Amelia sorrise quando Lizzie si avvicinò a suo fratello e lo abbracciò. Il loro legame era così bello e puro che scaldò il cuore di Amelia nel vederlo.

«Buonanotte» disse Lizzie e si voltò verso Amelia. Sorrisero entrambe e poi Lizzie la afferrò per le braccia e la attirò a sé per abbracciarla. Amelia rimase rigida per la sorpresa all'inizio, ma si rilassò rapidamente. Non si poteva negare la dolcezza e la gentilezza della sua nuova sorella.

«Buonanotte, mia cara» sussurrò Amelia.

«Sono così felice che tu sia qui» disse Lizzie per tutta risposta, poi si ritrasse per sorriderle. «Ci vediamo domani. E penso che dovremmo andare a pescare se il tempo è bello.»

«Un'idea eccellente» disse Hugh mentre Lizzie si dirigeva verso la porta del salotto. «A domani.»

Lizzie salutò un'ultima volta con la mano e lasciò la stanza. Per la prima volta quel giorno, Hugh e Amelia erano soli. Il cuore cominciò a batterle subito un po' più forte e tutta la tranquillità che aveva provato svanì, sostituita dall'anticipazione e da un bagliore di calore che ora poteva identificare come puro desiderio.

Doveva essersi riflesso sul suo viso, lo sapeva, poteva sentirlo, perché vide Hugh agitarsi, gli si dilatarono le pupille e le fece uno di quei mezzi sorrisi maliziosi prima di avvicinarsi alla porta e chiuderla in silenzio. Lo sentì girare la chiave nella serratura e rabbrividì.

Finalmente soli. Nessuna interruzione in arrivo.

Si girò a guardarlo e lui gettò la chiave sulla credenza.

«Ti va di bere qualcosa?» le chiese, indicando il decanter.

Lei deglutì. «No» sussurrò. «Non ho bisogno di alcolici.»

Hugh inarcò le sopracciglia. «Di cosa avete bisogno, Vostra Grazia?»

Amelia si sentì percorrere da un forte formicolio e fece un passo avanti. Lui non si mosse, anche se gli vedeva le mani fremere ai fianchi, il suo sguardo seguirla come l'uccello da preda che prima aveva così maldestramente ricreato con le ombre sul muro.

«Ho passato una bella giornata» sussurrò. «Ma...»

Si interruppe. Era stata educata ad essere una signora, a reprimere quei fremiti in corpo a cui non era stata capace di dare un nome. Ora era spinta a parlarne, a rivendicarli, ma era comunque uno sforzo imbarazzante.

«Ma?» la incoraggiò lui mentre lo raggiungeva. Erano a pochi centimetri di distanza ora, così vicini alla perfezione.

«Ma mi sei mancato» ammise lei scuotendo la testa.

Lui sorrise. «Sono stato con te tutto il giorno.»

Voleva che lo dicesse chiaro e tondo. Lo fulminò con lo sguardo. «Volevo dire che mi è mancato... toccarti. Oggi ci sono state molte occasioni in cui ti ho guardato e tutto quello a cui riuscivo a pensare era... era...»

Hugh si avvicinò e la prese per la vita, attirandola contro di sé. La sua bocca si abbassò, centimetro dopo centimetro con penosa lentezza, e sussurrò: «Questo» prima di reclamarla.

Reclamarla era la parola giusta. La soffocò con la passione che aveva ribollito tra loro per tutto il giorno. Il tono nella stanza cambiò subito. Non c'erano più battute scherzose o giochi amichevoli. La potente connessione fisica tra loro prese il sopravvento, e lei gli avvolse le braccia intorno al collo per sollevarsi contro di lui mentre lui le spingeva con forza la lingua in bocca.

Hugh le mise le mani dietro la schiena, e Amelia lo sentì aprire due bottoni del suo abito uno dietro l'altro. Interruppe il bacio e lo fissò stupita e scioccata.

«Cosa... qui?» sussurrò.

«La porta è chiusa e non posso aspettare di portarti di sopra» disse. «Non è molto più eccitante pensare di poter goderci il nostro piacere qui? E poi ogni volta che entrerai in questa stanza, guarderai quel divano...» Fece cenno al bel divano imbottito vicino al camino dall'altra parte della stanza. «...e saprai che mi ci hai cavalcato fino a quando non siamo stati entrambi esausti dal piacere.»

Amelia spalancò gli occhi davanti a quelle parole altamente descrittive e specifiche. «Cavalcarti?» ripeté, mentre gli apriva la giacca con mani tremanti.

Lui ridacchiò e riprese a lavorare sui suoi bottoni, sfilandoli mentre la spingeva verso il divano che aveva indicato. Le tirò il vestito che cadde in avanti, fermandosi sulle braccia. Lei si aspettava che glielo togliesse, che facesse tutte quelle cose indecenti che aveva sognato per tutto il giorno.

Invece, si allontanò. Senza smettere di guardarla negli occhi, si scrollò di dosso la giacca e il gilet che aveva cercato di sfilargli, poi si tolse la camicia. Si sedette sul divano, si tolse gli stivali e si lasciò scivolare in avanti, guardandola con occhi velati.

«Riuscite a immaginare cosa mai potreste volermi fare, Vostra Grazia?» sussurrò.

Amelia si bagnò le labbra nervosamente. Le vennero in mente una dozzina di possibilità mentre lo fissava da una posizione dominante per la prima volta da quando l'aveva toccata la sera del loro ballo di fidanzamento. Divisa tra l'incertezza e un profondo pozzo di desiderio che le diceva di toccare e leccare e prendere come avrebbe fatto lui.

«Sto ancora cercando di capire cosa posso e non posso fare in generale» ammise mentre si tirava giù l'abito lungo le braccia e se lo sfilava. Rimase in piedi davanti a lui in camiciola e mutandoni e si sentì le guance avvampare.

Lui si protese in avanti e fece scivolare la mano sotto l'orlo dei suoi mutandoni, facendo scorrere le dita ruvide sulla pelle nuda e liscia della sua coscia. Lei rabbrividì alla sensazione, alla reazione immediata che sentì nel profondo del suo sesso.

«Puoi fare tutto quello che vuoi, Amelia» disse lui, alzando gli occhi per guardarla in viso. «Quello che ci fa stare bene è ciò che è giusto. Così non puoi sbagliare, te lo giuro.»

C'era qualcosa di ipnotico nel suo tono basso e seducente. Qualcosa che la convinse, più di qualsiasi parola, che lui la voleva e che lei voleva lui, e che sarebbe stato più che sufficiente.

Trasse un respiro tremolante e poi fece scivolare giù le sottili spalline della camiciola. Piano piano lasciò che il tessuto cadesse scoprendole i seni e le scendesse lungo il ventre, fino a che le si accartocciò ai piedi e restò con indosso solo i mutandoni.

Lui mormorò qualcosa sottovoce. Non era sicura se fosse una maledizione o una benedizione. Entrambe le cose, forse, fuse in una sola. Si appoggiò allo schienale del divano, con le mani strette contro le cosce muscolose, e la fissò con uno sguardo famelico.

Lei percepì la sua stessa fame rispondere a quel richiamo. La sentì in petto, nelle membra, nel calore umido che le si accumulava tra le gambe. Deglutì con forza, incoraggiata dalla follia condivisa di quel desiderio senza fine. Si fece avanti piano piano, spingendosi tra le sue gambe finché non gli fu davanti.

«Slacciami» gli ordinò con voce rotta da quanto si sentiva potente.

Lui alzò lo sguardo verso di lei, con quel mezzo sorriso malizioso che gli incurvava ancora una volta le labbra. «Agli ordini, Vostra Grazia» mormorò, e allungò la mano per tirare il cinturino di seta dei mutandoni. Faceva movimenti mirati, la stuzzicava facendo passare le dita lungo la vita dell'ultimo indumento che portava.

Alla fine le allentò il nodo e alzò gli occhi per guardarla in viso mentre infilava le dita sotto il tessuto dei mutandoni e glieli tirava giù lungo le gambe. Lei li scacciò via, gemendo mentre lui lasciava risalire le mani lungo i suoi fianchi. Le afferrò le natiche e la attirò a sé per premere un bacio infuocato contro il suo ventre piatto.

«Sì» sussurrò lei, infilandogli le mani nei capelli e tirandoli fuori dalla coda. «Sì, sì, sì.»

Non c'era altra parola che quella, e lui ne comprendeva appieno il significato. Le tracciò i fianchi con la bocca, le succhiò la coscia e ripercorse la scia lasciata dai baci finché non posò il palmo sul suo sesso e la stuzzicò per aprirla.

Sapeva di essere già bagnata, già calda e impaziente. Quando le sue dita le scivolarono dentro, non ci fu resistenza. Era dal giorno prima in carrozza che aspettava, e ora la stava toccando e lei non desiderava altro che darsi a lui per tutta la notte.

La osservava mentre la riempiva con un dito, poi due. Lei gli si strusciò contro mentre lui le premeva un pollice sul clitoride e lo schiacciava delicatamente. Le venne il respiro corto quando il piacere che le era stato negato per più di ventiquattro ore ritornò in un impeto incandescente.

Continuò ad accarezzarla per un po', non sapeva nemmeno lei per quanto perché il tempo aveva perso ogni significato. Era chiaro che Hugh non aveva fretta di farla venire. Voleva provocarla, far emergere il suo bisogno, voleva costringerla a prendersi il suo orgasmo o a implorarlo di darglielo.

E lei era pronta a fare entrambe le cose. Specialmente quando lui ritirò le dita dal suo canale palpitante e se le portò alle labbra, dove le leccò con un sorriso.

«Vieni qui» le disse, afferrandole la parte posteriore del ginocchio e guidandola delicatamente a metterlo su un lato delle sue cosce. Lei si abbassò mettendosi a cavalcioni su di lui, sentendo il profilo del suo membro eretto mentre si metteva in posizione. I fianchi le si piegarono spontaneamente e gli si strusciò addosso.

Spalancò gli occhi. *Cavalcarlo.* Ecco cosa intendeva. Una volta slacciati i pantaloni e liberato il pene, lei poteva prenderlo dentro e cavalcarlo fino a che non fosse esausta, fino a che non avesse munto ogni grammo di piacere da entrambi.

L'idea la eccitò. Ma ancora una volta, lui non sembrava avere fretta. Le infilò le mani tra i capelli, sciogliendole lo chignon in modo che le ciocche ondulate le cadessero intorno alle spalle, alla schiena, ai loro volti. Fece scivolare le dita tra le ciocche, afferrandola per la nuca e inclinandole la testa per un bacio profondo e penetrante.

Amelia si sciolse contro di lui, assaporando il suo desiderio mentre le loro lingue si intrecciavano in una languida, pigra passione. Non c'era bisogno di andare troppo in fretta, anche se il suo corpo eccitato non era d'accordo. Avevano tutta la notte, e dopo quella notte tutta la vita per esplorarsi a vicenda.

Ed era un concetto molto più confortante di quanto forse avrebbe dovuto essere.

Lui la afferrò per le natiche e la tirò contro di sé, dondolandola e rubandole il respiro mentre lei lasciava cadere la testa indietro con un rantolo di piacere che aumentò quando lui prese un capezzolo tra le labbra e cominciò a succhiare delicatamente.

Si mise a flettergli i fianchi contro seguendo quel ritmo meraviglioso di morsi e leccate, sentendo il piacere montarle dentro e spingerla verso l'estasi, verso la follia. E aveva effetto anche su di lui. Era già duro, ma ogni volta che lei fletteva i fianchi, diventava ancora più duro.

Amelia mise una mano tra di loro, anche se tremava, e gli tracciò l'erezione. Lui alzò lo sguardo e incontrò il suo, e in quel momento lei capì che erano entrambi pronti. Niente più provocazioni o preliminari. Si sollevò leggermente e lui si aprì i bottoni dei pantaloni. Il suo uccello spinse sul tessuto allentato e fece cadere la patta, rivelandosi in tutta la sua dura e nuda gloria.

Non riuscì a trovare parole per esprimersi quando si abbassò nuovamente. Lui fece scivolare una mano tra di loro, posizionandosi al suo ingresso, e poi lei lo prese dentro mentre si lasciavano sfuggire simultaneamente un gemito che riecheggiò nel silenzio della stanza.

Una volta che fu entrato completamente, lui allungò la mano e la trascinò di nuovo verso le sue labbra, baciandola mentre fletteva i fianchi verso l'alto, spingendo dal basso mentre lei gli affondava le unghie nel petto nudo e andava incontro alle sue spinte, sfregando i fianchi contro i suoi. Le ci volle qualche istante per trovare il ritmo, ma quando ci riuscì, si lasciò sfuggire un grido sommesso da quanto era bello sentirlo dentro.

E quanto era sempre perfetto quando si congiungevano. Come se i loro corpi fossero fatti l'uno per l'altro, fatti per questi piaceri illeciti. Amelia li voleva, voleva lui, voleva imparare tutti i modi in cui gli piaceva essere toccato, tutti i modi in cui potevano farsi rabbrividire a vicenda come in quel momento. E non era solo un desiderio generico, un vuoto che doveva essere colmato da chiunque in grado di farlo che entrasse nella sua orbita.

Lei voleva *quest'*uomo. Nessun altro. Era scioccante, ma era così. Erano ormai lontani i ricordi di Aaron o di qualche ideale da favola che si era creata da ingenua ragazzina. Era rimasto solo Hugh, e mentre era percorsa dai primi fremiti di orgasmo, lui era l'unica cosa che contava.

Buttò la testa all'indietro, ansimando di piacere. Lo afferrò durante la crisi, continuando a cavalcarlo, continuando a strofinarsi mentre le sensazioni aumentavano sempre di più.

Lui martellò più veloce, con il collo teso, poi emise un basso gemito e lei sentì il calore del suo rilascio unirsi al suo. Gli crollò contro il petto con un sospiro di piacere e lui le avvolse le braccia intorno, stringendosela contro mentre le copriva di baci il collo e le spalle.

«E ora sei veramente a casa» mormorò.

Lei aprì gli occhi a quella frase. Forse intendeva dire che il loro matrimonio era pienamente consumato, o che gli apparteneva veramente, perché finalmente l'aveva reclamata in casa sua.

Ma c'era qualcosa di più profondo in quelle parole. Qualcosa che suonava così vero da essere terrificante. Aveva in effetti la sensazione di essere a casa. Nel suo maniero, certo. Nella sua famiglia.

Ma soprattutto tra le sue braccia. Eppure non aveva idea di cosa volesse suo marito per il loro futuro, e questo rendeva le sue parole terrificanti, perché potevano condurla verso uno strazio che avrebbe potuto cambiarle la vita per sempre.

CAPITOLO QUINDICI

Hugh non riusciva a credere a quanto velocemente fosse trascorsa una settimana da quando lui e Amelia erano arrivati a Brighthollow. Ma i giorni erano passati, pieni di risate e relax. Le notti piene di passione sfrenata e finora inarrestabile. Di lì a tre giorni sarebbero tornati a Londra, perché lui aveva delle cose da fare in città e si chiedeva se avrebbero potuto portare con loro l'incanto del tempo trascorso nella sua tenuta.

Non che fosse stato perfetto. C'erano stati momenti in cui stare con Amelia era stato quasi doloroso. Era così bella, e quando la sorprendeva a guardare in lontananza con un'espressione preoccupata, era ossessionato da cosa pensasse sua moglie. Pensava a Walters? Desiderava che la sua vita fosse diversa? Quel desiderio le era dovuto, naturalmente, ma gli straziava comunque il cuore.

Aveva cercato di scappare da quelle riflessioni. Di prendere le distanze. Ma in qualche modo Amelia lo trovava sempre e lo richiamava indietro, come un faro nell'oscurità.

Scosse la testa mentre si alzava dalla scrivania e uscì dal suo studio. Aveva lavorato tutta la mattina, ma ora voleva vedere sua moglie. Sua *moglie*, un concetto ancora estraneo e scioccante.

Si aggirò per i corridoi, cercandola come un cane perso che

cerca il suo padrone. Ma lei non sembrava essere in nessun salone, né nella biblioteca, né nella sala musica. Mentre esplorava ogni angolo, il desiderio anche solo di guardarla in faccia diventava sempre più acuto e disperato.

«Buon pomeriggio, Vostra Grazia» lo salutò la sua governante, la signora Williams, quando fece capolino nell'ennesima stanza. La donna si raddrizzò interrompendo il suo lavoro e inclinò la testa con un sorriso amichevole.

Hugh si concentrò per mantenere anche solo un minimo di decoro e restituì il sorriso. «Buon pomeriggio, signora Williams.»

«Posso aiutarvi in qualche modo?» chiese lei, osservandolo mentre si guardava intorno in un atteggiamento a metà tra il distratto e lo smarrito.

«Ehm, mia moglie» ammise, a disagio per la vampata di calore che gli inondò le guance. «Non riesco a trovarla. Sapete se è andata a fare una passeggiata?»

«Non è uscita, signore» disse la governante con un'espressione maliziosa, come se potesse vedere ciò che lui non voleva ammettere. «Credo che lei e Lady Elizabeth stessero andando nella sala da ballo.»

Hugh corrugò la fronte. «La sala da ballo?» ripeté confuso. «Perché dovrebbero andarci?»

«Sua Grazia ha detto qualcosa sul fare pratica» disse la signora Williams. «Non so molto di più dei loro piani.»

L'ardente desiderio di vedere Amelia si affievolì un po' a quella dichiarazione. Fare pratica. Nella sala da ballo. Sua moglie non conosceva molto bene sua sorella. Di sicuro Lizzie non le aveva raccontato il suo doloroso passato. Quello che Amelia stava facendo poteva scatenare i brutti ricordi di sua sorella. Le sue incertezze.

«Grazie» mormorò mentre usciva dalla stanza e percorreva il lungo corridoio che portava sul retro della casa, dove si trovava l'enorme sala da ballo. La porta era socchiusa quando si avvicinò e dietro di essa sentì l'eco delle voci delle due donne.

Stavano... ridendo.

Si fermò lì dov'era, stordito da quella constatazione. Lizzie *odiava* la sala da ballo, la evitava a tutti i costi, eppure sentiva le sue risatine provenire da dietro la grande porta intagliata. Esitò, poi aprì la porta quanto bastava per poter vedere all'interno.

Al centro della grande stanza vuota, Amelia e Lizzie erano una di fronte all'altra. Mentre lui guardava, Amelia eseguì un inchino rigido e formale e Lizzie fece una riverenza. Poi Amelia le porse la mano e iniziarono a fare gli intricati passi della quadriglia, girando per la stanza mentre cercavano di mantenere espressioni serie.

Fu un fallimento. A metà della sequenza, Lizzie si lasciò sfuggire una risata che riecheggiò nella stanza, e Amelia la imitò finché entrambe non furono piegate in due dal ridere.

Dopo un attimo, Amelia si raddrizzò, asciugandosi le lacrime di gioia dagli occhi. Lizzie si teneva lo stomaco e Hugh capì che stava cercando di controllare le sue risate.

Era... stordito. Nonostante avesse accolto Amelia calorosamente, Lizzie era stata timida, anche prima che Aaron Walters distruggesse il suo mondo. L'idea di ballare la irritava e lo aveva pregato di licenziare il suo insegnante di danza anni prima. La sua presenza la rendeva nervosa, aveva detto. Lui aveva acconsentito, pensando che avrebbe potuto assumerne uno nuovo col tempo. Ma ogni volta che lui tirava fuori l'argomento, Lizzie arrossiva, si mostrava schiva e lo pregava di non farla esibire così pubblicamente.

Ma eccola lì, a godersi davvero la lezione che Amelia le stava impartendo.

Le due donne recuperarono un minimo di compostezza e Amelia si scostò un ricciolo errante dalla guancia prima di dire: «Che ne dici di un valzer, Lizzie? È un po' più lento? Certamente più romantico.»

Il sorriso di Lizzie svanì e indietreggiò di un passo. «Oh, no. Non il valzer. Non è... non voglio...»

Amelia si fece avanti e le prese la mano. «Sei una ballerina adorabile, Lizzie. Hai una grazia naturale. Non devi essere nervosa. Un valzer può essere molto piacevole.»

Lizzie abbassò la testa. «Non posso essere una brava ballerina. Non ho fatto molta pratica.»

Hugh vide la confusione sul volto di Amelia, e sapeva perché. Alla maggior parte delle giovani donne, specialmente quelle del rango di Lizzie, si insegnava a ballare quasi dal momento in cui potevano camminare. Conoscevano ogni canzone e ogni passo a memoria quando avevano l'età di Lizzie ed erano pronte a presentarsi in società.

«Te lo assicuro» disse Amelia con cautela. «Quando tornerai a Londra con Hugh e me, sarai la reginetta di tutti i balli. Non devi preoccuparti.»

Lizzie sbiancò del tutto, e Hugh non poté più stare a guardare. Si precipitò nella stanza con un ampio sorriso che sperava avrebbe distratto Amelia da quell'argomento ponendo fine all'interrogatorio.

«Buon pomeriggio, signore. Non sapevo che oggi ci fosse un ballo qui.»

Il volto di Lizzie si illuminò un po' quando lo vide, e si precipitò in avanti per prendergli il braccio. Lui sentì un lievissimo tremito nella sua presa mentre gli arricciava le dita intorno al bicipite.

«Amelia mi stava insegnando qualche ballo» spiegò.

Amelia li stava osservando con attenzione, e lui vide ancora l'espressione turbata sul suo volto. «Sì» disse lei lentamente. «Lizzie sembrava così estasiata dalla mia descrizione della prima volta che abbiamo ballato insieme che ho pensato che potesse essere divertente per entrambe. Ma non sono molto brava a condurre.»

Hugh catturò il suo sguardo. «Sembri molto ben equipaggiata da quel punto di vista.»

Lei arrossì immediatamente e lui soffocò un sorriso. Almeno distrarla era piacevole. E sembrava aver funzionato, perché non insistette ulteriormente sul perché a Lizzie non piacesse il ballo.

«Siete un ottimo ballerino, Vostra Grazia» disse invece. «Forse potrei suonare il pianoforte e voi stesso potreste aiutare Lizzie con i passi.»

Hugh sbatté le palpebre e guardò sua sorella. Era un'opzione che non aveva considerato prima. Si era limitato a fare come aveva chiesto e aveva mandato via il suo insegnante di danza, ma non aveva mai pensato di insegnarle lui stesso. Non era una cattiva idea. Poteva andarci piano, se aveva bisogno di tempo e pazienza.

«Vuoi provare?» le chiese dolcemente.

L'esitazione di Lizzie era evidente, ma poi guardò Amelia. Voleva chiaramente compiacere la sua nuova cognata. Quello sprone sembrò più potente del suo nervosismo. Con un piccolo sospiro, annuì. «Se hai tempo.»

«Ce l'ho» rispose, e sorrise ad Amelia mentre lei si dirigeva al pianoforte che si trovava nell'angolo della stanza. Si sistemò al suo posto e cominciò a suonare.

Per un attimo rimase basito. Alle signore venivano insegnate tante abilità. Anche sua sorella era brava a suonare e a cantare, anche se doveva essere persuasa a mostrare i suoi talenti. Si era immaginato che anche Amelia sarebbe stata abile in alcune di queste arti, ma non si aspettava che suonasse in modo così... splendido. Così appassionato.

Smise di suonare e si mise a ridere. «È un concerto o una lezione di danza? Avanti, voi due, *girate!*»

Hugh si scosse dalla sorpresa e prese la mano di Lizzie. Fecero i primi passi insieme, e mentre Amelia ricominciava la canzone, lui fece volteggiare sua sorella, prendendosi il suo tempo mentre la guidava nei vari passi. All'inizio Lizzie era titubante. Si guardava sempre i piedi e mormorava sottovoce ad ogni passo mancato.

Ma mentre la canzone continuava, vide crescere la sua fiducia. Era una cosa bellissima da vedere, perché in gran parte era stata schiacciata sotto lo stivale di Aaron Walters. Vedere Lizzie fiorire, sorridere quando capiva il ritmo di un passo... gli riscaldò il cuore. *Quello* era il regalo che Amelia gli aveva fatto. Che aveva fatto a entrambi.

Quando la canzone finì, Lizzie fece un inchino e poi si rivolse ad Amelia con una risatina nervosa. «Come sono andata?»

Amelia si alzò e girò intorno al pianoforte per abbracciare dolcemente sua cognata. «È stato meraviglioso. Un po' più di pratica e nessuno saprà mai che non ti sentivi a tuo agio.» Lanciò un'occhiata a Hugh e proseguì: «Non ho idea del perché tu non abbia imparato a ballare anni fa, ma hai un talento naturale.»

Lizzie si irrigidì, e Hugh le sorrise. «Lizzie, ho una voglia matta della torta della signora Masters prima di partire. Pensi che potresti chiederle molto dolcemente di metterla nel menu di stasera o di domani? Sai che non ti direbbe mai di no.»

Lizzie annuì e si affrettò a lasciare la stanza. Dopo che se ne fu andata, Amelia si voltò verso Hugh stringendo gli occhi. Ci fu un attimo di silenzio prima che dicesse: «Non vuoi che io sappia niente, vero?»

Lui corrugò la fronte, facendo finta di niente quando sapeva esattamente cosa intendeva. «Non essere sciocca.»

Lo sguardo di Amelia si fece più cupo. «Non cercare di farmi credere che non vedo quello che mi sta di fronte.» Le tremava la voce da quanto erano potenti le emozioni che la scuotevano. «Faccio parte di questa tua famiglia solo fin dove desideri. Questo è molto chiaro.»

Lui incrociò le braccia. «Di cosa stai parlando?»

L'espressione andò dalla sola rabbia a un misto di dolore. Vedendola così, sapendo che era colpa sua, si sentì un idiota di prima categoria.

«Vuoi che te lo dica chiaro e tondo? Molto bene. Più conosco Lizzie, più mi rendo conto che ha *paura* di debuttare. Paura di Londra. Non le ho fatto pressioni su questo argomento perché so che me lo dirà col tempo, se si fiderà abbastanza di me. Ma *tu* non vuoi che io sappia la verità. Né ora né mai.»

Hugh la fissò a lungo. Nelle ultime settimane si era reso conto di quanto Amelia fosse meravigliosamente gentile e accondiscendente. In qualsiasi altra circostanza, avrebbe potuto incoraggiare sua sorella a confidarsi con lei. Lizzie aveva bisogno di un'amica.

Ma non era così semplice. Amelia era stata coinvolta con lo

stesso giovanotto che aveva distrutto Lizzie. Quando lo fosse venuta a sapere, Amelia era troppo intelligente per non mettere insieme i pezzi del perché Hugh l'aveva corteggiata. Perché aveva detto che Walters era un bastardo.

Non aveva idea di come avrebbe reagito. Come si sarebbe sentita se le sue bugie fossero venute fuori ora, quando stavano ancora testando la loro relazione, il loro futuro.

Forse un giorno si sarebbe sentito abbastanza a suo agio da dirglielo. Ma adesso? Ora sentiva che avrebbe potuto perderla se avesse saputo.

Perdere tutto ciò che era arrivato a significare così tanto.

«È mia sorella» disse piano.

Amelia scosse la testa. «Lizzie desidera essere anche mia sorella. E se tu non lo vuoi, allora mi chiedo, ancora una volta, perché sono qui.»

«Perché sei mia moglie» disse lui, precipitandosi in avanti, con le mani tese.

«Davvero?» sussurrò lei con voce tremante ancora una volta. «Non mi sento tua moglie.»

Fece una smorfia di dolore, si girò e se ne andò. Mentre usciva dalla stanza, Hugh ebbe il desiderio fulmineo di chiamarla. Di farla tornare, di cadere in ginocchio e raccontarle ogni dettaglio doloroso della sua storia dall'inizio alla fine. Per darle quello che aveva cercato tutta la vita di allontanare, non di condividere.

Ma non fu abbastanza forte. Così non gli restò che restare nel bel mezzo della sua sala da ballo e desiderare che le cose fossero diverse.

CAPITOLO SEDICI

Amelia era seduta alla scrivania del suo studio a scrivere una lettera a suo padre. Be', non era del tutto vero. Aveva detto che era quello che stava facendo, aveva un pezzo di carta davanti a sé con *Caro Padre* scarabocchiato in cima, ma non stava scrivendo. Stava fissando la finestra che dava sul giardino sottostante rivivendo la sua ultima conversazione con Hugh, ed era furiosa.

Era così dal pomeriggio precedente.

Non sapeva dire perché il suo comportamento la infastidisse. Dopo tutto, non aveva mai voluto un matrimonio con quest'uomo. Quest'uomo frustrante, incredibilmente bello e completamente irresistibile. Se lui voleva chiuderla fuori e avere un matrimonio che non comportasse un vero legame, perché aveva importanza?

Solo che ne aveva. Aveva molta importanza. Niente aveva cambiato questo aspetto. Non un finto mal di testa. Non una notte da sola nella sua camera. Le sue emozioni le ribollivano ancora dentro.

Spinse la lettera da parte, mise i gomiti sulla scrivania e la testa tra le mani. I muri di questa casa la stavano facendo impazzire, tutto qui. Era troppo vicina al problema, troppo vicina all'attrazione.

Forse quando sarebbero tornati a Londra, sarebbe stata in grado di districarsi e guadagnare un po' di prospettiva.

Qualcuno bussò piano alla porta che metteva in comunicazione le loro camere. Quando si voltò leggermente per vedere chi era, si accigliò. Hugh era in piedi sulla soglia e la osservava attentamente.

«Entra» gli disse dopo che sembrava essere passata un'eternità.

Lui lo fece e chiuse lentamente la porta dietro di sé. Lei seguì il movimento, detestando come il suo corpo si scaldava all'idea di essere sola con lui.

Traditore.

«Volevo parlarti» le disse.

Amelia inarcò un sopracciglio. «Perché? Sembra che abbiamo poco da dire.»

L'espressione di Hugh si irrigidì e lei notò un lampo di frustrazione e dolore nel suo sguardo. Lui trasse un lungo respiro. «Mi sei mancata a letto ieri sera, Amelia.»

Lei si alzò e fece un passo verso di lui. «Allora non vuoi parlare, si tratta del mio corpo. Non ti direi di no. Sembra che non ci riesca, in ogni caso. Sono schiava dei desideri che hai risvegliato in me. Prendilo allora.»

Hugh fece scorrere il suo sguardo caldo e concentrato su di lei ma poi la sconvolse scuotendo la testa. «No. No, non sono venuto per questo.»

«Per cosa sei venuto allora?» sussurrò.

«Per parlare» le disse, avvicinandosi. «Per cercare di farti capire.»

Amelia si allontanò scuotendo la testa. «Ma io capisco già.» La sua rabbia le rendeva la voce aspra, e le ribolliva sempre più forte in petto. Emozioni che non le era mai stato permesso di provare o esprimere. «Tu vuoi tenermi fuori, ed è lì che sono sempre stata. Il mio destino, a quanto pare, è quello di essere *quasi* parte di una famiglia. Essere *quasi* amata e accudita. Pensavo di poter avere tutto questo con...»

Si interruppe e si voltò, sbattendo le palpebre per le lacrime che le affioravano negli occhi. Strinse i pugni contro la scrivania e cercò di controllare la debolezza che sembrava comandare il suo corpo e la sua anima.

«Pensavi di poter avere quello che volevi con Aaron Walters» disse lui, completando il suo pensiero con un tono spento e vuoto.

Amelia si girò a guardarlo lentamente. «Sì» ammise con un filo di voce. «E il tuo odio nei suoi confronti, qualsiasi motivo ci fosse dietro, me l'ha portato via. Ora ti rifiuti di soddisfare quel mio desiderio qui. Quindi... sono sola. In una casa piena di servitori e persone, sarò *sempre* sola.»

Hugh sostenne il suo sguardo, con le narici dilatate e le mani che gli tremavano lungo i fianchi. All'inizio pensò che fosse arrabbiato, spinto al limite dal suo rifiuto, dalla sua franchezza nell'affrontare la loro situazione. Ma quando parlò, non aveva una voce arrabbiata.

Era incrinata, intrisa dello stesso dolore che provava lei.

«So come ci si sente» disse. «Lo so.»

«Come fai a saperlo?» chiese con un sospiro tremolante che non riuscì a trattenere per un momento di più. Il peso che le gravava sulle spalle era troppo opprimente anche solo per provarci.

Hugh esitò e poi allungò la mano. «Vuoi venire con me?»

Guardò la mano che le veniva offerta sbattendo le palpebre, quella mano che le aveva dato tanto piacere in passato. L'appendice di un uomo di cui non si fidava del tutto e che non conosceva.

«Perché?»

Suo marito chinò la testa. «Se vuoi conoscermi, se vuoi entrare nel mio mondo, come dici tu, allora vieni con me.»

Il suo cuore fremette. Le stava davvero offrendo una via d'accesso ai suoi pensieri o alla sua anima? E lei lo voleva davvero? Voleva essere in sintonia con l'uomo che aveva distrutto le sue speranze e i suoi sogni, che la confondeva e le faceva venire voglia di ridere e piangere e arrendersi e urlare tutto in una volta?

Apparentemente sì, a livello inconscio, perché annuì lentamente e prese la mano che le tendeva. «Molto bene. Fate strada, Vostra Grazia.»

~

Il peso della mano di Amelia nella sua gli sembrava un macigno. Le dita morbide di sua moglie gli premevano nel palmo, facendogli mettere in dubbio il suo piano ad ogni passo mentre attraversavano insieme la vasta tenuta.

Non voleva farlo. Ma in fondo sì. Era davvero disorientante.

«I boschi qui sono un po' fitti, stai attenta a dove metti i piedi.» Era la prima cosa che aveva detto dopo venti minuti di cammino. Amelia non aveva insistito, si era limitata a stargli accanto in silenzio, come se avesse capito che lui aveva bisogno di quel silenzio per calmarsi.

Uscirono dal sentiero e lentamente Hugh si fece strada lungo quello che una volta era stato un viottolo nella parte più profonda del bosco. Lo conosceva come le sue tasche, nonostante fossero passati anni, un decennio, dall'ultima volta che era venuto qui.

«Ecco» disse, fermandosi e indicando un punto oltre il groviglio di rami.

Amelia trattenne il fiato, e insieme fissarono la piccola costruzione fatiscente che si ergeva in una radura a non più di tre metri di distanza. Hugh sorrise nonostante lo strano dolore al petto.

«Che cos'è?» gli chiese.

«Il posto dove venivo a rifugiarmi» le spiegò. «L'ho costruito io, piuttosto male come si può vedere dal suo stato, quando avevo dieci o undici anni, durante un'estate in cui mio padre insistette per venire a Brighthollow in modo che potesse iniziare a insegnarmi come gestire la tenuta.»

«Ma invece ti sei costruito una casetta per i giochi» disse Amelia dolcemente.

Lui annuì, le lasciò andare la mano e salì i gradini della casetta ormai in rovina. Era costruita malissimo con rami deformati e chiodi arrugginiti. Li aveva rubati da qualche parte? Non riusciva a ricordare. Si ricordava di aver pianto diversi pomeriggi mentre li martellava nel legno.

«Guardandola ora, penso di essere fortunato che non mi sia crollata addosso uccidendomi» disse con una risata mentre toccava un muro e lo sentiva cedere leggermente.

«Perché avevi bisogno di nasconderti?» sussurrò Amelia.

Hugh non si voltò. Era tutta la sera che pensava di raccontarle questa storia, ma non poteva guardarla. Non ancora. Non ancora.

«Aveva bisogno che fossi perfetto» disse.

«Tuo padre.» La sua voce si udì appena.

Lui annuì, continuando a fissare quella casa malandata. «Mio padre. Hugh Primo, Hugh il Grande. Perché probabilmente non sono mai stato all'altezza del suo nome, almeno non ai suoi occhi. Sono sicuro che si rivolti regolarmente nella tomba quando prendo la decisione sbagliata.»

«Sembra una pressione enorme per un ragazzo.»

«Lo era» disse, con un crescente nodo in gola. «Non potevo fare errori. Se non sapevo subito come fare una cosa, avevo fallito e questo era inaccettabile.»

«Ma fallire è il modo in cui impariamo» disse Amelia. «Non lo sapeva?»

Hugh la guardò da sopra la spalla e vide il dolore sul suo volto. Empatia per lui. Voleva prenderle la mano, ma invece si voltò dall'altra parte. «A quanto pare no. Esigeva che nascondessi le mie emozioni. La rabbia non veniva accettata. E di certo nemmeno la paura o il dolore. Dovevo nascondere qualsiasi dubbio. Qualsiasi bisogno di qualcosa di più. Se non lo facevo, lui mi...»

Si interruppe. Non voleva raccontare cosa faceva. La sensazione del colpo di frusta sulla pelle. Il senso di paura del peggio a venire.

«Hugh» sussurrò Amelia, e poi gli mise la mano sul braccio. Ancora una volta sentì il peso delle dita di sua moglie sulla pelle, ma questa volta non sembrava una pressione. Sembrava un sollievo.

Abbassò lo sguardo e si perse nei suoi occhi grigio-azzurri. Il suo sguardo rassicurante e sicuro era come un bozzolo che poteva avvolgere intorno a quella sua parte danneggiata. Che forse poteva anche guarirla, cosa che non era mai stata possibile prima.

Ora Amelia gli offriva quel conforto, e in quel sorprendente momento lui si rese conto di un fatto fondamentale. La amava.

Per poco non barcollò sotto il peso di quella constatazione. L'amore era una cosa in cui non credeva davvero da molto tempo. Si era lentamente convertito alla sua esistenza osservando i suoi amici che lo avevano trovato. Ma quando si trattava di se stesso? Non aveva osato sognare che ci sarebbe stato amore nel suo futuro. Di sicuro non avrebbe mai pensato di trovarlo in così poco tempo, dopo uno scambio così intenso e travagliato di bugie e passione.

Eppure eccolo lì, sotto forma di una donna assolutamente bella e perfetta che gli teneva la mano. Una donna che in nessun modo provava lo stesso sentimento per lui. Ieri l'aveva confermato ancora una volta, lamentando tutto quello che aveva perso quando si erano sposati.

Il dolore di quel fatto, insieme all'altro, era quasi insopportabile.

Amelia si avvicinò e gli toccò la guancia. «Vedo tutte quelle ferite ancora vive nei tuoi occhi» sussurrò. «E vorrei che ci fosse un modo per spazzarle via.»

Hugh si appoggiò al suo palmo. Le vecchie ferite facevano ancora male, sì. Ma era quella nuova che bruciava. Che lo lacerava come una lama.

«Le stai scacciando in questo momento» sussurrò.

«Io e te siamo più simili di quanto forse avessi mai saputo» disse lei, mentre le sue dita gli accarezzavano la mascella e lo facevano rabbrividire. «Abbiamo lottato tutta la vita per guadagnare l'amore che avrebbe dovuto essere dato gratuitamente. Ci siamo sentiti *entrambi* estranei alla nostra stessa esistenza.»

Lui strinse le labbra. Sì, era vero. Quel legame comune che ora fioriva tra loro. Dopo tutto, lei era qui con lui ora. E lo guardava con dolcezza e delicatezza, con vera premura.

Era possibile che potesse arrivare ad amarlo? Con il tempo, se si fosse impegnato a fare esattamente quello che gli suggeriva, a guadagnarsi il suo amore... sarebbe stato possibile?

«Mi stai guardando molto attentamente» disse lei, lasciando cadere le dita dal suo viso. «Sto diventando un po' nervosa.»

Hugh scacciò i pensieri che gli affollavano la mente. Non glieli avrebbe rivelati. Avrebbe semplicemente iniziato subito a mostrarle che era degno del suo cuore. Era l'unica cosa che poteva fare. Corteggiare sua moglie e cercare di rimediare a ciò che aveva fatto in passato.

Anche se lei non lo sapeva.

«Non dovresti» disse, sperando che la sua voce sembrasse più calma di quanto si sentisse. «Stavo solo riflettendo sul fatto che, nonostante i dolori condivisi nel nostro passato, li gestiamo in modo molto diverso.»

«Come?» chiese lei, staccandosi da lui e andando verso la casetta. Si chinò e sorrise mentre scrutava dalla finestra la sedia mezza rotta in mezzo alla stanza sporca e malandata.

«Tu segui il cambiamento» disse. «Con la stessa eleganza con cui balli o cammini o ti muovi.»

Lei arrossì e si voltò a verso di lui. «Lo pensi davvero?»

«Lo so per certo. Ti ho osservato. Ho rubato tutto quello che hai sempre voluto.» Chinò la testa. «E sei scivolata nel futuro che non volevi con una grazia e una gentilezza che certamente non mi sono meritato.»

«Era una situazione difficile» disse Amelia lentamente. «Per entrambi. Ammetto che all'inizio ti ho odiato, ma tu sei piuttosto frustrante, Hugh, perché rendi impossibile odiarti a lungo. E visto che non posso odiarti, e visto che questa *è* la vita che condurrò, sento che la scelta migliore è renderla una vita che voglio. Ci sono un bel po' di cose di questa vita... di te... che lo rendono facile.»

Hugh si accigliò. «Non ho quel talento di ottimismo di fronte a cambiamenti indesiderati. Dove tu sei luce, io sembro essere buio.»

L'espressione di Amelia si addolcì e si avvicinò ancora una volta. Sollevò il mento, esaminando il suo viso da vicino. «Non sempre» sussurrò.

A quel punto gli venne il respiro corto, una combinazione di forte emozione e di desiderio per lei che non sembrava mai svanire. Ora si rendeva conto che non sarebbe mai successo. Toccarla non era solo una questione di piacere, per certi versi non lo era mai stato. Il suo corpo aveva bramato ciò che la sua mente non aveva accettato finché non vi era stata costretta.

Voleva esserle vicino. Voleva essere connesso con lei. E quando facevano l'amore, lui era in grado di avere quella sintonia. Lei glielo permetteva, e così lui se ne nutriva come se stesse morendo di fame.

Forse aveva patito la fame. Fino a lei.

«Ho bisogno della tua luce, Amelia» mormorò. «Non ho mai saputo quanto.»

Lei rimase in silenzio e gli avvolse le braccia intorno al collo, sollevandosi in modo che le sue labbra fossero vicine alle sue. «Allora prendila» sussurrò un attimo prima di baciarlo.

La sua mente si svuotò dei suoi problemi e delle sue paure, sostituiti dal desiderio e dalla sua passione e dall'amore che ora scorreva come un fiume attraverso tutto questo. La attirò più vicino, premendo i loro corpi finché non sembrò che fossero una cosa sola. Che lei fosse veramente sua, almeno nel mondo fantastico in cui sarebbero entrati ora.

«Voglio...» ansimò, incapace di finire la frase.

Lei annuì perché aveva capito. Fu tutto il tacito consenso che gli serviva. Le sollevò i piedi da terra, continuando a baciarla mentre la appoggiava con la schiena alla liscia corteccia di un castagno vicino. Appoggiandosi contro la dura superficie, le prese il sedere, strusciandosela contro mentre la baciava come se fosse l'ultima volta.

O la prima. E in effetti era la prima volta che la baciava da quando aveva capito di amarla. Questo rendeva il bacio diverso. Dolce e speciale e disperato.

Amelia gli gemette contro la bocca, sollevandosi contro di lui con la stessa fame che aveva lui in corpo. Gli tremavano le mani mentre le tirava su la gonna, gli mancò il respiro quando fece scorrere le dita lungo la sua pelle. Lei aprì le gambe, lasciandogli una scia di baci lungo la mascella mentre lui slacciava la patta dei pantaloni.

Si sollevò, lei si aprì e lui scivolò dentro. E si sentì a casa, perché era lei, e ora capiva quanto significasse. Quanto avrebbe sempre significato, anche se lei non avrebbe mai provato gli stessi sentimenti. Le affondò dentro, le loro fronti si toccavano mentre lui prendeva e prendeva e prendeva, marcandola, marcando se stesso, reclamandola, anche se non lo aveva ancora detto ad alta voce, che sarebbe stato suo fino a quando non avesse esalato l'ultimo respiro.

Amelia cominciò a gemere di piacere, gli scavò le spalle con le unghie, e poi il suo sesso gli si increspò intorno quando raggiunse l'orgasmo. Lui spinse più forte, accompagnandola nel suo piacere, ma non aveva più controllo. Non dopo quella giornata. Grugnì mentre la sensazione di calore gli rimbalzava dentro, e poi gridò quando pompò forte rilasciandole il suo seme nel corpo palpitante.

La sua bocca trovò di nuovo la sua e lui annegò nel suo sapore, senza mai volersi separare da lei. Sapendo che doveva farlo. E sapendo che a quel punto avrebbe dovuto cominciare a lavorare sul serio per conquistarla.

CAPITOLO DICIASSETTE

Qualcosa era cambiato in Hugh. Amelia non riusciva a capire esattamente cosa ora che se ne stava seduta in biblioteca fissando il libro che aveva in mano senza vederlo, ma lo avvertiva come se fosse qualcosa di tangibile.

Erano passati due giorni da quando l'aveva portata alla casetta nel bosco e le aveva confessato i dettagli della sua infanzia. E da allora non era stato più lo stesso. No, non era del tutto aperto con lei, sapeva che si tratteneva, ma ci stava provando. Condivideva i suoi pensieri, le chiedeva i suoi. Le raccontava sempre di più della sua vita, compreso come era arrivato ad essere nel suo grande gruppo di amici e cosa significava per lui. Le parlava di sua madre, di suo padre, della loro scomparsa e del peso di portare un titolo e di diventare l'equivalente di un padre in così giovane età.

Stava cominciando a conoscerlo, a conoscerlo *veramente*, e questo la incoraggiava ad essere più aperta lei stessa. Le notti di passione cedevano il passo a ore di confidenze sussurrate e scherzi.

E i sentimenti che provava per quell'uomo crescevano ogni giorno che passavano insieme. La vita che conduceva con lui, che un mese fa le era sembrata un orrore, ora era qualcosa di... be', qualcosa

"

che non voleva perdere. E si chiedeva cosa sarebbe cambiato una volta che fossero partiti per Londra la mattina dopo.

La porta della biblioteca si aprì, e Amelia si sforzò di sorridere quando Lizzie entrò nella stanza.

«Buongiorno, cara» le disse, mettendo da parte il suo romanzo. «Sei venuta a cercare un libro?»

Lizzie scosse la testa. «A rimetterne uno al suo posto» disse, e sollevò un sottile volume. «L'ho finito ieri sera.» Lo mise sullo scaffale e poi si andò a sedere accanto ad Amelia. «Non posso credere che dieci giorni siano volati via così in fretta.»

Amelia le prese le mani e le strinse delicatamente. «Lo so. Sembra solo ieri che siamo arrivati. Ho adorato il tempo che ho trascorso qui. Mi piace molto l'idea di poter tornarci.»

Lizzie si accigliò leggermente. «Ma domani te ne andrai. Detesto quella parte.»

«Allora perché non vieni con noi?» la incalzò Amelia. «Oh, Lizzie, quanto mi piacerebbe averti a Londra. Potremmo divertirci moltissimo, e so che Hugh sarebbe molto contento di averti vicino. La stagione sta volgendo al termine, ma potremmo farti fare un debutto in piccolo e poi potresti venire con noi ai ricevimenti e ai balli. Mi piacerebbe avere la mia cara sorella al mio fianco.»

Lizzie girò la testa, e Amelia intravide lo scintillio delle lacrime nei suoi occhi luminosi. Aveva spinto troppo, anche se ancora non aveva idea del perché Lizzie fosse così contraria a prendere il suo posto in società.

«Non voglio che pensi che sia a causa tua o di mio fratello» sussurrò Lizzie. «Non è per voi.»

Amelia le mise un braccio intorno. «Lo so. Non l'ho mai pensato. Ma non posso fare a meno di chiedermi perché Londra e la società in generale ti fanno così paura. So che sei timida e riservata, ma noi saremmo con te. E gli amici di Hugh hanno mogli meravigliose. Non saresti sola o costretta a orientarti senza amici al tuo fianco.»

«*Sono* timida» ammise Lizzie. «Non mi è mai piaciuto molto stare in società. Ma ho sempre saputo che prima o poi avrei dovuto fare il mio debutto e superare il difetto che mi fa desiderare di nascondermi dagli altri. No, è qualcosa di... diverso che mi fa esitare.»

Amelia le scrutò il viso. Lizzie non era brava come Hugh a nascondere i suoi sentimenti. In quel momento le sue emozioni erano molto chiare e molto dolorose. Amelia poteva quasi sentirne il sapore, erano così pesanti nell'aria.

«Cos'è successo?» sussurrò lei. «Non me lo vuoi dire se può essere d'aiuto?»

Lizzie si mordicchiò delicatamente il labbro e poi sospirò. «Sei diventata davvero come una sorella per me nel breve periodo in cui ci siamo conosciute» iniziò. «Vorrei davvero tanto dirti la verità. Solo che ho paura che tu... non... non...»

«Non cosa? Capirei?» la incoraggiò Amelia.

Lizzie si mise la testa tra le mani e le cominciarono a tremare le spalle. «Ho paura che non mi vorresti più bene se sapessi. Che non mi guarderesti mai più allo stesso modo.»

Amelia si ritrasse a quell'affermazione. Aveva dato per scontato che la reticenza di Lizzie derivasse da un fatto minore, ma questo crollo implicava qualcosa di molto più profondo, grande e doloroso di quanto avesse mai immaginato.

Qualcosa di cui Lizzie aveva davvero bisogno di parlare.

«Guardami» sussurrò Amelia. Quando osò farlo, Amelia le asciugò delicatamente le lacrime dalle guance. «*Non* potrei *mai* non volerti bene, qualunque cosa tu mi dica. Te lo prometto.»

Lizzie sorrise tra le lacrime. «Me lo fai credere.»

«Perché è vero. Oh, Lizzie, capisco che ti sei portata dietro un gran peso. Se vuoi lasciarmi sostenere una piccola parte del fardello, sono felice di farlo. E se non sei pronta, rispetto anche questo.»

Lizzie si alzò e attraversò la stanza. Il suo viso espressivo era segnato dalla preoccupazione. Amelia si costrinse a rimanere al suo posto, permettendo all'amica di elaborare da sola i propri sentimenti.

Alla fine, Lizzie si voltò e disse: «C'è stato... un uomo.»

Amelia trattenne il fiato. Lizzie era così dolce, così innocente, era difficile credere che si fosse lasciata coinvolgere in un attaccamento con qualcuno. Ma cercò di non far trasparire lo sgomento e annuì. «Capisco.»

«Viveva in paese» continuò Lizzie. «Sembrava così gentile. Ci incontrammo a una piccola soirée nella sala riunioni e mi chiese di ballare. Quando dissi che non mi piaceva ballare, mi portò a fare una passeggiata, e fu...»

«Molto romantico» disse Amelia quando Lizzie non sembrò capace di continuare.

Lizzie annuì. «Quando mi guardo indietro ora, suppongo di poter vedere che era parte di una trappola che stava preparando. Mi aveva studiato, credo, cercando di capire la mia personalità in modo da sapere come meglio s... sedurmi.»

Le guance di Lizzie avvamparono e Amelia si alzò, desiderando disperatamente confortarla. Ma rimase al suo posto e non le fece pressione, non ancora. «È questo che ha fatto?»

«Be', mi chiese di sposarlo. Hugh non c'era e io ero titubante. Sapevo che quest'uomo non aveva molti meriti, almeno agli occhi di mio fratello. E lui disse altrettanto, che il grande Duca di Brighthollow non lo avrebbe mai accettato o dato la possibilità di dimostrare il suo valore.»

Amelia corrugò la fronte. «Non sembra un uomo con a cuore il tuo interesse.»

«No. Ma ormai mi ero convinta di esserne innamorata. Da vera sciocca, a quanto pare. Mi convinse che se fossimo scappati, Hugh avrebbe dovuto acconsentire alla nostra unione e che un giorno avrebbe provato quanto valeva.»

«Oh, cielo» sospirò Amelia.

«Sono stata così sciocca.» Lizzie strinse le mani a pugno lungo i fianchi. «Avevo sedici anni e desideravo così tanto essere amata che ho accettato. Mi convinsi che mi avrebbe amato e che Hugh un giorno avrebbe capito.»

«Sei scappata con lui?» ansimò Amelia, pensando a Hugh e al

suo profondo amore per la sorella. Doveva esserne stato terrorizzato quando lo aveva scoperto.

«Sì, mi aspettavo che ci saremmo sposati di lì a poche ore dopo per fare le cose come si doveva, o almeno per ridurre lo scandalo. Ma non fu così. Passavano le ore e lui cominciò a parlarmi della Scozia, di Gretna Green.»

«A quattro giorni da qui?» chiese Amelia restando a bocca aperta per lo sgomento.

«Sì. Ero inorridita, perché sapevo cosa avrebbe detto la gente se avesse scoperto che avevo passato tre notti da sola con quell'uomo prima di sposarlo. Ma lui insistette che era la cosa migliore.»

«Ed era troppo tardi per scappare» disse Amelia.

Un cenno del capo fu la sua risposta. «Me ne rendevo conto sempre di più. La prima notte che ci fermammo lungo la strada, mi baciò e basta. A me... piacque abbastanza, credo. Lo fece con prepotenza e non sembrava preoccuparsi del fatto che non sapessi cosa stavo facendo.» Rabbrividì. «La seconda notte che ci fermammo, mi disse che eravamo praticamente già sposati. Che lo saremmo stati presto. Mi convinse a...»

Il volto di Lizzie era quasi viola per l'umiliazione a quel punto, e Amelia le prese la mano alla fine. «Capisco. Capisco quello che hai fatto.»

«Avevo idee così romantiche» sospirò Lizzie dopo essersi ricomposta abbastanza per parlare. «Non fu crudele, ma non mi piacque. E quando ebbe finito, non volle nemmeno abbracciarmi.»

Amelia chiuse gli occhi, ripensando alla sua prima notte di nozze. A quanto era stato gentile Hugh, a quanto era stato generoso e premuroso. E a come era stato sempre così da allora. Quello che avevano condiviso nel loro letto non era squallido, non era crudele. Li aveva uniti fisicamente e l'aveva aiutata a vederlo come qualcosa di più di un orco che le aveva rubato la vita che pensava di volere.

E Lizzie non aveva sperimentato la stessa premura. Amelia non aveva mai odiato nessuno così tanto, nonostante non conoscesse l'identità di quell'uomo.

«Mi dispiace tanto» sussurrò Amelia.

«Sapevo di aver fatto la cosa sbagliata e volevo tanto che Hugh venisse.» Lizzie si coprì il viso. «Ma non potevo andarmene. Avevo ceduto la mia innocenza, *dovevo* sposarlo. La terza notte si fermò poco prima del confine della Scozia. E poi... Hugh arrivò. Giunse come un prode cavaliere, e non so cosa fece alla fine per far sparire quell'uomo, ma ci riuscì. E mi riportò a casa.»

Gli occhi di Amelia si riempirono di lacrime, non solo per quello che Lizzie aveva passato e per come l'aveva cambiata, ma anche per Hugh. Sapeva, sia dopo averlo osservato che dalle loro conversazioni, quanto la sorella fosse importante per lui. Gli si doveva essere spezzato il cuore a sapere quello che aveva passato Lizzie. Questo di certo spiegava quanto era protettivo nei suoi confronti.

«Fu così gentile» confidò Lizzie. «Avrebbe potuto inveire contro di me per tutta la strada di casa, perché me lo meritavo dopo i guai che avevo causato. Volevo quasi che lo facesse. Ma non lo fece mai. Nemmeno una volta. Mi confortò e mi lasciò lo spazio per piangere ed elaborare quello che avevo fatto. Quando cercai di scusarmi, non volle ascoltarmi, anche se in cuor mio so che deve aver sacrificato molto denaro per proteggermi.»

«Ma in fondo, so che non ti aspetteresti niente di meno da lui» disse Amelia. «È Hugh, dopo tutto.»

«Sì, è fatto così. Così ora sai perché sono così contraria a fare il mio debutto. E Londra mi terrorizza. E se quell'uomo fosse lì? O se ci fosse un altro come lui e io fossi di nuovo così sciocca? O se la gente scoprisse quello che ho fatto?»

«Oh, tesoro, ascoltati» disse Amelia con dolcezza, per fermare l'isteria crescente nella voce di Lizzie. «E se, e se, e se... Potresti sfinirti a pensare al peggio. *E se* invece ti succedesse qualcosa di meraviglioso?»

«Non riesco nemmeno più a immaginare qualcosa di meraviglioso» sussurrò Lizzie.

Amelia si asciugò una lacrima, ferita dall'idea che questa dolce, adorabile ragazza fosse così traumatizzata che nella sua immaginazione potevano esistere solo futuri orribili. Lei e Hugh avrebbero dovuto lavorarci insieme, riaccompagnarla nel mondo e proteggerla mentre riacquistava fiducia in se stessa.

Sbatté le palpebre. Insieme. Era così facile vederli come una cosa sola adesso. Due metà di un tutto, con gli stessi desideri e obiettivi.

Scacciò quei pensieri. «Se non riesci a immaginartelo, lascia che lo faccia io» disse. «*E se* ti facessi dei nuovi amici? I membri del club di Hugh si sono sposati e le loro mogli sono le donne più dolci e meravigliose che abbia mai incontrato. Ti assicuro che ti accoglieranno a braccia aperte.»

Lizzie si agitò. «Non ci avevo pensato. Conosco Meg e Charlotte. Erano sempre così gentili con me quando ero piccola.»

«Non c'è da stupirsene» disse Amelia. «Sono entrambe divine. E le altre sono altrettanto buone e accoglienti. Saranno il tuo riferimento, e sono sicura che incontrerai molti altri amici insieme a loro.»

Il volto di Lizzie si era notevolmente illuminato, e annuì. «Be', non sembra male.»

Amelia lo prese come un incoraggiamento e continuò: «E se incontrassi un uomo delizioso?» Lizzie trattenne il fiato, e Amelia alzò una mano per calmarla. «Non sto parlando di questa stagione o della prossima. Sei giovane e dovresti divertirti prima di sistemarti in quello che sarà il tuo futuro, qualunque esso sia. Ma sto parlando di tra qualche anno. E se incontrassi un uomo bello e gentile, che ti sfida nel modo migliore e ti fa sentire... sentire...»

Si interruppe, perché si rese conto che stava parlando di Hugh.

«Amelia, come mi farà sentire?» chiese Lizzie, riportandola al presente.

Amelia la fissò e poi le parole le uscirono di bocca. «Come se fossi a casa. A casa ovunque tu sia con lui.»

Lizzie sbatté le palpebre. «Può esistere un uomo simile?»

«So che c'è» disse Amelia. «So che c'è per te.»

«Vorrei esserne così convinta» disse Lizzie.

«Devi solo fidarti di me» rispose Amelia, ancora sconvolta dalla profondità dei sentimenti che questa conversazione aveva rivelato. «Un'ultima cosa da considerare, mia cara. *E se* il tuo futuro non fosse scritto nella pietra, a meno che tu non scelga di rinchiuderti qui per sempre come penitenza per quello che ti ha fatto un bastardo senza cuore?»

Lizzie la fissò visibilmente scioccata. «Non ci avevo pensato in questo modo. Hugh non mi ha mai spinto a farlo.»

«Certo che no. Ti protegge. Non ti costringerà mai a fare qualcosa che non vuoi fare. Nemmeno io lo farò, ma voglio che ci pensi. Vieni con noi. Goditi la fine della stagione, non in modo eclatante, ma in piccolo. È un primo passo, non devi fare ancora nessuno degli altri.»

«Un primo passo» ripeté Lizzie. «Suppongo che non sia così terrificante come quando penso a tutto ciò che viene dopo quel primo passo.»

«E io sarò sempre con te» le ricordò Amelia.

Lizzie giunse le mani. «Ci penserò per un'ora o due. E poi ti farò sapere.»

«Bene» disse Amelia, chinandosi in avanti per premerle un bacio sulla guancia. «Qualsiasi cosa tu decida, io ti sosterrò.»

Lizzie afferrò le mani di Amelia quando fu sul punto di allontanarsi, e aveva gli occhi lucidi di lacrime. «Sono così felice che tu abbia sposato mio fratello. Sono così felice che tu sia mia sorella ora e per sempre.»

Amelia sentì un nodo in gola. Non aveva mai avuto una vera famiglia, ed era stata una cosa che l'aveva fatta soffrire. Ma ora, mentre asciugava una lacrima dalla guancia di Lizzie, si sentiva esattamente come le aveva detto. Come se fosse a casa.

E non era qualcosa che avrebbe potuto trovare se avesse sposato Aaron Walters come aveva pensato di volere un tempo.

«Anch'io sono contenta» disse.

Lizzie le strinse la mano e uscì dalla stanza. Amelia rimase sola per un momento, poi si affrettò ad uscire dalla biblioteca e a percorrere i lunghi e tortuosi corridoi che portavano allo studio di Hugh.

In quel momento aveva bisogno di vederlo. Toccarlo. Confortarlo e lasciarsi confortare.

Aprì la porta senza bussare e lo trovò seduto alla sua grande scrivania di mogano. Aveva una penna d'oca in mano ed era chino su un libro mastro, intento a spuntare caselle in un mare apparentemente infinito di colonne. Aveva uno sguardo molto concentrato e la bocca abbassata in un cipiglio severo.

Amelia si bloccò a quella vista. Aveva sorriso così poco quando lo aveva incontrato la prima volta, che era stato facile considerarlo malvagio. Freddo e calcolatore. Ma ora lo capiva meglio. L'uomo che aveva sposato era una persona seria, sì. Un passato in cui era stato costretto a nascondere ogni imperfezione e una gioventù rubata da improvvise responsabilità lo avevano fatto diventare così.

Ma questo lo rendeva solo più forte. Ne aveva passate tante e ne era uscito il tipo di uomo che avrebbe fatto qualsiasi cosa per coloro che amava. E siccome non sorrideva spesso, quando lei riusciva a far nascere un sorriso sulle sue labbra, lo rendeva un trionfo ancora più grande.

Vide la vita che le si prospettava in un istante. Una vita in cui non le sarebbe mai mancato nulla, grazie a quest'uomo. Una vita in cui la sua missione sarebbe stata quella di rendere i suoi giorni e le sue notti più facili. Di amare coloro che amava con la sua stessa ferocia.

E aveva l'aria di essere il paradiso.

«Sei venuta a guardarmi o a parlare?» disse lui, alzando lo sguardo dal libro mastro con uno di quei sorrisi rari e maliziosi.

Amelia rise un po' e poi mise la mano dietro per chiudere la porta. «Mi sono distratta a guardare, lo ammetto. C'è molto da guardare.»

Lui inarcò un sopracciglio e lentamente si alzò dalla scrivania, seguendo ogni suo movimento mentre lei gli andava incontro. «Mi piace dove vuoi arrivare» disse Hugh.

Lei lo raggiunse, e lo guardò dritto nei suoi occhi scuri. Vide il dolore che portava sempre con sé e capì ancora di più gli accadimenti della giornata. Lasciò uscire il fiato in un sospiro tremolante e poi gli avvolse le braccia intorno, tenendolo stretto mentre gli accarezzava la schiena con gentilezza.

Hugh le avvolse le braccia intorno dopo un attimo di esitazione e le appoggiò il mento in cima alla testa. Per un attimo rimasero così, legati in un modo nuovo.

«Non che mi lamenti» le disse, con la voce attutita dai suoi capelli. «Ma cos'ha portato a questo?»

Amelia si scostò leggermente e lo guardò ancora una volta. «So di Lizzie, Hugh. So tutto.»

CAPITOLO DICIOTTO

Hugh si staccò dall'abbraccio caldo e confortante di Amelia e barcollò indietro inorridito. «Cosa?»

Sua moglie spalancò gli occhi confusa alla sua energica reazione. «Va tutto bene, Hugh, non la giudico per questo, e nemmeno te.»

La fissò. Non lo giudicava? Come poteva essere possibile dopo che lui l'aveva ingannata proprio su questo punto?

E poi se ne rese conto. Lizzie poteva averle detto qualcosa su quello che le era successo...

Ma non aveva confidato ad Amelia il nome del suo traditore.

«Ti ha detto di *lui*» sussurrò, la sua voce aveva un suono aspro nella stanza silenziosa.

«Sì. Oh, Hugh, non ho mai odiato così tanto un'altra persona in vita mia. Tua sorella è così dolce e così innocente... che qualche bastardo se ne approfitti per accedere alla sua fortuna è bestiale.»

Hugh annuì, era appena in grado di respirare. «S... sì» balbettò infine. «Non ti ha detto il suo nome?»

Amelia scosse la testa. «No, non l'ha fatto.»

Gli mancò il fiato. Erano settimane che mentiva a questa donna, a sua moglie, al suo amore. E non aveva mai voluto confessare quello che aveva fatto più che in questa occasione unica.

«Amelia» cominciò, tremando terrorizzato all'idea di come avrebbe reagito.

Lei gli afferrò la mano, e il suo calore gli filtrò nelle vene. «No, Hugh, non farlo. Non dirmelo.»

«Perché?»

«Perché il fatto che lei si fidi di me al punto di raccontarmi una storia così devastante significa molto per me. Un giorno potrebbe desiderare di dirmi ancora più dettagli, e io sarò disponibile ad ascoltarli. Ma alla fine, è la sua storia e la deve condividere lei, non sta a me indagare o a te rivelarla in suo nome.»

Hugh si agitò. Amelia aveva ragione per un verso. Per un altro, lui sapeva molto più di lei. Se glielo avesse detto ora, avrebbe potuto distruggerli. Ma temeva che se avesse aspettato che la verità venisse fuori in un giorno lontano, avrebbe avuto la garanzia che ne sarebbe stata distrutta.

«Per favore» ripeté. «Vedo quanto vuoi dirmelo, ma aspetta. Aspetta un po' e vediamo come si comporta. Non sono venuta qui per parlare della sua esperienza, ma della tua. Devi essere stato devastato.»

Lui annuì di scatto. «Sì» sussurrò, ripensando a quell'orribile giorno in cui aveva scoperto che Lizzie era scappata con un bastardo di prima categoria. «Ero disperato.»

«Mi ha detto che l'hai inseguita e salvata come un prode cavaliere.» gli confidò sorridendo.

Hugh scosse la testa. «Non abbastanza presto.»

Lei gli strinse più forte la mano. «Sì, mi ha detto anche questa parte. Non sopporto che sia stata usata in quel modo.»

Hugh chiuse gli occhi, evocando l'immagine di Lizzie quando aveva fatto irruzione nel cottage lungo la strada. La sua espressione dagli occhi vitrei, la sua tristezza per essere stata compromessa, era così evidente. Così dolorosa.

«Volevo farlo a pezzi» ringhiò con rabbia rinnovata. «Volevo distruggerlo e farne poltiglia. Ma non ci sono riuscito.»

«Suppongo che avesse detto ad altri del suo piano. Se fosse

morto, avrebbero fatto in modo che tutti sapessero *perché* lo avevi fatto a pezzi» disse Amelia sottovoce.

Hugh la guardò. Lei lo fissava con tale comprensione. Non se la meritava. Neanche un po'. Eppure Amelia dava così generosamente. Lo aveva fatto fin dall'inizio. Il suo corpo, il suo spirito gentile, la sua luce nella sua oscurità.

«Sì» le confermò con voce strozzata. «Se c'è una cosa che quell'uomo sa fare, è proteggersi. Se mi fossi scagliato su di lui, avrebbe fatto in modo che tutti sapessero che mia sorella era stata compromessa. Se gli avessi fatto del male, altrettanto. L'unica via d'uscita era pagarlo. Un pagamento orribile, osceno, che poi gli permise di dare l'impressione di appartenere alla buona società. E io non potevo fare niente.» Abbassò la testa. «Mi odio per tutto questo e per le conseguenze che ha portato.»

Lei gli prese di nuovo la mano, lo abbracciò in vita e gli appoggiò la testa sul petto. «Hai sofferto, lo vedo. E presumo da solo.»

Lui annuì. «Non c'era modo di spiegare il mio turbamento senza rivelare il segreto di Lizzie. Non potevo dirlo a nessuno. Solo di recente ho detto qualcosa a Lucas e Diana.»

Amelia lo abbracciò più forte. «E ora a me.»

Lui le accarezzò i lunghi capelli setosi, e la sensazione lo calmò un po'. «Sì» sussurrò. «E ora a te.»

Lei alzò il viso per guardarlo negli occhi. «Hugh, guardami. Sei un buon fratello. Lizzie è fortunata ad averti.»

«Avevo un solo compito in questo mondo ed era quello di proteggerla. Ho fallito.»

«*Questo* è tuo padre che parla» gli disse lei, il suo sguardo dolce e pieno di compassione e comprensione. «Non c'è solo una strada per arrivare al successo. Lizzie è viva. È qui con te, non sposata con qualche crudele bastardo che la userebbe. E ha ancora un futuro davanti a sé. *Non* hai fallito. Quello che è successo non è stata colpa tua.»

Si alzò sulla punta dei piedi e lui incontrò le sue labbra a metà strada. Gli diede un bacio gentile, come se lui fosse delicato o avesse bisogno della *sua* protezione. E ne aveva bisogno in effetti. In quel momento sembrava che questa donna meravigliosa fosse tutto ciò che lo teneva in piedi. Così la lasciò fare, aggrappandosi a lei, mentre tutte quelle vecchie paure e sofferenze lo travolgevano e lo laceravano in mille pezzi.

Alla fine Amelia si staccò e gli sorrise. E ancora una volta, lui seppe che doveva dirle la verità. Quando gli offriva una tale tregua, mentire non sarebbe stato giusto.

«Amelia» cominciò, tenendola più vicina per imprimersi nella memoria com'erano le sue braccia se la confessione l'avesse fatta fuggire.

«Sì?»

«Devo dirti...»

Non poté finire la frase. Prima di riuscirci la porta dello studio si aprì ed entrò Lizzie. Arrossì quando li vide abbracciati e si voltò con un gridolino. «Oh, mi spiace tanto» disse, abbassando lo sguardo. «Mi spiace tanto.»

Amelia si estrasse delicatamente dal suo abbraccio e le andò incontro. «Non c'è bisogno di scusarsi, mia cara. Tuo fratello ed io stavamo solo parlando. Cosa c'è?»

«So di aver detto che avevo bisogno di un'ora o due per considerare quello che hai detto» cominciò Lizzie, alzando finalmente lo sguardo su Amelia. «Ma sono giunta a una decisione.»

«Una decisione?» ripeté lui. «Cosa dovevi decidere?»

Amelia si voltò verso di lui con un sorriso radioso. «Lizzie e io prima stavamo parlando del fatto che domani potrebbe tornare a Londra con noi, invece di restare qui.»

Hugh non riuscì a controllare lo shock che gli si poteva leggere in viso. Lizzie era stata irremovibile sul fatto di non voler avere nulla a che fare con un futuro che includesse Londra. Niente di quello che le aveva detto l'aveva smossa dalla sua posizione, e alla fine ci aveva rinunciato, sperando che il tempo l'avrebbe ammorbidita.

Invece, erano bastati dieci giorni in compagnia di Amelia per riuscirci. Sembrava che avesse portato la luce nelle loro vite.

«Sì» disse Lizzie, guardandolo attentamente. «Mi rendo conto di essere stata reticente.»

Lui annuì. «Sì, anche se non ti ho mai giudicata per questo.»

«Certo che no. Sei Hugh.» Si scambiò un'occhiata con Amelia come se fosse una battuta che conoscevano solo loro due, e sua moglie la ricambiò sorridendo. «Ma mi rendo anche conto di quanto ti preoccupi che io non vada. Quindi...» Fece un bel respiro. «Credo che vi accompagnerò.»

Amelia si precipitò in avanti e abbracciò la sorella esultando: «Oh, è meraviglioso, tesoro! Sono così felice che tu venga con noi. Ci divertiremo moltissimo insieme.»

Hugh vide l'esitazione di Lizzie, ma anche la sua determinazione a superare le sue paure. Aveva molta più forza di quanto credesse. Poteva solo sperare che un giorno se ne sarebbe accorta.

«Andrò a dare inizio ai preparativi» disse Amelia, «e manderò avanti un messaggio, in modo che trovi pronta la tua camera a Londra.» Guardò fratello e sorella con un sorriso luminoso. «Sono così felice.»

Si precipitò fuori dalla stanza per chiamare Masters mentre la sua voce si perdeva nel corridoio. Hugh sorrise a Lizzie ora che erano soli.

«*Sei* felice?» le chiese. «Non lo stai facendo solo per compiacere Amelia o per compiacere me, vero?»

Lizzie sospirò. «Voler compiacere Amelia è diventato uno sprone molto importante per me.»

Valeva anche per lui, anche se forse in modi molto diversi. «Ma?»

«Ma so che è il momento» continuò Lizzie scrollando le spalle. «E Amelia ha detto alcune cose che mi hanno aiutato a capire che non posso vivere la mia vita nella paura, no?»

«No, non vorrei che lo facessi» disse. «Dice che le hai raccontato di... di Walters.»

Lizzie abbassò lo sguardo prima di annuire lentamente. «Sì. Spero che tu non sia arrabbiato. È solo che la sento così vicina, ed è stato così bello poterlo dire a un'amica... a una sorella. Soprattutto perché è stata molto gentile in proposito.»

«Non potrei mai arrabbiarmi con te su questo, Lizzie. Come Amelia mi ha detto prima, è la tua storia e la puoi raccontare o non raccontare come meglio credi. Il fatto che ti piaccia mia moglie, e che ti fidi di lei abbastanza da raccontargliela, mi scalda il cuore. Mi fa pensare che la nostra famiglia potrebbe essere più forte che mai ora che Amelia ne fa parte.»

Lizzie annuì rapidamente. «Oh sì, la penso come te. La adoro, Hugh. E non solo perché è gentile e divertente e molto intelligente. Mi piace per quello che vedo in te quando siete insieme.»

«E cosa sarebbe?»

«È difficile da spiegare.» Lizzie cominciò a fare su e giù per la stanza. «È quasi come se ti venisse tolto un peso quando entra nella tua orbita. Sorridi di più e la guardi come se fosse la cosa più importante del mondo. Sei... *felice*.»

Lui piegò la testa. Era la descrizione più appropriata che avrebbe potuto trovare per descrivere come si sentiva quando guardava Amelia. «*Sono* felice» confermò. «Ho molto lavoro da fare. Ho... cose da dirle che potrebbero rovinare la nostra felicità, ma lo devo fare. Lo devo fare.»

«Cose?» chiese Lizzie preoccupata. «Tipo?»

Lui le picchiettò la mano. «Niente di cui preoccuparsi, te lo prometto. Ma voglio chiederti una cosa.»

Sua sorella annuì. «Qualsiasi cosa al mondo, lo sai.»

«Sì, lo so. Quando hai detto ad Amelia di Walters, non le hai detto il suo nome.»

Lizzie si irrigidì. «No. Detesto pronunciarlo. È come un veleno sulle mie labbra.»

Hugh si accigliò. «Mi dispiace, mi dispiace tanto. Ma... potresti non dirglielo?»

Lei corrugò la fronte. «Perché?»

Sospirò. Se avesse detto la verità a Lizzie, l'avrebbe ferita quasi quanto avrebbe ferito Amelia. E lui doveva dire la verità prima a sua moglie, in ogni caso. «Ti spiegherò un'altra volta. Per ora, ti prego solo di avere fiducia che sarà meglio se glielo dico io. Lo farò quando ci saremo sistemati a Londra. Ho molte cose da dire quando arriverà quel giorno.»

Lizzie sembrò considerare la richiesta per un momento, ma poi annuì. «Certo, Hugh. Se pensi che sia meglio, lascio a te il compito di dirle qualsiasi cosa tu ritenga importante. Non pretendo di capire, ma mi fido di te.»

Hugh esitò. Fidarsi di lui? Lizzie si era fidata e lui l'aveva delusa. Stava cominciando a pensare che anche Amelia potesse fidarsi di lui, e lui avrebbe dovuto dirle di tutte le bugie. Bugie che l'avrebbero straziata e che forse li avrebbero allontanati l'uno dall'altra.

Ma le doveva la verità. Sui suoi sentimenti, sul suo passato, e su tutto ciò che aveva nascosto nel tentativo di salvarsi. E quando tutte le carte fossero state scoperte, allora almeno avrebbe saputo di essere il tipo d'uomo che Amelia meritava.

CAPITOLO DICIANNOVE

Ad Amelia era sempre piaciuta Londra. Suo padre aveva insistito che trascorressero la maggior parte del tempo in città mentre lei cresceva, quindi le piaceva il trambusto, la gente e il rumore. Ma quando qualche giorno dopo imboccarono il viale della tenuta di Hugh, si sentì meno entusiasta di essere in città di quanto non lo sarebbe stata normalmente.

Non che il loro viaggio fosse stato sgradevole. Con Lizzie in carrozza, il loro trio ero stato davvero allegro. Le piaceva osservare Hugh interagire con sua sorella. La sua dolcezza e la sua pazienza glielo facevano immaginare nelle vesti di padre, e quell'idea la eccitava oltre misura, perché aveva sempre desiderato una famiglia numerosa.

Avevano fatto dei giochi, letto ad alta voce a vicenda e fatto delle belle chiacchierate. E di notte, nelle locande lungo la strada? Be', Hugh era stato felice di ricordarle quanto fosse bello anche stare da soli insieme.

Ma ripensò a Brighthollow e al tempo meraviglioso che aveva passato nella tenuta. Le cose sarebbero cambiate a Londra. Hugh avrebbe avuto delle faccende da sbrigare e anche lei. Quella bolla di privacy e contentezza era sparita, e lei avrebbe dovuto gestire il suo matrimonio in questo mondo più complicato.

Tuttavia, sorrise quando la carrozza si fermò. Hugh aiutò prima sua sorella e poi lei. Le tenne la mano un po' troppo a lungo mentre osservavano la bella facciata di mattoni del palazzo.

«Benvenuta a casa, Vostra Grazia» mormorò a bassa voce. «Spero che questo posto vi piacerà un po' di più ora di quando l'abbiamo lasciato.»

Lei sorrise, perché era come se le avesse letto nella mente intuendo le sue preoccupazioni. Il suo tono basso la tranquillizzò immediatamente. Era buffo come ci riuscisse.

«Mi piace già» lo rassicurò prendendolo a braccetto e stringendogli delicatamente il braccio. «Non vedo l'ora di vedere quali piaceri ci porterà Londra.»

Entrarono nell'atrio e lui si chinò per sussurrarle all'orecchio. «Anch'io.»

Mentre la lasciava andare, lasciò scivolare la mano lungo la sua schiena e le sfiorò il sedere. Quel tocco inappropriato e assolutamente inebriante la fece sobbalzare e lo guardò male. Accidenti a lui e ai suoi tentativi di seduzione. Ora riusciva a pensare solo a quella camera al piano di sopra, e al fatto che non poteva andare su e trascinarcelo finché non avesse finito con...

«Vostre Grazie e Lady Elizabeth!» salutò Murphy entusiasta mentre prendeva i cappotti e faceva cenno ai servitori di portarli via. «Che bello avervi a casa. Avete diversi messaggi, e la cena sarà pronta in meno di un'ora, se avete voglia di riposare.»

«Oh, avrei di certo bisogno di prendermi un attimo» disse Lizzie con una risata da ragazzina. «E non vedo l'ora di vedere la mia vecchia camera. È sempre la stessa, Murphy?»

Il maggiordomo le sorrise. «La stessa, milady. Non abbiamo osato muovere nulla nella speranza che tornaste presto.»

Lizzie s'illuminò in viso e batté le mani. In quel momento non c'erano dubbi sulla sua giovinezza, e Amelia sorrise. Le piaceva vedere la sorella di Hugh così brillante, eccitata e spensierata. Era questo che Amelia voleva per lei e avrebbe lottato per assicurarsi che l'avesse durante il loro periodo a Londra.

«Vai di sopra allora, Lizzie» disse Hugh. «Riprendi confidenza con la nostra casa.»

«Lo farò. E non farò tardi per la cena. Voglio pianificare ogni momento della nostra passeggiata nel parco di domani con Amelia.» Si protese in avanti e diede un bacio ad Amelia sulla guancia prima di salire le scale con passo esuberante, chiamando la cameriera.

«Stare qui sembra farle bene» pensò Amelia mentre Murphy si inchinava e li lasciava soli per un momento.

Hugh sorrise e le prese la guancia nel palmo. «Stare con te le fa bene. Grazie per essere così gentile con lei. E con me. Hai portato nuova vita a entrambi.»

Amelia restò a bocca aperta a quelle dolci parole e alla calda espressione sul bel viso di suo marito mentre le pronunciava. «È facile essere gentili con Lizzie» gli disse con un'alzata di spalle che smentiva quanto fosse importante quel momento per lei.

«Forse io sono più difficile, ma lo apprezzo comunque. Spero di meritarlo un giorno.» Abbassò la testa e accostò brevemente le labbra alle sue. Troppo brevemente. Poi si allontanò. «Murphy lascerà i miei messaggi nel mio studio, penso che mi prenderò il tempo prima di cena per esaminarli. I tuoi saranno probabilmente nella tua camera prima di scegliere una stanza da trasformare nel tuo studio personale. Ci vediamo più tardi.»

Lo guardò andare via, mentre il suo cuore pulsava un po' troppo veloce, un po' troppo forte. Le diceva cose che faticava ancora a sentire. Come faceva a sentirsi così attratta da quest'uomo quando aveva creduto veramente di essere innamorata di un altro poco più di un mese prima? Cosa diceva tutto questo di lei e della sua natura volubile?

«Forse dice solo che *pensavi di* volere la dolcezza di un ragazzo e in realtà avevi bisogno di qualcosa di molto diverso» mormorò mentre saliva le scale che conducevano alla loro camera e a quel poco di pace che sperava di trovarvi.

Ma sapeva che poteva non esserci affatto pace, perché le palpitava il cuore e probabilmente sarebbe stata tormentata da pensieri su suo marito fino a quando non si fossero incontrati di nuovo a cena.

A melia inalò a fondo l'aria pulita mentre passeggiava insieme a Lizzie nel parco il giorno dopo. Normalmente una boccata d'aria fresca le liberava la mente, ma oggi era distratta da pensieri di... be', di molte cose. Soprattutto di suo marito. Hugh era molto cambiato. Era una cosa che la colpiva ogni volta che passava un momento con lui. Era più gentile, più tenero, più dolce e molto più seducente.

Rabbrividiva pensando a come aveva fatto l'amore con lei la notte prima e poi l'aveva tenuta tra le braccia. Non avrebbe mai voluto andarsene.

«Hai ancora la testa tra le nuvole» ridacchiò Lizzie mentre seguivano la curva del sentiero.

Amelia si scrollò di dosso quei pensieri inquietanti. «È vero. Dev'essere il viaggio che mi fa vagare la mente.»

«Sei *sicura* che si tratti solo di questo?»

Amelia si voltò verso sua cognata facendo una risata forzata. «Certo, cos'altro potrebbe essere?»

«Niente a parte che continui a fantasticare su mio fratello giorno e notte.» Lizzie arrossì. «Forse sarei dovuta rimanere a Brighthollow per permettere a voi due di fare gli sposini.»

«Non essere sciocca. Siamo molto contenti che tu sia qui con noi.»

«È evidente che a te piace molto stare con lui.»

Amelia corrugò la fronte al tono incerto della voce di Lizzie. «Sì» disse, strascicando leggermente la parola. «È di buona compagnia.»

«Voglio dire che ti *piace stare con lui*» ripeté Lizzie, distogliendo lo sguardo.

Amelia sobbalzò per la sorpresa, perché capì finalmente il significato dietro quelle innocue parole. «Ah, capisco. Lizzie, anche se sarebbe decisamente inopportuno parlarti della mia... relazione privata con tuo fratello, penso che dovresti sapere che quello che condividiamo è qualcosa che puoi ancora avere. Spero che non giudicherai il tuo futuro da una brutta esperienza del tuo passato. Con l'uomo giusto tutto può essere... può essere... perfetto.»

Disse l'ultima parola in un sussurro, colpita da quanto fosse giusto quel termine. *Perfetta* era come avrebbe descritto la connessione fisica tra lei e Hugh. E mentre lui lasciava cadere i suoi muri e le mostrava sempre di più il suo vero io, anche il tempo che trascorrevano fuori dalla camera da letto stava avvicinandosi alla perfezione.

«Amelia, Lizzie!»

Le due donne si voltarono, e Amelia non poté fare a meno di sorridere. In cima alla collina c'erano Meg, la Duchessa di Crestwood, e Charlotte, la Duchessa di Donburrow. Si erano alzate da una coperta da picnic dove i loro figli piccoli stavano ancora giocando, e le stavano salutando con la mano.

«Mi hai detto che conosci sia Meg che Charlotte, vero?» chiese Amelia mentre iniziavano a salire la collina insieme.

Lizzie annuì con entusiasmo. «Oh, sì. Sono sorelle di duchi del Club del 1797, proprio come me. Sebbene fossero entrambe molto più grandi di me, mi hanno entrambe gentilmente inclusa nel loro circolo da bambina.»

Amelia sorrise. Non c'era da stupirsene, perché non riusciva a immaginare nessuna delle due donne che non fosse altro che gentile, indipendentemente dalla loro età. «Buon giorno, signore!» disse quando le raggiunsero.

Si abbracciarono a vicenda e Amelia rise quando entrambe le donne fecero i complimenti a Lizzie per come stava diventando alta e bella. Era chiaro che sua cognata avrebbe avuto paladine di altissimo livello in società, e questo la rendeva molto felice. Insieme avrebbero potuto renderle più facile la sua transizione.

«E guardate la sposa» disse Charlotte, prendendo Amelia per la mano. «La campagna ti ha fatto molto bene: sei praticamente raggiante.»

Amelia deglutì a fatica mentre Meg la esaminava più da vicino. «Hai un aspetto meraviglioso, Amelia. Mi chiedo *cosa* possa essere a renderti così felice.»

Risero benevolmente, e Amelia fece altrettanto, anche se le loro battute la fecero arrossire. Come la fecero arrossire i suoi stessi pensieri su Hugh, che ritornarono ancora più forti e confusi e disorientanti.

«Restate qui con noi» disse Meg, indicando la coperta. «Abbiamo tanto bisogno di fare due chiacchiere, Lizzie, non ti vediamo da un'eternità.»

Lizzie lanciò un'occhiata ad Amelia e, quando lei annuì, prese volentieri posto sulla coperta con le altre due. Amelia rimase in piedi, cercando di calmare i battiti accelerati del suo cuore inquieto.

«Avrei bisogno di un po' d'aria» disse. «Vado giusto fino alla riva del lago e ritorno. Ma poi mi metterò giù con voi e faremo una bella e lunga chiacchierata tutte insieme.»

Le tre donne alzarono lo sguardo e Amelia vide la preoccupazione dipinta su tutti i loro volti. Meg usò un tono gentile quando disse: «Certo. Viaggiare può essere piuttosto spossante. Prenditi un attimo, noi ti aspettiamo qui.»

Amelia strinse la spalla di Lizzie, poi si voltò e tornò sul sentiero. Appena oltre la salita successiva c'era la riva del lago, e lei seguì il sentiero fino a lì. Si fermò vicino all'acqua, respirando profondamente mentre cercava di controllare le sue emozioni turbolente.

Emozioni che le stavano crescendo dentro. E le dicevano una cosa e una cosa sola: che era innamorata di Hugh. Ed era un sentimento molto più profondo e potente di quello che aveva provato per Aaron Walters.

«Amelia?»

Rimase impietrita quando sentì pronunciare il suo nome dalla voce dello stesso uomo che le era appena venuto in mente. Si voltò e si trovò davanti Walters, che la guardava intensamente.

Restò a fissarlo, ancora incerta che non fosse solo una strana illusione evocata dalla sua mente errante. E anche presa alla sprovvista dalla sua apparizione. Era uguale a quando se n'era andata da casa sua appena due settimane prima. Teneva un cappello in mano, ma non aveva un solo capello fuori posto. I suoi occhi luminosi erano gli stessi. Era ancora alto e assolutamente bello.

Ma quando lo guardò… non sentì niente. Ora le sembrava un ragazzo, un giovanotto agitato che le lanciava occhiate di sbieco. Non come Hugh, che aveva sempre sostenuto il suo sguardo. Che le aveva sempre dato un'impressione di sicurezza.

«S… Signor Walters» balbettò alla fine quando si rese conto che non aveva ancora risposto al suo saluto. «Che sorpresa vedervi qui.»

Il timido sorriso che aveva avuto in volto svanì e improntò la mascella a un'espressione più dura. «*Signor Walters*» ripeté. «È così che ti costringere a chiamarmi?»

Il suo tono velenoso non avrebbe dovuto sorprenderla. Dopo tutto, suo marito aveva distrutto le speranze di Aaron settimane prima, ed era convinto che fosse stato fatto solo per ferirlo. Eppure, sentire quell'astio le fece drizzare le antenne e le fece venire voglia di difendere Hugh.

«No» rispose. «Credo semplicemente che sarebbe inopportuno chiamarvi per nome e darvi del tu adesso. Sarebbe troppo familiare.»

Walters incrociò le braccia. «Molto bene, *Vostra Grazia*.»

Continuò a fissarla senza battere ciglio, e lei si agitò sempre più a disagio. Cosa le aveva detto Hugh all'inizio? Che Aaron non era una brava persona? Da allora non aveva mai insistito per fargli altre domande su quell'argomento. Dapprima perché era stata determinata a non credergli. Poi perché era stata separata da Walters. Non le era sembrato il caso di scoprire perché non piaceva a suo marito nel momento in cui stava cercando di trarre il meglio dalla situazione.

In quel momento avrebbe voluto saperlo. Rimpianse di non aver insistito.

«Avete un bell'aspetto» disse lei, lanciando uno sguardo verso la collina alle spalle di Walters dove Charlotte e Meg chiacchieravano con Lizzie. Se avesse avuto bisogno di aiuto, l'avrebbero sentita gridare? E perché di punto in bianco sentiva di dover conoscere quella risposta?

Walters abbassò lo sguardo e strinse le labbra. «Cerco di sopravvivere. Sono fatto così.» Amelia si accigliò a quella strana frase, e il cipiglio si fece più profondo quando le si avvicinò. Ammorbidì il viso e la voce, e ritornò l'aria da ragazzino, come se fosse una leva che poteva alzare e abbassare. «Devi essere infelice.»

Amelia fu ancora una volta indispettita dalla sua familiarità e da come provava a costringerla a parlare male di Hugh. Forse lo intendeva come una forma di conforto, forse era infelice e voleva commiserarsi. Ma lei non aveva alcun desiderio di partecipare. Non ora che era in grado di ammettere a se stessa di essersi innamorata di suo marito.

«No» ribatté lei, cercando di parlare con tono gentile ma fermo. «Non sono infelice. Certo, non abbiamo avuto un inizio ideale, ma non soffro di infelicità. Se vi siete preoccupato per me durante il periodo in cui sono stata via, non dovete preoccuparvi ulteriormente da questo punto di vista.»

Lui alzò le sopracciglia. «Capisco.» Ancora una volta l'aria da ragazzino fu sostituita da un'espressione più cupa. Rabbia. Livore. Ma non dolore. «Questo significa che non mi hai mai amato, *Amelia*?» Calcò la voce sul suo nome di battesimo, e all'improvviso le sembrò un insulto.

Fece un passo indietro. «Parlarne farà solo male a entrambi, signor Walters.» La sua guancia si contrasse e lei sospirò. «Aaron. Qualunque cosa ci fosse nel nostro passato, ora è finita. Dobbiamo adattarci e andare avanti. Sono certa che saremo entrambi molto felici. Ora penso di dover andare. Buona giornata.»

Si girò per allontanarsi, ma con suo grande sgomento lui le afferrò il braccio. Le affondò le dita nella carne e la fece girare verso di sé, attirandola più vicino.

«Ti convincerà che ti ama» sibilò, con la bava alla bocca. «Ma ti scarterà. È *questo* il suo gioco. Cerca di essere abbastanza intelligente da non cascarci.»

Amelia si liberò il braccio con uno strattone e sollevò la mano per massaggiare i segni rossi che le aveva lasciato sulla pelle. «Restate al vostro posto, signore» disse. «Buona giornata.»

Se ne andò di gran lena, e questa volta le permise di ritirarsi, ma le erano salite le lacrime agli occhi alle sue parole. Erano così fredde, così crudeli e... e riflettevano le sue stesse paure. E se l'attenzione di Hugh nei suoi confronti *fosse* qualcosa di fugace? Lui non le aveva dichiarato alcun sentimento profondo, non l'aveva mai nemmeno accennato. Quindi, anche se lo amava, alla fine poteva non esserci un futuro.

Cominciò a risalire la collina per raggiungere le altre, ma in quell'istante vide Lizzie in piedi a pochi passi da lei. L'incontro con Aaron l'aveva sconvolta così tanto che non aveva nemmeno notato Lizzie venirle incontro per la discesa.

Si trovò a studiare il volto di Lizzie. Era pallido, le tremavano le labbra e le mani lungo i fianchi mentre guardava dritto davanti a sé. Amelia sentì un nodo allo stomaco. Sperava che Lizzie non avesse visto la sua interazione con Aaron e non avesse frainteso la situazione. Sarebbe stato difficile spiegarlo a sua cognata, e Hugh non sarebbe stato certo contento se avesse saputo che aveva incontrato il suo ex fidanzato.

«Lizzie» le disse avvicinandosi. «Non ti ho vista arrivare.»

Lizzie non la guardò nemmeno, ma continuò a fissare il punto in cui Amelia e Aaron si erano fermati a parlare. Amelia si diede un'occhiata alle spalle, ma Aaron se n'era andato.

«Lizzie?» ripeté. «Cosa c'è?»

Lizzie finalmente la guardò a occhi spalancati con un'espressione sconvolta. Aveva gli occhi pieni di lacrime. «Perché?» chiese. «Perché hai parlato con lui?»

Amelia deglutì a fatica e cercò di rimanere calma di fronte al profondo turbamento di Lizzie. «Qualsiasi cosa pensi di aver visto, non è quello che pensi» cominciò, sperando di convincere la giovane prima che il momento degenerasse in qualcosa di peggio.

«Hugh ha detto che non sapevi chi fosse» disse Lizzie, apparentemente indifferente alle sue parole. «Ha detto di non dirti il suo nome. Ma tu lo sai, è ovvio che lo sai.»

Amelia sbatté le palpebre mentre il suo terrore veniva sostituito dalla confusione. «Non... non capisco, Lizzie. Di cosa stai parlando?»

Lizzie le afferrò le mani e le lacrime che le avevano scintillato negli occhi cominciarono a scorrerle lungo le guance. «Quello è l'uomo che mi ha sedotto» disse con voce strozzata.

Amelia rimase a bocca aperta per lo sgomento. «Cosa? No, devi esserti sbagliata. Forse assomigliava solo a quell'altro uomo.»

«Riconoscerei Aaron Walters lontano un miglio» singhiozzò Lizzie. «Si è preso la mia innocenza e non volevo più vederlo.»

CAPITOLO VENTI

Hugh alzò un bicchiere in segno di saluto verso Diana e Lucas mentre se ne stavano nel loro salotto. Una volta che tutti ebbero bevuto un sorso, Diana gli sorrise. Un sorriso malizioso.

«Sembri molto felice» disse rivolgendo uno sguardo sornione a Lucas.

Hugh mise da parte il suo bicchiere scuotendo la testa. «Ah, si nota così tanto? Sì, sono felice. Non contento, ma felice.»

«Non contento?» ripeté Lucas. «Perché?»

Hugh emise un lungo respiro. Questa sarebbe stata la prima volta che avrebbe detto quelle parole ad alta voce e farlo sembrava richiedere coraggio. Ma era comunque un buon esercizio per i suoi piani per dopo.

«Mi sono... innamorato di Amelia» disse. Le parole risuonarono nell'aria e gli sembrarono più vere e perfette che nella sua stessa mente.

Diana giunse le mani e poi si girò verso Lucas sul divano dov'erano seduti insieme. «Oh, è proprio come ti avevo detto. Non è vero? Non è vero?»

Lucas rise e le posò una mano sul ginocchio. «Non ne ho mai dubitato: sei dieci volte più intelligente di me.» Rivolse la sua attenzione a Hugh. «Innamorato, eh? Non posso dire di non essere felice che sia accaduto. Sembra una donna adorabile e tu la renderai molto felice.»

A quel punto, il sorriso di Hugh si affievolì e la gioia che aveva provato a confessare i suoi sentimenti svanì. «Questa è la parte che mi impedisce di essere contento.»

«Non sai cosa prova Amelia?» chiese Diana dolcemente.

Lui scosse la testa. «No, non lo so. Siamo legati, questo è vero. C'è molto tra noi che mi fa pensare che possa volermi bene. Ma quando l'ho costretta a sposarmi, si credeva innamorata di un altro.»

Lucas annuì. «Posso immaginare che possa pesare sul cuore di un uomo.»

Hugh sospirò. «Peggio ancora, lei non ha idea di quello che ho fatto per assicurare il nostro matrimonio. Le bugie che ho detto. Né sa del legame tra Walters e mia sorella.»

Diana schiuse le labbra. «Non gliel'hai detto?»

«All'inizio non l'ho fatto perché sapevo che non mi avrebbe creduto» spiegò. «Era determinata a pensare il peggio di me. E io non mi fidavo di lei. I segreti di Lizzie sono così delicati che non potevo dirlo a una sconosciuta, nemmeno a una che condivideva il mio letto, il mio nome e il mio titolo. Man mano che iniziavo a conoscerla meglio, a tenerci di più a lei, io... ho avuto... paura. *Ho paura.*»

«Che la perderai» disse Lucas.

Hugh annuì. «Sì. Più aspetto, più temo che succeda. Lizzie ha persino confessato il suo passato ad Amelia, che è diventata la paladina di mia sorella, ma non sono stato capace di dirle che *Walters* è l'uomo che lei disprezza così profondamente. Ora che siamo tornati a Londra, intendo farlo.»

Diana buttò fuori il fiato. «Dovresti. E più prima che poi. Potrebbe non essere contenta di quello che le hai nascosto e delle bugie che hai detto, ma sarà meglio che scoprire la verità in qualche altro modo.»

Hugh piegò la testa. «Mi immagino la sua reazione e mi fa venire i brividi.»

Lucas allungò la mano e intrecciò le dita con quelle di Diana. Guardò Hugh dritto negli occhi. «Potrebbe reagire male, è vero. Credo anche che sia giustificato. Ma almeno le avrai confessato i tuoi sentimenti insieme alla verità. È tua moglie, Brighthollow. Avrai tutta la vita per farti perdonare.»

«È il mio piano» sospirò Hugh. «Riconquistare la sua fiducia e guadagnare il suo amore ogni giorno per il resto dei miei giorni.»

«Be', se la ami, ne varrà la pena» disse Lucas. «Sembra che tu l'abbia già capito, però.»

Hugh ripensò alle ultime due settimane con sua moglie. A com'era entrata con tanta naturalezza nella sua vita, cambiandolo in meglio con ogni tocco, parola e azione. Sapeva che aveva bisogno di Amelia nella sua vita tanto quanto aveva bisogno di mangiare o di respirare.

«In ogni caso, questo mi porta a un argomento molto meno piacevole. Hai mandato a dire che volevi vedermi a proposito di Aaron Walters.»

L'espressione di Lucas si indurì, lasciò la mano di Diana e si alzò in piedi allontanandosi da entrambi. «Sì. Ho passato il tempo trascorso da quando vi siete sposati e avete lasciato la città a indagare su quest'uomo. Ho ancora dei contatti al Dipartimento della Guerra, e Diana è stata di grande aiuto.»

Hugh la ringraziò con lo sguardo. Era una cosa davvero meravigliosa che i suoi amici fossero anche ottimi partner. Desiderava trovare un modo per condividere la stessa fiducia e la stessa sintonia con Amelia, un giorno.

«Avete scoperto qualcosa?» chiese.

Lucas strinse la mascella. «Temo che sia coinvolto in molte faccende. Ho seguito delle piste che lo collegano a rapine e a trasferimenti di denaro da un debito inesigibile all'altro per non finire in prigione. Ma è furbo: quelle piste lo implicano, ma potrebbero non essere sufficienti a farlo condannare. Ho scavato più a fondo e... ho trovato qualcosa che potrebbe essere utile in quel senso.»

Hugh fissò scioccato i suoi amici. Aveva considerato Walters solo un bastardo mercenario con una sfilza di pessimi amici. Ma tutto questo era molto più grave. «Cosa sarebbe?»

Diana si protese in avanti. «Walters non ha sempre usato quel nome» disse. «Tre anni fa si chiamava Stephen Monroe e viveva in una baracca nel West End. Era noto per essere un baro a carte. Per i suoi borseggi.»

«E pensi che questo potrebbe farlo finire in prigione?» chiese Hugh.

«No.» La voce di Diana tremò. «Aveva sposato una ragazza di rango superiore al suo. Probabilmente l'aveva sedotta come ha fatto con tua sorella, come ha fatto con Amelia. L'aveva scelta perché era vulnerabile, voleva amore, e lui si era trasformato in ciò che desiderava. Quando si sposarono, fu chiaro che la giovane aveva meno soldi di quanto si era immaginato.»

Hugh strinse i denti. «Bigamia allora, sarebbe questa l'accusa? Visto che intendeva sposare mia sorella e Amelia quando era ancora sposato?»

«Non era ancora sposato» disse Lucas. «Ha ucciso la sua prima moglie.»

Hugh si alzò in piedi di scatto e barcollò all'indietro inorridito. «Ucciso?»

«Calmo.» Diana si alzò in piedi e gli prese la mano. «Sì, ci sono molte prove che l'abbia uccisa lui quando non gli è stata più utile. Stava per essere arrestato quando è scomparso. Poco dopo è diventato Walters.»

A Hugh si rivoltò lo stomaco al pensiero di sua sorella da sola con quel bastardo per giorni, in un pericolo ancora più mortale di quanto lui stesso avesse creduto. E Amelia... Amelia che aveva pensato di sposare quell'uomo. Alla fine avrebbe fatto fuori anche lei?

«Perché si sarebbe spinto fino a questo punto?» sussurrò.

Lucas scosse la testa. «Perché non ha scrupoli. Considera gli altri degli strumenti. Gli forniscono ciò gli serve e poi li scarta. Ha lasciato una serie di complici a pagare anche per i suoi crimini, un gran numero di donne dal cuore spezzato che ha sedotto e derubato. E poi... questa povera giovane donna.»

«Voleva mia sorella.» Hugh tremò ad ogni parola. «Voleva mia moglie. Per il loro patrimonio. Gliel'ho impedito entrambe le volte. Devo proteggerle, nel caso decidesse di tenerle d'occhio, o di vendicarsi in qualche modo.»

«Sono d'accordo» disse Lucas. «Sono pronto a organizzare immediatamente un servizio di guardia per entrambe. Ho uomini adatti a questo compito. Possono essere a casa tua già domani mattina.»

«Fallo» disse Hugh, con la mente in subbuglio. «Nel frattempo, devo tornare da loro. Adesso, per accertarmi che siano al sicuro. E devo dire la verità ad Amelia. Adesso si tratta di qualcosa di più del mio tradimento. Si tratta della sua sicurezza.»

Lucas annuì, e lui e Diana seguirono Hugh alla porta. «Verrò a farti visita più tardi stasera» disse Lucas. «Posso fornire altre informazioni se Amelia le richiede. E Diana può darle supporto morale se è turbata.»

«Grazie per il vostro aiuto. Ne avrò bisogno prima che sia tutto finito.»

Hugh fece un cenno di saluto e poi si precipitò a prendere il suo cavallo. Mentre sfrecciava fuori dal cancello e sulla strada trafficata, il cuore gli batteva all'impazzata e nella mente gli si affollavano mille pensieri. Dopo aver evitato per settimane il dolore che la verità avrebbe causato, ora la posta in gioco era ancora più alta.

E perdere il cuore di Amelia non era la cosa peggiore che potesse accadere. Sperava solo di poter trovare un modo per proteggerla e non perderla.

Hugh irruppe dalla porta principale gridando «Amelia! Lizzie! Dove siete?»

Non ci fu risposta, ma Masters si precipitò nell'atrio. A Hugh si gelò il sangue, perché il maggiordomo era bianco come un cencio e aveva il viso segnato dalla preoccupazione. Era successo qualcosa. Hugh ne era certo come era certo del suo nome.

«Dove sono?» sussurrò.

«Lady Elizabeth è nella sua stanza» cominciò.

Hugh non aspettò di sentire il resto. Salì le scale facendo i gradini due alla volta e corse alla porta di sua sorella. Bussò e senza aspettare la sua risposta irruppe nella stanza. Lizzie era seduta accanto al camino, avvolta in una coperta. Quando lo sentì entrare, alzò lo sguardo. Aveva le guance rigate di lacrime e gli occhi spalancati e pieni di paura.

«Cosa c'è?» le chiese, cercando di mantenere un tono gentile anche se avrebbe voluto prenderla per le spalle e farle dire tutto. «Cos'è successo?»

Lizzie lo fissò, quasi senza vederlo, poi borbottò: «Nel parco.»

Hugh trasse un respiro e si mise in ginocchio davanti a lei. «Nel parco? Cos'è successo nel parco?»

Sua sorella scosse la testa. «Si stava bene. Era bello. Io e Amelia stavamo passeggiando, ridacchiavamo come ragazzine. Meg e Charlotte erano sulla collina. Amelia si è allontanata un attimo...»

Si interruppe e abbassò la testa.

Hugh le prese le guance tra le mani e le sollevò delicatamente il viso in modo che lei dovesse guardarlo. «Cos'è successo?»

«L'ho visto» singhiozzò Lizzie, mettendogli la testa sulla spalla, dove cominciò a tremare. «Era Aaron Walters, e parlava con Amelia come se si conoscessero. Mi sono arrabbiata, ho chiesto perché stesse parlando con lui quando tu mi avevi detto di non darle il suo nome.»

Fu come un pugno nello stomaco. «È *questo* che le hai chiesto?»

Quando Lizzie annuì contro la sua spalla, lui si passò una mano tra i capelli. Ecco tutto. Era finita. Amelia aveva scoperto la verità nel peggior modo possibile. Nel modo in cui aveva sperato che non l'avrebbe mai imparata.

«Che cos'ha detto Amelia? Che cos'ha fatto? Che cos'ha fatto Walters?»

«Se n'era già andato» disse Lizzie, sollevando la testa. «Ma Amelia era così pallida. Ho pensato che potesse svenire. Mi ha portato di corsa alla carrozza, non abbiamo nemmeno salutato Meg e Charlotte. E continuava a chiedermi se era vero. Se Aaron Walters fosse l'uomo che mi aveva... fatto del male. Se lo sapevi. Ero così sconvolta che ho potuto solo dire di sì.»

Hugh a quel punto stava tremando, e cercò con tutte le sue forze di non gridarle contro arrabbiato com'era. Non era colpa di sua sorella. Era colpa sua. Solo sua. Per non essere stato onesto. Per non essersi fidato di Amelia, anche molto tempo dopo aver capito che poteva farlo.

«È qui?» le chiese. «È in casa?»

«No» sussurrò Lizzie. «Mi ha portato qui e ha detto ai domestici di aiutarmi a venire di sopra, poi è ripartita in carrozza. Le ho chiesto dove andava e lei ha detto... ha detto...»

«Dov'è andata?»

«Ad affrontarlo. Ha detto che *voleva affrontarlo*» singhiozzò Lizzie.

Hugh barcollò all'indietro e cadde per terra di fronte a lei. Non c'era da stupirsene. Amelia aveva una tale forza, e amava Lizzie come se fosse sangue del suo sangue. Si era infuriata quando aveva scoperto che sua sorella era stata usata da un bastardo senza nome che riteneva un mostro. Anche per quello l'amava.

Ma Amelia non aveva motivo di temere Walters. Non sapeva quello che sapeva lui. Quindi era andata da quel tizio per affrontarlo. Per dargli una lezione. Senza rendersi conto che questo l'avrebbe messa nelle grinfie di un pazzo che avrebbe potuto distruggerla per farla tacere, o per ferire Hugh, o anche solo per compiacere se stesso.

Si alzò in piedi. «Resta qui, Elizabeth, devi restare qui. Hai capito?»

«È colpa mia?» sussurrò lei.

«No. E ti spiegherò tutto, te lo prometto. Ma tu *devi* restare qui, dove so che sarai al sicuro.»

Corse fuori dalla stanza, ignorando i richiami di sua sorella, e andò quasi a sbattere contro Masters. Il maggiordomo si raddrizzò. «Siamo tutti molto preoccupati, Vostra Grazia. Cosa possiamo fare?»

«Portate subito un messaggio al Duca di Willowby» disse. «Ditegli che Amelia è andata da Walters. È esattamente quello che deve dire il messaggio, insieme all'indirizzo della casa di Aaron Walters qui a Londra. È nel mio taccuino nel cassetto della scrivania.»

«Sì, Vostra Grazia» disse Masters. «E Lady Elizabeth? È molto agitata.»

«Lo so. Nello stesso messaggio, chiedete alla Duchessa di Willowby di venire qui a confortarla fino al nostro ritorno.»

Masters annuì. «Dove state andando, Vostra Grazia?»

«Da mia moglie. Portatemi una pistola.»

CAPITOLO VENTUNO

Amelia fissò la piccola casa di città mentre il cocchiere la aiutava a scendere dalla carrozza. Le tremavano le mani e le si rivoltava lo stomaco mentre guardava quella facciata sapendo cosa la attendeva dietro di essa.

Qualcosa di fasullo. Qualcosa di ingannevole.

Ma in fondo poteva dirlo anche di suo marito. Più tardi. Più tardi l'avrebbe detto. In questo momento aveva altro di cui occuparsi.

«Vostra Grazia, non mi piace lasciarvi senza chaperon» disse il cocchiere.

Lei gli toccò delicatamente il braccio. «Resterò solo un momento, ve lo assicuro. Vi prego, non preoccupatevi.»

Sembrava poco convinto, ma cosa poteva dire? Era la Duchessa di Brighthollow. La sua datrice di lavoro. La moglie di Hugh. Come si sentiva ridicola al momento, quando rifletteva su tutto quello che era successo.

Hugh aveva sempre *saputo* del legame tra Walters e sua sorella. Era stato il motivo per cui era andato da lei. Il motivo per cui aveva comprato i debiti di suo padre, se c'erano davvero stati dei debiti da comprare. Aveva saputo tutto questo e non glielo aveva mai detto.

Glielo aveva tenuto nascosto volontariamente e ben oltre il punto in cui avrebbe dovuto sapere che poteva fidarsi di lei.

Le parole di Aaron di poche ore prima, per quanto crudeli, le risuonavano nelle orecchie con maggior forza. *Ti convincerà di tenere a te. Ma ti scarterà.*

Era questo che era successo? Hugh l'aveva presa per fare del male all'uomo che aveva fatto del male a sua sorella? Fingeva di volerle bene perché questo la rendeva più malleabile? Perché rendeva tutto più facile? Se ne sarebbe andato quando avesse ricordato che l'aveva sposata solo per ostacolare i piani di Aaron?

Scosse la testa, scacciando i pensieri che avrebbe affrontato più tardi, e suonò il campanello della porta di Walters. La porta si aprì un attimo dopo e si trovò davanti Aaron, proprio come l'ultima volta che era venuta. Ora si chiedeva se avesse davvero un domestico, o se fosse solo un'altra delle maschere che indossava: il Gentiluomo.

«Vostra Grazia» disse, e sembrava sinceramente sorpreso di vederla. «Cosa ci fate qui?»

«So cos'hai fatto» sussurrò lei, detestandosi per il modo in cui le si incrinò la voce sotto il peso delle emozioni che non voleva rivelare. «So tutto.»

Le sue labbra si assottigliarono e fece un passo indietro per farla entrare nell'atrio. «Non mi sembra il tipo di conversazione che si dovrebbe fare sulla soglia di casa.»

Amelia gli guardò sopra la spalla, dentro la casa, e poi si voltò verso il suo cocchiere. Il suo servitore sarebbe venuto a prenderla se non fosse tornata in fretta, e non credeva che Aaron le avrebbe fatto del male fisicamente. No, il dolore che causava era tutta un'altra cosa.

Gli passò davanti ed entrò in casa. Erano spariti ancora più quadri dalle pareti rispetto all'ultima volta che era stata qui, e anche alcuni mobili non c'erano più. Scosse la testa mentre lo seguiva verso il salotto dove avevano parlato l'ultima volta. Ora le era evidente che Walters stava vendendo gli oggetti. Probabilmente non erano nemmeno suoi, ma facevano parte della proprietà che stava affittando.

Incrociò le braccia e si posizionò in piedi davanti al fuoco che non riusciva a penetrare il gelo che sentiva in corpo. «Stai finendo il denaro che mio marito ti ha pagato?» chiese. «Lo hai già speso tutto?»

Walters aveva mantenuto quell'espressione dolce da ragazzino quando l'aveva accompagnata dentro, ma a quel punto la vide cambiare. Sparire. Indurirsi. Non c'era più gentilezza o dolcezza nei suoi occhi. Ora vedeva il vero uomo dietro tutte le bugie.

Il mostro.

Il cuore le fece un balzo a quell'improvviso cambiamento, e per la prima volta si chiese se avesse fatto un errore sciocco a venire.

«Avevo altri piani, Amelia» disse. «Avrei *dovuto* riempirmi i forzieri con la tua dote, solo che quel tuo marito ha rovinato tutto, vero?»

«Non sono mai stata così felice che l'abbia fatto.» ribatté Amelia scuotendo la testa. «Stai praticamente ammettendo che mi stavi dietro solo per i miei soldi. In base a tutto quello che so, devo credere che da parte tua la nostra intera relazione sia stata una crudele macchinazione progettata per manipolarmi.»

«Infatti» confermò con un piccolo inchino. «Alla fine hai scoperto la verità. Ti direi brava, bello spettacolo, ma sei stata stupidamente convinta del mio personaggio per troppo tempo per congratularti di aver finalmente visto la luce.»

«Sei *orgoglioso* di questo?» chiese lei, stordita dal suo atteggiamento. Non provava nessun tipo di rimorso.

Le sorrise. «Certo. Perché non dovrei esserlo? Ho recitato in maniera impeccabile, molte volte. Sai quanto è facile convincere delle ragazzine stupide come te o Elizabeth o... o altre che l'amore gli sta proprio di fronte? Ragazze stupide e disperate che muoiono dalla voglia di essere amate? Tu volevi un principe. Io te l'ho fornito. Il fatto che ci fosse un prezzo non dovrebbe sorprenderti. È così che va il nostro mondo.»

Amelia trasalì, ma non poteva negare che quello che diceva fosse vero. Nelle ultime settimane si era resa sempre più conto di quella verità fondamentale su se stessa. Che il suo passato le aveva fatto desiderare il tipo di legame che Hugh le aveva offerto così facilmente. Solo quello che le aveva dato era stato reale. Anche se le aveva mentito all'inizio, il sentimento tra loro era vero, dopo tutto.

Doveva avere fede in questo, altrimenti sarebbe crollata.

«Bastardo» disse, tornando al problema in questione. «Hai sfruttato il dolore e l'ingenuità di giovani donne che ti amavano.»

Lui scrollò le spalle. «Sfruttare o essere sfruttati, mia cara. Non c'è altra opzione in questo brutto mondo in cui viviamo.»

«Certo che c'è» disse lei. «C'erano cento altre opzioni oltre a usarmi, a ferire Lizzie così profondamente.»

Lui annuì piano. «Ah sì, Lizzie. Dolce, piccola Lizzie con tutta la sua timidezza e incertezza. È stata divertente. E molto redditizia, alla fine. I suoi soldi, i soldi per cui sei venuta fin qui ad affrontarmi, mi hanno dato la possibilità di sembrare più gentiluomo per la prossima preda.»

«Per me» sussurrò lei.

«Ti chiedi mai perché ho portato a letto lei e non te?»

Amelia distolse il viso. «Sei disgustoso.»

«Lizzie era incerta» spiegò. «E sapevo che se avessi rivendicato la sua innocenza, non sarebbe scappata. Ma tu... *tu* smaniavi di farlo. La notte in cui ti ho chiesto di sposarmi, ti sei protesa così tanto in avanti, implorando quel bacio, che quasi non riuscivo a respirare. Non ho dovuto sedurti... stavi morendo dalla voglia di una prima notte di nozze e avresti fatto di tutto per arrivarci.»

Amelia si girò di scatto, ma come nel parco quel giorno, lui la afferrò. Le affondò le dita nella carne, proprio come allora, e fu colta da puro terrore. Prima era stata in un luogo pubblico dove le sue grida avrebbero richiamato aiuto.

Qui erano soli. Non aveva idea se il suo cocchiere l'avrebbe sentita se avesse urlato, e nemmeno se sarebbe riuscito ad entrare.

Aveva commesso un terribile errore in preda all'emotività. Un errore che rimpiangeva amaramente.

«Com'è stato alla fine?» le chiese Walters, avvicinando il viso al suo. «Essere portata a letto da un uomo che disprezzavi?»

«Non disprezzo Hugh» sibilò, strattonando per liberare il braccio.

Lui alzò le sopracciglia. «No, vero? Dev'essere stato molto bravo, perché ora mi è tutto così chiaro. Ti sei convinta di essere innamorata di lui, vero?»

«Lasciami andare!» scattò. «Me ne vado.»

«No, invece» insistette lui, con tono quasi annoiato. Come se questo attacco alla sua persona non fosse niente di straordinario, niente che avesse la minima importanza. «Sei proprio una piccola sciocca. Hai scambiato un bugiardo con un altro.»

Amelia smise di agitarsi per provare a scappare e lo fissò dritto negli occhi. «Non osare paragonarti a mio marito. Non sei la metà dell'uomo che è Hugh. Neanche un decimo.»

Walters non batté ciglio né indietreggiò. Senza preavviso o preambolo, si limitò a tirare indietro la mano libera e a colpirla duramente sulla guancia sinistra. Lei barcollò, stordita, mentre il dolore si riverberava dal viso fino alle orecchie. Lui rafforzò la presa sul suo braccio, come per tenerla in piedi, e le sorrise.

«Esattamente quello che mi aspetterei di sentire dalla sua sgualdrina. Sei una cagnolina fedele, vero?» Frugò nella tasca della giacca e tirò fuori una pistola. La sollevò per puntargliela contro poi la lasciò andare lentamente e indietreggiò.

Amelia fissò la canna della pistola, puntata sul suo viso, poi tornò a guardarlo. «Cos'hai intenzione di fare?» sussurrò.

«Chiedilo a lui» disse Walters, facendo cenno con la testa verso un punto dietro di lei.

Amelia si voltò e trattenne il fiato. Sulla soglia del salotto c'era Hugh che fissava la scena davanti a sé. Era completamente sbiancato e in mano teneva anche lui una pistola.

~

«L asciatela andare» disse Hugh, guardando Amelia, non Walters. Il suo viso era già gonfio dove il bastardo l'aveva colpita, e lei lo guardava con un'espressione carica di terrore e fiducia al tempo stesso. Forse lo odiava, ma era felice di vederlo.

E doveva salvarla.

«Lasciatela andare» ripeté, questa volta più forte. «Lei non c'entra con la nostra disputa.»

Walters ridacchiò. «Pensate che si tratti di una disputa? Questa cosa va ben oltre, Vostra Grazia. Voi mi avete danneggiato, avete compromesso le mie prospettive in società. Voglio restituirvi il favore. E quale miglior modo per farlo se non fare del male *a lei*?»

Indicò Amelia con la pistola, e lei emise un sommesso verso di paura dal profondo della gola che scosse Hugh fin nel profondo.

«Questa è *sempre* stata la vostra debolezza, sapete» continuò Walters. «Preoccuparvi per gli altri. Se mi aveste semplicemente smascherato dopo vostra sorella, tutto questo non sarebbe successo. Ma volevate proteggerla. Volevate proteggerla disperatamente. E posso vedere quella stessa disperazione ora. Mi farà ottenere quello che voglio, vero?»

«Sì» disse Hugh, detestando quella parola e aggrappandocisi allo stesso tempo. «Qualsiasi cosa vogliate.»

«Altri soldi?» lo schernì Walters.

«Sì» ripeté. «E ne avrete bisogno. Dovete sapere che il Dipartimento della Guerra ha indagato sul vostro passato. Sanno di Stephen Monroe. Sanno della ragazza che avete sposato e ucciso.»

Per la prima volta l'espressione compiaciuta di Walters vacillò e la pistola che aveva in mano tremò leggermente. Amelia strinse gli occhi, con i pugni stretti ai fianchi. Le lacrime le colavano dagli angoli degli occhi e Hugh non riusciva nemmeno a toccarla, a confortarla.

«Mi avete sguinzagliato dietro il Dipartimento della Guerra?» ringhiò Walters.

«Ho degli amici al Dipartimento. È stata una loro iniziativa» disse Hugh, riconoscendo la rabbia che stava ribollendo in quell'uomo pericoloso e squilibrato. «Vi stanno accerchiando, stanno per prendervi. Ma se lasciate andare Amelia, potete scappare. Vi manderò dei soldi: potete andare sul continente, potete andare ovunque.»

Naturalmente non aveva alcuna intenzione di fare una cosa del genere, non questa volta. Ma se Walters guardava al suo passato e pensava che lo avrebbe lasciato andare, avrebbe potuto salvare Amelia, che era l'unica cosa che contava.

«Me ne andrò» disse Walters. «Dopo.»

Hugh si avvicinò ad Amelia. «Allora uccidetemi. Non sparate a lei, sparate a me.»

Si posizionò di fronte a lei e posò la pistola a terra.

«Hugh» disse Amelia con un filo di voce, alzando la mano per stringergli il fianco. «No. No.»

«Shhh» la tranquillizzò lui senza distogliere lo sguardo da Walters. «Sparate a me, sono io quello che odiate. Sono quello che ha rovinato tutto. Volete che vi implori? Lo farò. Non uccidete la donna che amo. Prendete me e lasciatela vivere.»

Il volto di Walters si illuminò di piacere. «Una richiesta molto bella. Una richiesta piena di emozioni sincere, persino. Ma credo che vi ucciderò entrambi. Ve lo meritate entrambi. Prima voi, Vostra Grazia, così che Amelia possa vedervi compiere il vostro nobile sacrificio. E poi lei, in modo che muoia dissanguata accanto a voi sul mio pavimento.»

Il suo dito scivolò sul grilletto, e Hugh mise la mano dietro di sé, prendendo quella di Amelia mentre aspettava il momento in cui il suo mondo sarebbe diventato dolore e poi buio.

Ma prima che Walters potesse sparare, si sentì uno schianto nell'atrio e Lucas irruppe nella stanza, sparando un colpo che fece cadere Walters sul posto.

Hugh si voltò di scatto, tuffandosi sopra Amelia e trascinandola a terra, dove coprì il suo corpo tremante con il proprio, nel caso

Walters avesse ancora voglia di combattere. Ma non si sentì niente, solo l'eco dello sparo di Lucas nell'aria e l'odore acre della polvere da sparo.

«State bene voi due?» chiese Lucas, accovacciandosi accanto a loro mentre una mezza dozzina di uomini entrava nella stanza, con le pistole estratte e pronte all'uso.

Hugh sollevò la testa e guardò Amelia. Gli aveva preso le guance tra le mani, lo stava fissando e tremava tutta.

«Amelia?» chiese. «Amelia, sei ferita?»

«No» ansimò. «No, e tu?»

«No» sussurrò lui, poi abbassò la bocca sulla sua. Lei lasciò che la baciasse, non si tirò indietro, anche se aveva tutto il diritto di farlo. E lui la baciò, non con passione, ma pieno di sollievo e spavento per quello che aveva quasi perso.

Ma quando si staccò e rotolò via da lei, alzandosi per aiutarla a tornare in piedi, sapeva che non era finita. Neanche lontanamente. E perdere sua moglie poteva ancora essere una possibilità molto concreta.

CAPITOLO VENTIDUE

«Cosa succederà adesso?» chiese Amelia mentre la carrozza imboccava nuovamente il viale d'ingresso del loro palazzo di Londra un'ora dopo. Era la prima cosa che aveva detto a Hugh da quando si erano messi in viaggio.

Lui sobbalzò per la sorpresa, come se non avesse pensato che gli avrebbe mai più parlato. «Lucas dice che il Dipartimento ha abbastanza prove per classificare il caso come una fine giustificabile per un criminale efferato. I nostri nomi saranno tenuti fuori dal rapporto, a quanto pare.»

Lei abbassò il mento. «Come se non fosse mai successo.»

Hugh buttò fuori il fiato. «Suppongo di sì.»

«Solo che *è* successo» sussurrò lei, alzando lo sguardo su di lui e trasalendo mentre ripensava al momento in cui Hugh le si era messo di fronte, pronto a prendersi una pallottola per salvarle la vita, e aveva detto di amarla. Non l'avrebbe mai dimenticato.

«Sì, è successo» confermò suo marito, prendendole la mano. Lei lasciò che gliela tenesse per un momento, poi la sfilò via. Lui sospirò di nuovo. «Voglio parlarti di quello che è accaduto, Amelia. Voglio parlarti di tutto.»

«Sì. Mi devi una spiegazione. Ma la devi anche a tua sorella. Anche lei vorrà sapere di Walters. E della sua fine.»

Hugh voltò la testa. «Ne soffrirà.»

«Sì» concordò Amelia. «Ma l'alternativa è mentire e penso che tu lo abbia fatto più che a sufficienza. Questa situazione richiede la verità, Hugh. Ti suggerisco di iniziare a dirla.»

La porta della carrozza si aprì. Amelia prese la mano del valletto che l'attendeva per aiutarla e uscì. Si avviò senza Hugh e salì in casa. Sapeva che la stava seguendo, sentiva la sua presenza, come sempre. Era inevitabile. Incombente.

Confortante.

Ma oggi non poteva perdercisi. Oggi meritava più del suo conforto. Meritava di conoscere le risposte alle sue domande. Meritava la rabbia che sentiva in petto.

Se l'era meritato.

Quando entrò, Diana e Lizzie si precipitarono nell'atrio. Il viso di Lizzie era pallido mentre si affrettava ad abbracciare suo fratello. Diana si avvicinò ad Amelia e con le dita le tracciò delicatamente il livido sulla guancia.

«Sono così felice che tu non sia stata ferita in modo permanente» sussurrò mentre la abbracciava. Amelia quasi barcollò quando la prese tra le braccia, ma riuscì a tenersi in piedi.

«È grazie a tuo marito» sussurrò, e poi diede un'occhiata alle sue spalle dove Lizzie e suo fratello erano ancora abbracciati.

Diana aggrottò la fronte. «È andata molto male?» chiese.

«Abbastanza» rispose Amelia. «Lucas è illeso. Ci ha salvato la vita.»

Diana annuì lentamente. «È bravo in queste cose.»

«È rimasto indietro per finire il rapporto. Ha detto che ti avrebbe raggiunto a casa.»

«Allora vi lascio adesso, perché mi sembra che abbiate molto da elaborare insieme. Ma spero che mi permetterai di rivederti, magari domani o dopodomani.»

«Certo» disse Amelia, dandole un bacio sulla la guancia. «Grazie.»

Andò in salotto quando sentì Diana salutare. Le tremavano le mani mentre cercava di versarsi il tè, finì per versare il liquido caldo sul piattino prima di riuscire a riempire la tazza. Mentre beveva il primo sorso, Lizzie e Hugh entrarono nella stanza.

E di nuovo, sentì i suoi occhi su di lei. Era come all'inizio della loro relazione, quando a volte lui la guardava e basta, studiandola. All'epoca, questo atteggiamento l'aveva resa nervosa. Non lo capiva, né aveva capito lui.

Ora invece sì e dovette fare un grande sforzo per non precipitarsi tra le sue braccia e lasciare che la confortasse.

Lizzie le si avvicinò, e Amelia posò la tazza di tè per consentire a sua cognata di abbracciarla. Quando alla fine si allontanò, Lizzie la fissò in volto inorridita. «Oh, Amelia» sospirò. «È stato lui a farti questo?»

Amelia alzò la mano e si toccò il livido, che ora le faceva male. «Sì» disse, decisa a non mentire, se non altro per dare il buon esempio a Hugh. «Voleva fare di peggio, ma... ma non può più.»

Lizzie scosse la testa e guardò Hugh con aria interrogativa. «Cosa?»

Hugh si schiarì la gola. «Aaron Walters è morto, Lizzie» disse, a voce bassa ma ferma. Mentre lei si portava la mano alla bocca per lo sgomento, lui continuò: «Ha aggredito Amelia, con l'intenzione di ucciderla. Per fortuna sono arrivati i gendarmi ed è stato trucidato. Non può più farti, o *farci*, del male.»

Lizzie barcollò fino al divano e vi si lasciò cadere di peso. Tenne gli occhi bassi davanti a sé, scuotendo la testa in silenzio. Amelia mise da parte il proprio turbamento e prese posto accanto a lei.

«Come ti senti?» le chiese. «Non c'è una risposta sbagliata.»

«Triste» ammise Lizzie. «E sollevata.»

Amelia annuì e le prese la mano. «Provo la stessa cosa.»

«Perché ti ha aggredito?» chiese Lizzie. «Perché lo hai affrontato per quello che aveva fatto a me? È colpa mia?»

Amelia alzò lo sguardo su Hugh. Suo marito aveva un'espressione angosciata, distrutta. Capiva perché voleva proteggere Lizzie dalla verità oltre che proteggere se stesso dalle conseguenze. Incontrò il suo sguardo e lo sostenne, sperando che suo marito trovasse la forza.

Lui sospirò e prese posto in una delle sedie di fronte al divano. «Ti ho mentito, Lizzie» disse dopo un'eternità. «Ho mentito a te e ho mentito ad Amelia. E ora ho bisogno di essere onesto.»

«Mi hai mentito?» Lizzie sembrava confusa. «No, Hugh. Sei l'uomo più onorevole che conosca.»

Lui chiuse gli occhi, e il dolore che gli segnava l'espressione era straziante. «Non lo sono, Elizabeth. Neanche un po'.»

«Comincia dall'inizio» lo incoraggiò dolcemente Amelia.

Lui aprì gli occhi e il suo sguardo cupo incrociò quello di sua moglie. «L'inizio» ripeté lui. «Sì. Lizzie, dopo averti trovata con Walters, l'ho pagato per mantenere segreto quello che era successo tra voi.»

«Sì. Disse che avresti dovuto farlo e ho pensato che alla fine fossi stato costretto a farlo. Mi dispiace tanto.»

«No» disse lui, sporgendosi in avanti sulla sedia come se potesse attirarla più vicino. «No, dispiace *a me*. Trovai odioso dare dei soldi a quel bastardo per comprare il suo silenzio. Volevo sfidarlo a duello, distruggerlo in ogni modo. Non provvedere al suo benessere.»

«Avresti potuto farlo, se non fossi stata così sciocca» sussurrò Lizzie.

Amelia le strinse la mano. «Non sei da biasimare per la crudeltà di un manigoldo, Lizzie. Devi lasciar perdere questo senso di colpa. Hugh stava cercando di proteggerti come meglio poteva. Se tu avessi potuto proteggere lui, avresti fatto altrettanto.»

Lizzie annuì sospirando.

Hugh guardò Amelia, e lei vide quanto le era grato per il suo intervento che assolveva sia lui che Lizzie da un po' del loro dolore. Poi scosse la testa e continuò: «Lasciarlo andare non solo mi ha fatto soffrire. Sapevo che il bastardo sarebbe potuto tornare alle sue cattive abitudini. Lo feci seguire. Per vedere se avrebbe fatto di nuovo qualcosa di malvagio.»

«E lo ha fatto?» chiese Lizzie.

«Sì» disse Amelia quando Hugh sembrò in difficoltà. «Lo ha fatto.»

«Lizzie, Aaron si era fidanzato con... con Amelia» confessò infine Hugh.

Lizzie sobbalzò, sfilando subito la mano da quella di Amelia e alzandosi dal divano per allontanarsi. «Cosa?»

«Non sapevo cos'era successo con te, naturalmente» disse Amelia. «Aaron ha fatto di me una vittima. Proprio come ha fatto con te, ha impersonificato quello che volevo.» Lanciò un'occhiata a Hugh. «Quello che *pensavo di* volere.»

«Oh no» disse Lizzie, il suo sussurro carico di un dolore profondo.

Hugh annuì. «Quando l'ho scoperto, sono intervenuto, ma... ero ancora titubante nel dare dettagli sul perché Amelia non dovesse sposare quell'uomo. Così ho... ho mentito per costringerla a sposare me al suo posto.»

Amelia trattenne il respiro e si concentrò solo su suo marito. «Mi hai detto che avevi comprato i debiti di mio padre. Era vero? Li hai comprati per manipolarmi o non c'è mai stato nessun debito?»

«Ho mentito» ammise a bassa voce. «Un'idea di tuo padre. Disse che lo avresti protetto ad ogni costo. Inventò la storia dei debiti, sapendo che ti avrebbe messo contro di me ma che ti avrebbe anche forzato la mano. Lo assecondai, nonostante lo trovassi sgradevole. Ho mentito, Amelia.»

La gravità di tutto quello che era successo colpì Amelia con la forza di un'onda anomala. Sentì un suono nell'aria e sussultò quando si rese conto che era il suo stesso gemito di dolore, di strazio. Una sofferenza che le parve non poter avere mai fine.

~

Hugh fu colto dalla nausea mentre fissava Amelia piegata in due con le spalle che tremavano mentre emetteva un grido di angoscia che sembrava lacerargli l'anima. Era stato lui a farle questo. Non Walters, non suo padre... *lui*. E voleva correre da lei, per confortarla, per cancellare quello che aveva fatto.

Ma non poteva. La cosa migliore che poteva fare era affrontare le conseguenze e *sentirle*. Glielo doveva.

Lizzie gli si avvicinò e gli posò la mano sulla spalla. Lui trasalì, perché aveva quasi dimenticato che sua sorella era ancora con loro, tanto era concentrato su Amelia. Alzò lo sguardo e vide il suo dolore, ma anche la sua dolcezza. Il suo affetto. Il suo perdono e la sua comprensione.

Mise la mano su quella di sua sorella.

«Ti voglio bene, Hugh» sussurrò Lizzie. «Lo sai.»

«Lo so, anche se è discutibile che me lo meriti.»

Lei scosse la testa e si chinò a baciargli la tempia. «Non è affatto discutibile. Ma ho bisogno di riflettere su quello che è successo oggi. E penso che tu e Amelia abbiate bisogno di privacy per fare altrettanto.» Gettò un'occhiata ad Amelia, che era ancora curva per il dolore. Era chiaramente preoccupata quando sussurrò: «Fai tutto quello che puoi, Hugh.»

Lui le sorrise e lei lasciò la stanza e chiuse la porta dietro di sé. Quando nella stanza riecheggiò il clic della serratura, Amelia alzò la testa e lo guardò. Era sconvolta, distrutta e lui soffriva per la parte che aveva avuto in tutto questo.

«Voglio che tu sappia che mi dispiace» le disse. Lei aprì la bocca e lui alzò una mano. «Ti prego, lasciami finire e poi ti giuro che ti darò la parola per tutto quello che vuoi dire.»

Amelia chiuse la bocca e annuì.

«Mi dispiace» ripeté. «Mi dispiace di averti mentito. Mi dispiace di aver assecondato la manipolazione di tuo padre. Mi dispiace di non averti detto la verità a Brighthollow, quando ho cominciato a conoscere veramente il tuo carattere e a capire che ti potevo confidare qualsiasi segreto. Volevo dirtelo allora, davvero. Ma soprattutto mi dispiace che la mia stupidità, la mia codardia, ti abbia messo in pericolo oggi.»

Lei non rispose, ma si limitò a fissarlo. Il suo sguardo era velato, indecifrabile. Probabilmente molto simile al suo all'inizio. Solo che si nascondeva perché non si fidava più di lui.

E questo lo straziava.

«Quando l'ho visto con quella pistola puntata su di te...» sussurrò, senza curarsi di quando gli si incrinò la voce e le lacrime gli riempirono gli occhi. «Quando ho pensato che ti avrebbe ucciso, ho avuto una paura folle. Paura di perderti. Paura di non poterti mai dire che ti amo. Ti amo, Amelia. Non giustifica quello che ho fatto, ma ho bisogno che tu lo sappia perché il domani non è garantito e non voglio più tacerlo.»

La dichiarazione di Hugh le riecheggiò nelle orecchie. Era la seconda volta che diceva di amarla oggi, ma la prima volta senza che fosse sotto pressione. E le sue parole le penetrarono nella pelle, proprio come prima, e le diedero una gioia che era quasi terrificante nella sua potenza.

Soprattutto considerando tutte le altre cose che le aveva detto.

«Come faccio a crederti?» sussurrò, alzandosi in piedi e allontanandosi perché guardarlo era troppo difficile. «Come faccio ad avere fiducia in te o in me stessa dopo tutto quello che è successo? Forse lo dici solo per farmi passare la rabbia. Potrebbe benissimo essere un'altra manipolazione.»

«No» ribatté lui sottovoce. Amelia si voltò. Hugh si era alzato, ma era rimasto dov'era. «Non ti sto manipolando. So che queste parole non significano nulla, ma sono vere. Non *merito* il tuo perdono, Amelia. Non lo chiedo nemmeno. Ti ho tradito. Qualsiasi cosa tu abbia bisogno di fare o sentire o dire per lasciarlo alle spalle, te la darò.»

Amelia fissò l'uomo che aveva imparato ad amare nel breve tempo trascorso insieme. Solo che lo aveva pensato anche di Aaron, giusto? Non con la stessa intensità, forse. Non così completamente. Ma... fidarsi di se stessa era difficile quanto fidarsi di lui.

Quindi non poteva lanciarsi tra le sue braccia come voleva fare. Doveva essere misurata. Attenta.

«Ho bisogno di spazio» disse infine, guardandolo in viso per vedere la sua reazione.

Un lampo di dolore gli attraversò i lineamenti, ma lo accantonò. Tornò calmo, freddo. Annuì lentamente. «È comprensibile. Ti darò questo spazio, Amelia. Per tutto il tempo che ti serve. Ma io sarò qui, che sia un giorno o una settimana o un mese o dieci anni. Io sarò qui ad aspettarti.»

Le sue emozioni erano così evidenti sul suo volto, una vera impresa considerando che era stato punito proprio per questo da bambino. Ora si era aperto completamente. Perché lei ne aveva bisogno.

«Grazie» gli disse, e poi guardò verso la porta. «È stata una giornata molto lunga. Penso che andrò di sopra, farò un bagno e andrò a letto.»

«Sì» sussurrò lui. Lei si voltò e andò verso la porta, ma quando sollevò la mano per aprirla, Hugh le disse: «Ti amo, Amelia.»

Lei rimase bloccata lì, con la mano che tremava e il corpo e la mente che le urlavano di accettare quelle parole. Ma non si voltò. Uscì dalla stanza, lo lasciò lì e si trascinò fino al suo letto.

Ma non avrebbe trovato riposo quella notte. Sapeva che non avrebbe dormito per molto tempo a venire.

CAPITOLO VENTITRE

Amelia se ne stava sul divano a fissare il fuoco, con una lettera che le cadeva di mano. Hugh l'aveva lasciata stare per tre lunghi giorni, ma questo non significava che la sua presenza nella sua vita fosse stata meno costante. I suoi fiori preferiti apparivano nella sua camera da letto ogni pomeriggio quando veniva a prepararsi per il tè. Ai pasti le venivano imbanditi i suoi piatti preferiti. La servitù era molto gentile con lei. Lizzie entrava e usciva in punta di piedi dalle stanze come se cercasse di essere un fantasma in modo che Amelia potesse prendersi il suo tempo.

E poi c'era questa lettera di suo padre, ricevuta neanche un'ora prima. Se l'aspettava. Di sicuro aveva già saputo della morte di Aaron Walters, e immaginava che avrebbe avuto una reazione.

Solo non questa. Le aveva scritto una lettera di scuse. Suo padre. L'uomo che non l'aveva mai guardata senza pensare a un suo tornaconto. Le aveva scritto righe accorate e sincere, pregne di quello che sembrava un vero pentimento per aver mal giudicato Walters e per quello che le aveva quasi permesso di fare.

Era opera di Hugh, ne era certa. Suo padre aveva scritto qualcosa sul fatto che era stato suo marito a dargli la notizia, e poteva ben immaginare quanto lo avesse strigliato Hugh per amor suo.

Sì, suo marito c'era sempre, anche quando non era nella stanza con lei a riempire tutto lo spazio facendoglielo desiderare. Cuore e anima, corpo e mente.

Bussarono leggermente, così si raddrizzò e si girò verso la porta del salotto. «Avanti.»

Masters mise dentro la testa. «Vostra Grazia, è arrivata la Duchessa di Willowby. Siete in casa?»

Amelia sospirò. Si aspettava che Diana arrivasse molto prima, considerando la loro conversazione di qualche giorno prima. In effetti, si aspettava che tutte le duchesse le piombassero addosso, decise a strapparle il perdono per suo marito.

«Sì, sono in casa. Fate entrare Sua Grazia, per favore.»

Masters andò a prendere l'ospite e Amelia ne approfittò per ripiegare la lettera di suo padre e metterla via. Si alzò, lisciandosi le gonne, e si voltò verso la porta con qualcosa che assomigliava a un sorriso.

Diana entrò un attimo dopo e le andò subito incontro per abbracciarla senza dire una parola. Amelia si strinse all'amica, facendo respiri profondi per non umiliarsi piangendo.

Aveva pianto a sufficienza in privato.

«Siediti» le ordinò Diana con gentilezza, come se questo fosse il suo salotto, non quello di Amelia.

Ma Amelia non poté dirle di no, così fece come le era stato detto e osservò Diana che si affrettò ad andare alla credenza. «Devo ordinare altro tè?»

Amelia ridacchiò. «Sembrate a casa vostra, Vostra Grazia.»

Diana si voltò sorridendo. «Mi spiace, sono stata sconsiderata e insistente. Lucas dice che è nella mia natura prendermi cura degli altri. La guaritrice che è in me, sai.» Tornò al divano e prese posto accanto ad Amelia. Le scrutò il viso. «Il livido è guarito molto. Dovrebbe sparire in un giorno o due.»

«Se solo il resto fosse così facile» sospirò Amelia.

«Sì, se potessi brevettare una pomata per cuori infranti, raddoppierei il patrimonio di Lucas.» Diana scosse la testa. «Ma non è possibile.»

Amelia si mordicchiò il labbro. «Suppongo che Hugh vi sia venuto a trovare.» Il silenzio di Diana fu più che eloquente. «Ti ha mandato come suo intermediario?»

«No.» disse subito Diana. «Al contrario. In molti si sono offerti di venire a parlare con te, tutte le duchesse e metà dei duchi. Hugh ha chiesto a tutti di lasciarti stare, di rispettare il tuo desiderio di essere lasciata in pace. Sono certa che si arrabbierebbe se sapesse che sono qui.»

Amelia abbassò la testa. «Allora lo sanno tutti?»

Diana sorrise. «Sono una famiglia, Amelia. Sono stata come te, sola per la maggior parte della mia vita, e all'inizio l'idea che tutti gli amici e le loro mogli fossero così uniti era inquietante. Ma man mano che conoscerai tutti, vedrai che è davvero magico. Ti ritroverai con un cuore pieno di sorelle e fratelli a cui rivolgerti. Persone che non giudicano e che ti accettano esattamente per quello che sei.»

Amelia strinse le mani. Sembrava il paradiso. «*Se* arriverò a conoscere tutti. Non so nemmeno a che punto sia il mio matrimonio al momento.»

«È per questo che sono qui» disse Diana, accarezzandole la mano. «Per aiutarti a superare tutto questo. Ho pensato che avresti potuto avere bisogno di un'amica.»

Amelia rise, anche se non lo trovava molto divertente. «Non sei un po' di parte?»

Diana rise di cuore. «Oh sì, certo. Ma lo sei anche tu.»

Amelia espirò lentamente. «È vero.» Lanciò un'occhiata a Diana. «Mi ha mentito. Mio padre, me lo aspettavo da lui, per quanto faccia male. Mi ha sempre visto come uno strumento da manovrare. Ma era una cosa che detestavo, e Hugh lo sapeva. Non mi sarei mai aspettata che *lui*...»

Diana annuì quando Amelia si interruppe, incapace di continuare. «Posso solo immaginare. Soprattutto perché è palese che ci tieni a lui.»

Amelia trasalì. «Sì, anche questo è vero.»

«Lo ami?» La domanda di Diana era gentile, ma Amelia percepì il suo sguardo indagatore. Annuì senza alzare lo sguardo. Diana le prese di nuovo la mano. «Ha fatto degli errori. Due errori molto gravi. Il primo prima di conoscerti. Il secondo quando ha avuto paura di perderti.»

Amelia piegò la testa. Nei giorni e le notti che aveva passato da sola, era arrivata più o meno alla stessa conclusione. «Avrebbe dovuto dirmelo» disse.

«Sì, avrebbe dovuto. Ma non l'ha fatto» disse Diana.

Amelia si agitò, sentendo l'impulso di difendere Hugh. «Ma... voleva farlo. Non è vero?»

«Sì. Lo ha detto a tutti noi, mentre faceva avanti e indietro nei nostri saloni, tormentandosi. Si detesta per non averlo fatto, e per averti messo in pericolo in questo modo.»

«Ho perso così tanto.» Amelia si alzò e si allontanò, inquieta nella sua confusione e disperazione.

«Ne sono sicura» disse Diana dopo un momento di silenzio. «È successo anche a me. Ho attraversato un dolore tale che avevo paura di muovermi e in realtà ho peggiorato le cose. Ho quasi perso tutto. Non vorrei che tu facessi altrettanto.»

Amelia si voltò e la trafisse con uno sguardo. «Tu pensi che dovrei perdonarlo.»

Diana scrollò le spalle. «Penso che non dovresti escluderlo mentre ci provi. Amelia, lui ti ama. Questo è chiaro.»

«La cosa buffa è che ho smesso di metterlo in dubbio» disse Amelia con voce tremante. «Penso a tutto quello che ha fatto, a tutto quello che ha detto, a tutti i modi in cui siamo stati legati. In cuor mio so che mi ama. Ma non posso fidarmi... di me stessa.»

«Perché?»

«Pensavo che Walters fosse un brav'uomo!» Scosse la testa. «Non avrei potuto sbagliarmi di più. Ma mi ero detta che lo amavo.

E ora mi dico lo stesso di Hugh. E se fossi solo una sciocca, come ha detto Walters? E se cercassi un qualsiasi briciolo d'amore così disperatamente da pensare di trovarlo in ogni angolo?»

Diana si alzò e si precipitò da lei. «C'è una bella differenza tra un uomo che ti ha manipolato per mettere le mani sui tuoi soldi e uno che si è veramente innamorato di te. E suppongo che anche i sentimenti che provavi per ciascuno di loro fossero diversi.»

«Sì, certo. Con Walters ero sempre... leggermente a disagio. Sempre alla ricerca di qualcosa che mi negava per farmi abboccare ancora di più. Adesso lo capisco. Ero incerta con lui. Con Hugh... anche all'inizio, quando cercavo di dirmi che lo odiavo, c'era qualcosa in lui che mi attirava. Mi ha offerto gentilezza e dolcezza. Mi ha offerto la verità sul suo passato, anche se sapevo che era difficile, e mi ha estorto il mio senza giudicarmi o mostrarmi disinteresse.»

«Avete trovato una vera sintonia» la incoraggiò Diana.

«Sì» ammise Amelia. «Diana, quando sono con lui... ho sempre voluto una casa. Una vera casa. Me la immaginavo come un posto, ma...»

«È una persona.» Diana sbatté le palpebre per le lacrime. «Questo, mia cara, è amore. Ed è reale, non una fantasia da scolaretta dalla mente solitaria. È così che ognuna delle nostre amiche duchesse descriverebbe suo marito, e tutte sono veramente innamorate.»

Amelia abbassò lo sguardo, ma non perché fosse turbata o triste o confusa o soffrisse di rimorsi. Era perché la felicità e l'accettazione che la riempiva era così potente che doveva calmarsi.

«Parlagli» suggerì Diana. «Dagli la possibilità di essere la casa che ti sei meritata. E di esserla a tua volta per lui.»

Amelia le sorrise. «Lo farò. Devo.»

«Bene» disse Diana, e la strinse forte in un abbraccio.

Amelia si aggrappò all'amica, una zattera in un mare in tempesta, e fu scossa dalla forza di ciò che provava, di ciò che sapeva e di ciò che avrebbe fatto. Sperava solo che quando fosse andata da suo marito, lui sarebbe stato lì per prendere la mano che gli offriva e il futuro che entrambi meritavano.

~

Hugh era alla sua scrivania e fissava una pila di corrispondenza che si era accumulata negli ultimi giorni. C'erano inviti e richieste, alcune probabilmente importanti, ma come poteva concentrarsi su cose così banali quando l'unica cosa cui riusciva a pensare era Amelia? L'unica cosa che poteva desiderare era Amelia. L'unica cosa che aveva perso e che aveva mai avuto importanza era Amelia.

Alzò lo sguardo e trasalì, perché lei era lì, in piedi sulla soglia come se la sua mente errante e inquieta l'avesse evocata. Era pallida, con le occhiaie come se non avesse dormito, e lo osservava con attenzione.

«Amelia!» gridò, saltando in piedi e girando intorno alla scrivania. Lì si fermò, ricordando il suo desiderio di stare da sola. Non voleva che le stesse addosso, che la opprimesse.

Lei entrò e chiuse la porta dietro di sé, appoggiandocisi come se fosse l'unica cosa che la sorreggeva.

«Ho passato tutta la vita sapendo di non potermi fidare di nessuno» disse con un filo di voce, senza preamboli, senza esitazioni. «Mia madre non si interessava a me, mio padre mi era estraneo. Questo ha fatto di me quella che sono. Quel giorno, quando tentò di ucciderci, Aaron disse che avevo un così disperato bisogno d'amore che ero un bersaglio facile. E aveva ragione. Ero disperata. E poi sei arrivato tu.»

Hugh piegò la testa, percependo l'accusa nelle sue parole. Se la meritava. «Ti ho portato via quello che volevi. Ti ho fatto soffrire.»

«No.» Lui alzò lo sguardo su di lei e la trovò che lo fissava intensamente. «All'inizio l'ho pensato. All'inizio volevo disprezzarti per quello che avevi fatto. Ma man mano che ci siamo avvicinati, sono arrivata a capire una cosa che mi ha cambiato tanto quanto il mio passato.»

Hugh non riusciva quasi a respirare, e si costrinse a rimanere dov'era piuttosto che correre da lei e prenderla tra le braccia. «Cosa sarebbe?»

Si fece avanti lei visto che lui restava fermo. Poteva quasi toccarla ora. Dio, quanto voleva toccarla.

«Ho capito che tutto quello che ho sempre voluto era in casa tua. In tua compagnia.» Le si incrinò la voce. «Tra le tue braccia. Ho cercato di non cedere, perché tu sei troppo intenso e troppo forte e troppo... troppo *tu*, ma mi sono innamorata di te.»

Un suono strozzato gli uscì dalla gola, ma non riuscì a muoversi mentre fissava questa bellissima, incredibile donna che aveva ferito, che gli stava davanti e che nonostante tutto gli confessava i suoi sentimenti. Questa donna forte e potente che poteva portare luce a tutto ciò che c'era di oscuro in lui. Che poteva sostenerlo quando si sentiva debole. Questa donna che amava più di ogni altra cosa al mondo.

«Avevo appena accettato quello che provavo» continuò lei. «Quando ho scoperto quello che avevi fatto. Che mi avevi mentito.»

Lui si irrigidì, chiedendosi se lei stesse parlando del suo amore al passato. Era così difficile non cercare di spiegarsi, di perorare la sua causa. Ma riuscì a limitarsi ad annuire. «Sì.»

La vide agitarsi. «Ci ho pensato molto nel tempo che mi hai concesso. E posso capire perché hai mentito, Hugh. Conosco mio padre. E anche se non lo conoscessi, me lo ha confessato nella sua lettera, una lettera in cui sono sicura che hai avuto una parte. Mi ha detto che ti ha quasi costretto a sposarmi per salvarmi da Walters.»

«Avrei comunque potuto dirti il motivo» sussurrò.

Lei scosse la testa. «Ero un'estranea. Perché avresti dovuto confidarmi il momento più buio di Lizzie?»

Hugh si accigliò. «Avrei dovuto. Si ripercuoteva sulla tua vita e almeno saresti stata in grado di scegliere la tua strada. È stato il mio orgoglio a mettermi a tacere tanto quanto la sua reputazione.»

Amelia annuì lentamente. «Così hai detto. Devo farti una domanda, Hugh.»

«Qualsiasi cosa.»

«Dopo che mi hai conosciuto, dopo che ci siamo avvicinati... perché *non* me lo hai detto subito?»

Si bloccò, perché la risposta a quella domanda era difficile. Ma poteva solo essere sincero ora. Se la rivoleva, e ora la rivoleva più che mai da quando aveva saputo che lo amava, l'onestà era il primo e più importante regalo che doveva farle.

«Più mi innamoravo di te, più temevo le conseguenze del mio inganno. All'inizio mi sono convinto che avrei potuto semplicemente aspettare, lasciare che la nostra relazione sbocciasse e poi dirtelo. Dopo che Lizzie ti ha raccontato tutto, mi sono reso conto di quanto fosse ingiusto. Volevo dirtelo allora, ma stavamo andando a Londra. Decisi di dirtelo qui. Dopo che le cose si fossero sistemate. Non sapevo quanto Walters fosse davvero pericoloso fino al giorno in cui ti ha aggredito.»

Il suo viso si rilassò leggermente. «Ma me lo avresti detto.»

«*Sì*» dichiarò con una passione che affiorò facilmente in superficie. «Non mi aspetto che tu ci creda, ma lo avrei fatto. Forse addirittura il giorno in cui lo hai scoperto tu stessa. So che devo dimostrarti che puoi avere ancora fiducia in quello che dico.»

«Come?» gli chiese.

«Come vuoi tu» disse. «In qualsiasi modo che ti dimostri che ne sono degno. Potrebbe volerci molto tempo, ma sono disposto a farlo. Ogni giorno in ogni modo possibile.»

Lei si avvicinò ancora di più, e gli mancò il respiro quando gli prese la mano e gli chiuse le dita intorno trasmettendogli il suo calore. Quanto gli era mancato. Quanto gli era mancata lei.

Amelia alzò lo sguardo con gli occhi velati di lacrime. «Ti amo ancora» sussurrò.

«Davvero?» chiese, riuscendo a malapena a crederci. Pregando che non fosse un sogno.

«Sì. Ti amo e stare lontano in questi ultimi giorni è stato terribile. Vedo che lo è stato anche per te.»

«Volevo rispettare i tuoi desideri» disse lui, portandosi la sua mano al cuore e sapendo che lei poteva sentirne il battito anche attraverso i vestiti. «Non sai quante notti sono stato davanti alla tua porta e avrei voluto entrare. Solo per guardarti. Solo per toccarti.»

Le sollevò la mano, sfiorandole le nocche con le labbra mentre una lacrima le scivolava sulla guancia. Ma sorrideva. Gli sorrideva e in quel momento vide il suo futuro nei suoi occhi. Un futuro che non era segnato dal dolore, ma era pieno di gioia e bellezza. Impregnato di amore.

«Avevi buone intenzioni» sussurrò Amelia. «Ne sono convinta. Sei incapace di fare altro. E se oggi mi prometti che quelle bugie sono le ultime che mi avrai mai detto, ti crederò. Possiamo ricominciare da capo.»

Hugh le prese le guance tra le mani, asciugando le lacrime con i pollici. Incontrò il suo sguardo e lo sostenne perché potesse vedere la verità nei suoi occhi. «Non ti mentirò mai più, Amelia. Mai.»

«E tu mi ami?» chiese lei, con quel timido sorriso che le incurvava di nuovo le labbra.

Lui si mise a ridere. «Non l'ho detto? Giuro, me lo sono urlato mille volte in testa da quando siamo arrivati a Londra. Ti amo, Amelia. Ti amo con una forza che mi spaventa. Pensavo di stare bene e che la mia vita avesse un suo equilibrio. Poi sei arrivata tu, ti sei fatta strada a forza e ho capito che ero stato al buio per tutto questo tempo. A Brighthollow ti ho detto che eri la mia luce. Dicevo sul serio.»

«E tu la mia» sussurrò lei, la voce di nuovo piena di gioia in cui riecheggiavano risate e felicità.

«Ho bisogno di te, ti amo, non posso vivere senza di te» continuò Hugh. «E se puoi davvero darmi una possibilità, non la sprecherò. Passerò tutta la vita a meritarmi quello che mi hai dato. E non ti lascerò mai andare.»

Lei si sollevò sulla punta dei piedi e le sue labbra trovarono le sue. Lui la tirò contro di sé, assaggiandola, annegando in lei, abbandonandosi a lei completamente, forse per la prima volta. E sentì che anche lei rispondeva allo stesso modo. Un bacio che era un voto più di quelli che avevano già pronunciato. Un bacio che dava loro un futuro insieme che lui non vedeva l'ora di vivere.

Alla fine Amelia si tirò indietro, gli tracciò le guance con le dita e sussurrò: «Resteremo sempre insieme. Sempre.»

«Sempre» ripeté, e poi la baciò di nuovo, ebbro di felicità.

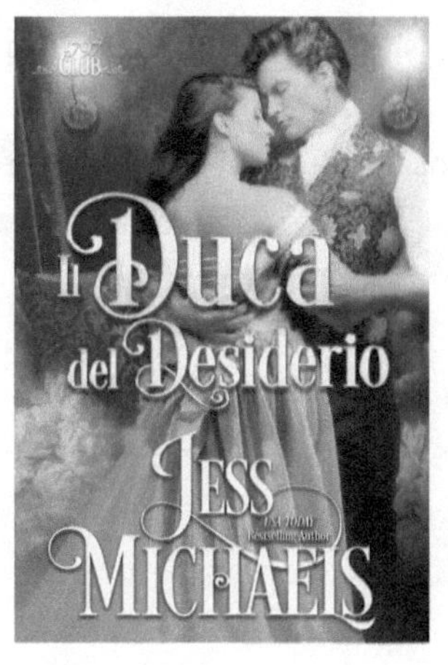

Autunno 1812

Robert Smithton, Duca di Roseford, gettò un occhio alla sala da ballo con scarso interesse. Non gli era mai piaciuto questo sfoggio di esibizionismo, ma negli ultimi tempi era diventato quasi insopportabile. Sentì la bocca incurvarsi ancora di più verso il basso quando vide le coppie che ondeggiavano sulla pista. Amici suoi, molti dei quali con spose felici tra le braccia.

Un tempo avrebbe detto che quegli uomini avevano gettato via la loro libertà. Ma era difficile pensarla ancora così adesso che la loro gioia era così palese. Così tagliente. Come un coltello nelle viscere.

«Cosa stai rimuginando?»

Robert sobbalzò e quando si voltò trovò tre di quegli stessi amici al suo fianco. I Duchi di Abernathe, Crestwood e Northfield. James, Simon e Graham rispettivamente, perché i titoli erano così maledettamente noiosi.

Era Graham ad aver parlato, e fu lui a porgergli un bicchiere sorridendo. Robert si rifiutò di ricambiare il sorriso. «Chi dice che sto rimuginando?»

Bevve un sorso della bevanda e la trovò davvero annacquata. Dio, quanto sarebbe stato felice quando la stagione fosse finita. Quando i suoi amici si sarebbero ritirati nelle loro tenute e nella loro frustrante contentezza e lui sarebbe stato lasciato a... vagare annegando in tutta l'oscurità che teneva lontano il dolore.

«Sono un esperto» replicò Graham, ma poi un altro sorriso gli illuminò il viso. Robert ne fu contento. Solo due anni prima il suo amico non avrebbe sorriso così facilmente. Effetti dell'amore, a quanto pareva. «O lo ero.»

«Ah» brontolò Robert, strizzando l'occhio agli uomini perché il suo malumore non fosse percepito come un'offesa. «Come se qualcuno di voi fosse ancora esperto in qualcosa. Io sono l'ultimo scapolo.»

Simon si lasciò sfuggire una lunga risata che fece girare più di una testa femminile interessata. Non che lo notasse. Aveva occhi solo per sua moglie, come tutti gli altri. «Non sei l'ultimo scapolo.»

«Ecco Kit» disse James scuotendo la testa. Mentre sorrideva, Robert sentì la sua preoccupazione appena sotto la superficie. James era sempre stato il re dei duchi. Robert era sempre stato il suo suddito più problematico.

«Kit?» ripeté con uno sbuffo sarcastico. «È un santo, non conta. No, tocca a me spassarmela per tutti voi vecchi ammogliati.»

A quel punto tutti e tre i suoi amici sembrarono preoccupati e Robert cominciò a calcolare quanto ci avrebbe messo a scappare.

«Non sei stanco di tutto questo?» chiese James, con gentilezza, senza più alcun accenno di facezia.

Robert si irrigidì e guardò le coppie danzanti senza rispondere. Non poteva rispondere, non senza essersi ricomposto prima. Non voleva che vedessero, che sapessero, che percepissero nella sua voce che James aveva ragione. Era stanco di tutto questo.

Una volta provava un tale piacere nel... be'... nel piacere. In tutte le sue parti, dai preliminari all'orgasmo. Ma ora, ora lo faceva come un automa. Era meccanico. Prevedibile. Non era mai completamente soddisfatto, anche quando le esperienze erano passionali. E se si fosse fermato, temeva che i motivi per cui lo faceva lo avrebbero raggiunto, sopraffatto.

Di certo non voleva affrontarli. Quello che avevano trovato i suoi amici non era per lui. Non esisteva e non lo voleva. Quel tipo di intimità non era qualcosa che desiderava condividere con nessun altro essere umano.

«Tu credi che il cammino degli altri debba portarli dove sei tu» disse alla fine, perché era chiaro che stavano aspettando una qualche risposta. «Solo perché il mio non ha e non avrà la stessa destinazione, non significa che ne sia stanco.»

James prese fiato come se fosse pronto a ribattere, ma prima che potesse farlo, si avvicinò un altro uomo. Il Marchese di Berronburg non era un membro del loro club di duchi, e a giudicare dal modo in cui James, Simon e Graham indietreggiarono leggermente quando si inserì tra loro, non sarebbe stato invitato a farne parte, nemmeno per sbaglio. Robert non poteva biasimarli per questo. Berronburg era spesso maleducato, beveva troppo e la sua promiscuità con le donne era leggendaria quasi quanto quella di Robert.

Naturalmente, Berronburg era molto meno discreto nelle sue avance. Era uno zoticone. Ma era lo zoticone di Robert. Andavano spesso a donne insieme, dato che lui non aveva più vecchi amici con cui farlo.

«Ah, guarda guarda, quattro duchi, tutti in fila» disse Berronburg a gran voce. «Vinco un premio se li trovo tutti?»

James scosse leggermente la testa. «Non ne ho idea, Berronburg.» Lanciò un'occhiata a Robert. «Forse possiamo continuare questa conversazione più tardi. Per ora, vado a cercare mia moglie.»

Si voltò, e anche Simon e Graham si scusarono. Robert li guardò allontanarsi. Mentre gli altri incontravano e sposavano i grandi amori della loro vita, si era spesso chiesto se un giorno sarebbe stato espulso dai loro ranghi per via del suo rifiuto di fare altrettanto. Se a un certo punto i suoi vecchi amici lo avrebbero guardato e avrebbero visto un uomo della stessa risma del marchese che stava blaterando al suo fianco.

Una cosa che gli avrebbe spezzato il cuore.

«Insomma, mi stai ascoltando?»

Berronburg gli scosse il braccio e Robert sbatté le palpebre, tornando al presente. Si girò verso il marchese aggrottando la fronte. «Ti sentono tutti visto che stai praticamente urlando. Un po' di discrezione, se non vi spiace, milord.»

Berronburg serrò le labbra. «Quei duchi hanno una cattiva influenza su di te, Roseford, lo giuro su Dio. Ti stavo chiedendo se avevi sentito la notizia.»

Robert soffocò un sospiro e tornò a recitare la parte del libertino, della canaglia, del mascalzone. Gli veniva alla perfezione, ma meno prontamente di quanto gli sarebbe riuscito un tempo. «Notizia?»

Berronburg stava praticamente saltellando per l'eccitazione. «Sì, sì, sì.»

«Be', tu hai sempre pettegolezzi di prima mano. Cosa sarebbe, allora?»

«La Contessa di Gainsworth sta tornando in società.»

Tutti i suoi pensieri malinconici svanirono in un istante a quell'informazione inaspettata. Inclinò la testa. «La Contessa di Gainsworth?»

Berronburg sorrise. «Proprio lei. La famigerata nobildonna la cui prodezza sessuale era tale che il marito ne è rimasto stecchito!» Il marchese si strofinò le mani e gli occhi gli si illuminarono di lascivia. «Te lo immagini?»

Robert scosse la testa. Tutti conoscevano la storia. Era circolata a macchia d'olio circa un anno prima. Le voci si erano spente, naturalmente, dopo che l'uomo era stato sepolto, ma ora che sua moglie stava terminando il lutto, non c'era dubbio che il mondo sarebbe tornato in fermento.

Era quasi dispiaciuto per la contessa.

«Allora?» insistette Berronburg, dandogli una gomitata.

Robert sorrise. «Me lo immagino, certo. Chi non se lo immagina? Se cerca un amante avrà l'imbarazzo della scelta, naturalmente.»

Berronburg si mise a ridere. «Sono d'accordo. Ci saranno decine di uomini disposti a rischiare.»

Robert sbuffò. «Ma per favore. Suo marito era un vecchio bastardo. Mettila con un uomo più giovane e di... talento, e gli unici a soffrire saranno i lenzuoli. Hanno già cominciato a scommettere su chi se la porterà a letto?»

«Ovvio» ridacchiò Berronburg. «Presumo che ti butterai nella mischia.»

L'idea lo fece trasalire. Era una cosa che aveva preso in considerazione? In verità, riusciva a malapena a ricordarsi che faccia avesse la contessa. Raramente andava a caccia di donne sposate. Troppe complicazioni. Ma di sicuro le voci sulle sue prodezze lo interessavano. Così come aggiungere una tale vittoria alla sua lista di conquiste.

Si voltò e trovò Berronburg che lo guardava attentamente. Si poteva dire intensamente. «Perché aspetti la mia risposta con tanta ansia, amico mio?»

Berronburg scosse la testa. «Metà degli aspiranti si ritirerà se scendete in campo anche voi, Vostra Grazia. Incluso me. È una concorrenza troppo forte per la mia salute.»

Robert scrollò le spalle. «Non ho ancora deciso cosa farò...»

Si interruppe a metà frase perché qualcosa aveva attirato la sua attenzione. Qualcuno, per essere più precisi. Due gentildonne avevano fatto il loro ingresso nella sala da ballo. Una era leggermente più anziana, con i capelli scuri e un'espressione gentile. Ma non era la più anziana ad aver catturato la sua attenzione. No, era la più giovane. Era stupefacente, bellissima, con folti capelli castani e un viso che avrebbe fatto girare la testa a chiunque. La vide agitarsi mentre diceva qualcosa al valletto alla porta e sembrò fare un respiro profondo prima di essere annunciata.

«La Contessa di Gainsworth» disse il valletto. «E la signora Sambrook.»

La reazione della folla fu immediata. Sull'intera stanza calò un silenzio attonito seguito da un basso brontolio quando i presenti cominciarono a parlare. Per un attimo la contessa rimase al suo posto, quasi paralizzata. La sua accompagnatrice le disse qualcosa, e Lady Gainsworth buttò il petto in fuori ed entrò nella sala da ballo. Le due donne furono accolte dalla padrona di casa, Lady Vinesmith, che si guardò intorno come se si fosse pentita di aver chiesto alla contessa di venire ora che la sala stava reagendo con tanta forza.

Robert osservò svolgersi questo piccolo dramma senza riuscire a distogliere lo sguardo. Senza riuscire a scrollarsi di dosso un minuscolo barlume di... ricordo che lo solleticava dai recessi della mente mentre guardava la stupenda contessa avvicinarsi alla parete e restare ferma lì, con un'espressione vuota sul volto.

«È meglio che dici agli altri di mettere via i soldi» mormorò.

«Perché?» chiese Berronburg, con lo sguardo fisso sulla contessa, proprio come lui.

«Perché Lady Gainsworth è mia. Te lo posso assicurare» disse Robert sogghignando.

ALTRI LIBRI DI JESS MICHAELS

The 1979 Club - Il club del 1797

The Daring Duke (Book 1 - edizione italiana *Il carisma del duca*)

Her Favorite Duke (Book 2 - edizione italiana *Un duca da scegliere*)

The Broken Duke (Book 3 - edizione italiana *Il duca tradito*)

The Silent Duke (Book 4 - edizione italiana *Il duca silenzioso*)

The Duke of Nothing (Book 5 edizione italiana *Duca di niente*)

The Undercover Duke (Book 6 edizione italiana *Un duca in incognito*)

The Duke of Hearts (Book 7 edizione italiana *Il duca di cuori*)

The Duke Who Lied (Book 8 edizione italiana *Il duca bugiardo*)

The Duke of Desire (Book 9 edizione italiana *Il duca del desiderio*, disponibile a breve)

The Last Duke (Book 10 edizione italiana *L'ultimo duca*, disponibile a breve)

The Notorious Flynns – I FAMIGERATI FLYNN

The Other Duke (Book 1)– edizione italiana *L'Altro Duca* (Vol. 1)

The Scoundrel's Lover (Book 2) – edizione italiana *Una Canaglia per Amante* (Vol. 2)

The Widow Wager (Book 3) – edizione italiana *Azzardo d'Amore* (Vol. 3)

No Gentleman for Georgina (Book 4)

A Marquis for Mary (Book 5)

Trovate la lista completa dei libri di Jess Michaels in lingua originale sul sito http://www.authorjessmichaels.com/books

L'AUTRICE

Jess Michaels è un'autrice bestseller di USA Today a cui piacciono robe da secchioni come Guerre Stellari, giocare ai videogiochi (ha una MEGA cotta per Cullen di *Dragon Age*), guardare la serie tv *Bob's Burgers* e collezionare Funko POP! Beve anche MOLTA Diet Coke. Probabilmente una quantità esagerata e poco salutare, ma è il suo unico vizio. Mangia (quasi) tutti i piatti a base di cocco, qualsiasi piatto al formaggio e nessun piatto piccante (sì, in questo è uno stereotipo ambulante). Le piacciono i gatti, il suo cane Elton e le persone che hanno a cuore il benessere dei loro simili.

Sebbene abbia iniziato come autrice tradizionale pubblicata da Avon/HarperCollins, Pocket, Hachette e Samhain Publishing, e anche da Mondadori in Italia, nel 2015 è passata al self publishing e non si è mai guardata indietro! Ha la fortuna di essere sposata con la persona che ammira di più al mondo e di vivere nel cuore di Dallas.

Quando non controlla ossessivamente quanti passi ha fatto su Fitbit, o quando non prova tutti i nuovi gusti di yogurt greco, scrive romanzi d'amore storici con eroi super sexy ed eroine irriverenti che fanno di tutto per ottenere quello che vogliono senza stare ad aspettare.

Jess è sempre molto felice di avere notizie dai suoi fan. Potete contattarla sul suo sito, tramite mail, e sui suoi social (o con piccione viaggiatore):

www.AuthorJessMichaels.com

OGNI mese Jess Michaels mette in palio un buono acquisto

Amazon GRATUITO riservato agli iscritti della newsletter. Registratevi al sito: http://www.authorjessmichaels.com/

Se vi è piaciuta questa storia, lasciate una recensione per favore. Aiuterete altri lettori a conoscerla.

facebook.com/jessmichaelsbks
twitter.com/jessmichaelsbks
instagram.com/jessmichaelsbks
bookbub.com/authors/jess-michaels

www.ingramcontent.com/pod-product-compliance
Lightning Source LLC
Chambersburg PA
CBHW050843190726
48286CB00007B/2210